「雪風」に乗った少年

十五歳で出征した「海軍特別年少兵」

西崎信夫 著

小川万海子 編

藤原書店

編者はしがき

西崎信夫さんとのありがたいご縁は、偶然に一本の電話から始まった。平成二十六年師走、東京国立市の嘱託職員として平和事業を担当していた私は、原爆体験の伝承者を育成する事業の立ち上げに奔走していた。研修生募集の記事が新聞に掲載され、様々な問い合わせに応対していたとき、西崎さんからお電話をいただいた。広く戦争体験の語り部を募集しているのかと思われたということで、勘違いだったと電話を切ろうとする西崎さんに、私は、

「お差支えなければ、戦争中どのような体験をされたのか、お伺いしてもよろしいですか」

と尋ねた。

「私は昭和二年生まれで、『海軍特別年少兵』として海軍に入り、駆逐艦『雪風』に乗って沖縄水上特攻などを戦ってきました」

西崎さんが語った言葉は、大変恥ずかしいことながら私にとって初めて耳にするものばかりだった。だが、「これはものすごい話だ」という直感がして、

「ぜひゆっくりお話をお聞かせいただけないでしょうか」

とお願いすると、しばらくして西崎さんから、平和祈念展示資料館（総務省委託）での語り部お話会の案内が送られてきた。

新宿住友ビルにある同資料館内の細長い会場は、立ち見がでるほどぎっしり埋まり、一〇〇人近くになっていたのではないだろうか。昭和二十年四月の戦艦「大和」など十隻による沖縄水上特攻を中心に、足を負傷して自ら治療する場面、戦艦「大和」の最期、生存者の救助と続き、一時間は瞬く間に過ぎた。冷静で、臨場感溢れる西崎さんのお話に私は衝撃を受け、すっかり魅了された。

その後、平成二十七年八月と十二月に国立市で講演いただいた。二回ともお話は二時間に及んだが、満員の聴衆の集中は途切れることなく、まだ聞き足りないという声が寄せられるほどで、終了後も西崎さんと一言でも直接お話ししたいという人の列が絶えなかった。

西崎さんは、「海軍特別年少兵」の第一期生として十五歳で広島県の大竹海兵団に入団した。「海軍特別年少兵」とは、中長期的な視点により、艦艇の乗組員や陸戦部隊等における将来の中堅幹部を養成するために、昭和十六年に創設された制度である。採用年齢は、十四歳以上十六歳未満。第一期生は六〇％以上が犠牲となっている。だが、この制度は歴史に埋もれ、ほとんど知られていない。

約十五カ月の過酷な訓練を経て、西崎さんは昭和十八年末に駆逐艦「雪風」に魚雷射手として乗り組む。そしてマリアナ沖海戦、レイテ沖海戦、沖縄水上特攻などを戦い、戦艦「大和」、「武蔵」、そしてその姉妹艦でありながら、幻の存在となってしまった空母「信濃」の最期に立ち会っている。昭和十五（一九四〇）年に竣工した「雪風」は、太平洋戦争の数多の激戦に参加しながら終戦まで生き残り、奇跡の駆逐艦、神宿る船などといわれている。この「雪風」と運命を共にした西崎さんも、幾度も絶体絶命の場面を幸運の女神に救われ、奇跡の生還を果たしたのだった。

「太平洋戦争の第一線で戦い亡くなった、子ども同然の少年たちの無念を思うと、戦争に協力し生き残った者の責任は、いかなる戦争にも反対し、戦争の真実を一人でも多くの方に語り継ぐことでしか果たすことができないと思うのです」

今年九十二歳の西崎さんは常々こう語り、平和祈念展示資料館での語り部活動のほか、学校や自治体などで精力的に講演活動を展開している。

西崎さんのお話は命の物語である。故郷の自然と母の愛情に育まれた一つの命が、何を信じて戦い、何を友と語らい、戦場で何を見て、どう生かされたのか。その命を守り抜いた幸運の女神とは何なのか。そして目の前の命を救うためにどのような戦いがあり、数多の命がどのように失われていったのか。西崎さんの記憶は非常に鮮明で詳細だ。

「自分でもよく覚えているものだと思いますよ」

と、ご自身でも驚くほどだ。

「命がかかっている瞬間瞬間の連続だったから、骨肉に刻み込まれているのでしょう。逆に、定年後のことなどは、忘れていることが多いですよ」

そして西崎さんは、こう話してくれた。

「戦争中、私は、どうやったら生きて帰れるのか、とにかく生きることだけを考えていました」

西崎さんのご体験は、『知らなかった、ぼくらの戦争』（アーサー・ビナード編著、小学館）、『一〇〇人が語る　戦争とくらし』（学研プラス）に、一部分がおさめられている。だが、私はこの命の物語の全体をたくさんの人に読んでもらわなければもったいないと思った。「死ぬ」「死にたい」「死ね」、「殺す」「殺したい」「殺せ」……少なくとも私が子どもの頃は、口にすることなど許されなかった忌み言葉が、軽いあいさつ言葉のように氾濫している今こそ、西崎さんの命の物語をどうしても世に出さなければという思いに突き動かされた。

本書の成り立ちについて述べておきたい。西崎さんが二十年近く前に、故郷の志摩市阿児町の夕イムカプセルに納めるために書かれた戦争体験記をもとに、新たにうかがったお話を加えて全体をまとめさせてもらった。出征の朝から始まる第三章から終章まで西崎さんのモノローグであり、西崎さんの生い立ちと「海軍特別年少兵」制度の概要に関する第一章と第二章、そして「コラム　西崎氏ゆかりの地を訪ねて」、「海軍基礎知識」を編者である私が担当した。読者の理解を助けるために、写真や図、地図をできるだけ多く入れたが、大和ミュージアムをはじめ、本書への写真掲載にご協力いただいた関係各位に心から感謝申し上げる。

私は、むかしから漠然と、戦争でご苦労された方や亡くなった方のために、何かできることはないかという思いを抱いてきた。西崎さんの物語には、人間魚雷「回天」の搭乗員や、玉砕数カ月前のサイパンで知り合った年配の補充兵のお話が出てくる。西崎さんの記憶を通じて、戦場で失われた命の声が蘇り、今を生きるたくさんの人の心の中で生き続けることができたらと願ってやまない。その橋渡しをさせてもらうことで、少しでもご供養になれれば、これほどありがたいことはない。

私は西崎さんのお話をうかがうと、いつも元気になる。落ち込み気味のときでも、西崎さんと電話でお話しするだけで、ぱっと気持ちが晴れる。それは、少年時代から変わらぬ西崎さんの瑞々しい感性と生き抜く生命力が、命にエネルギーを注いでくれるからだと思う。幅広い年代の方、特に若い世代の方、お子さんをもつ親御さんたちに本書を手に取っていただければと心から願っている。生きているということが、どれほど奇跡的で、輝きに満ちたことであるか、命ほど尊い宝物はないということを西崎さんの命に刻まれた物語が教えてくれる。

小川万海子

駆逐艦「雪風」（昭和 14 年 12 月～ 15 年 1 月、佐世保沖）
（資料提供：大和ミュージアム）

「雪風」に乗った少年　目次

「雪風」に乗った少年

――十五歳で出征した「海軍特別年少兵」――

本書関連地図

葫蘆島《コロトウ》
ナホトカ
宮津
横須賀
大竹
呉
三重
佐世保
空母「信濃」沈没
上海
沖縄水上特攻
東シナ海
太平洋
那覇
汕頭《スワトウ》
台湾海峡
バシー海峡
沖ノ鳥島

バンコク
ホーチミン
（サイゴン）
ルソン島
マニラ
サンベルナルジノ海峡
シブヤン海
レイテ沖海戦
ギマラス島
レイテ湾
マリアナ沖海戦
リアナ諸島
サイパン島
テニアン島
グアム島
ブルネイ
スル諸島
アナンバス諸島
マレー半島
タウィタウィ島
モロタイ島
シンガポール
スマトラ島
リンガ諸島
カリマンタン島
（ボルネオ）
ラバウル
ニューギニア島
ポートモレスビー

第一章　西崎信夫氏の生い立ち

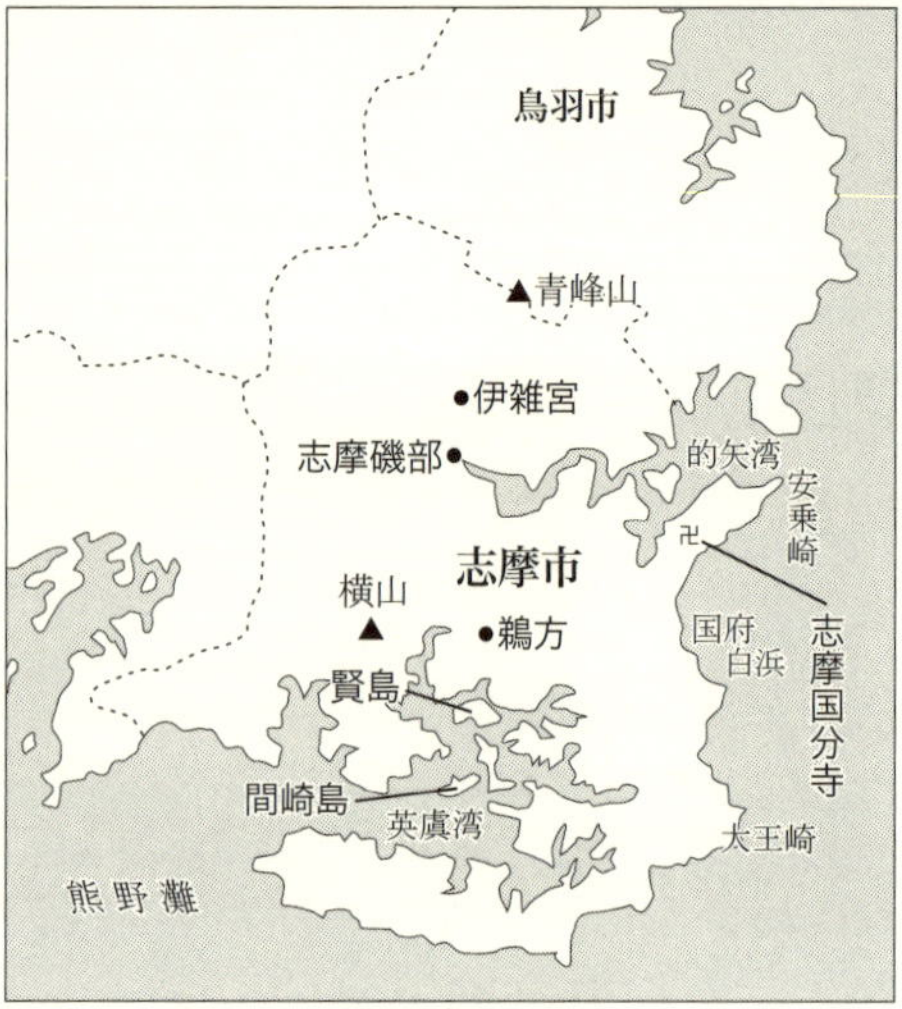

志摩市周辺地図

一　戦争の時代に生を受ける

故郷は伊勢志摩

三重県志摩市のほぼ中心部にある標高二〇三メートルの横山に登れば、複雑に入り組んだ海岸線に小さな島々を抱く英虞《あご》湾を一望し、彼方には太平洋が広がる。その大パノラマを前にすると、心に澱んでいたものが一掃され、新しく生まれ変わったような気持ちになる。

その横山が座すのが、志摩市阿児町《あごちょう》鵜方《うがた》。平成二十八（二〇一六）年に第四十二回先進国首脳会議（伊勢志摩サミット）が開催された賢島《かしこじま》とは、近鉄志摩線の特急で約五分の距離にある。線路をはさんで鵜方駅の南側には国道が走り、大きなショッピングセンターなどがあるが、駅の北口を出れば、昔ながらの屋並と石垣のリズムが

横山展望台から英虞湾を望む（平成 30 年 1 月編者撮影）

鵜方の町並み（平成 30 年 1 月編者撮影）

心地よく、室町時代中期から始まったという獅子舞が有名な宇賀多《うがた》神社が人々を優しく見守っている。鵜方はゆかしい町である。

昭和二（一九二七）年一月二日、当時の志摩郡鵜方村に西崎信夫氏は生まれた。大正天皇の崩御により、大正から昭和に改元されてから八日後のこと、日本が戦争へとひた走る昭和という時代と共に産声を上げた。

鵜方の自然と母の愛情に育まれた幼年時代

信夫少年は、鵜方村で代々続く農家の九人兄弟の末っ子として、母・サワの深い愛情に包まれ成長した。しかし暮らしは決して楽ではなかった。昭和四（一九二九）年にニューヨークでの株価大暴落に端を発した世界恐慌が日本にも波及し、その影響で信夫の家も破綻してしまう。自作農である父・傳平がコメ相場の投機に失敗して、田畑を手離さねばならなくなったのだ。信夫が二歳のときのことだった。その後、隣の中央座という芝居小屋が全焼し、信夫の家にも延焼するという災難に見舞われた。

そして信夫が十一歳のときに父が亡くなり、母が一家の生計を担うことになる。十四歳で嫁ぎ、様々な苦労を重ねた母は、工夫を凝らしてまさに女手一つで子どもたちを育てていく。サツマイモの餡を入れた饅頭から始めた店に、わずかに残った土地で育てた柿や梨などを並べて、「蔦屋《つたや》」と名付けた八百屋を営み、豆腐も作るようになった。

西崎氏の母・西崎サワ

西崎氏の父・西崎傳平

8歳の西崎氏（左）と三歳上の次兄

末っ子の信夫少年は人一倍の甘えん坊だった。厳格な父が存命中は、叱られることも度々で、いたずらが過ぎたときに、

「間崎島《まさきじま》（英虞湾に浮かぶ小さな島）に養い子に出すぞ！」

と言われるのが何より恐ろしくてよく泣いていたが、母がいつも優しく諭し励ましてくれた。

家では甘えん坊でも外ではガキ大将として、たくさんの友達の先頭に立って野山を駆け巡り、十歳頃までは生傷の絶えない大冒険の毎日だったという。罠を仕掛けて野鳥、野兎に鰻取り、フナ釣り、ドジョウ摑《つか》み、タニシ拾い、宇賀多神社の鎮守の森での城取りゲームにターザンごっこ……自然を相手に創意工夫し、笑い転げながら日が暮れるまで遊んだ日々を、九十二歳の西崎氏はこう振り返る。

「遊びを通して自然の中で鍛えられた力、感性、ひらめきが、海兵団での厳しい訓練に耐え、実戦で臨機応変に対応する原動力になっていたのだと思う」

海軍の任務遂行は自然に大きく左右され、天候の変化などにいかに安全に、しかも即応するかが戦場での鍵となる。子ども時代に好奇心いっぱいに遊び、故郷鵜方の太陽、空、風、水、土、そして鎮守の森の目には見えないものたちに鍛錬された力が、想像を絶する戦場で西崎氏を幾度となく救ったのだった。

子どもの遊びにも時代が反映され、チャンバラごっこに加えて、戦争ごっこが男の子の遊びの花

形だった。信夫たちのヒーローといえば、中国軍の鉄条網を破るために爆弾を抱えて突撃して戦死した三人の兵士「肉弾三勇士」や、日露戦争の旅順港閉塞《へいそく》作戦において、海軍少佐・広瀬武夫とともに戦死した三重県出身の杉野孫七兵曹長、そして日清戦争時に陸軍のラッパ主として、死んでも口からラッパを離さなかったという木口小平《きぐちこへい》。鵜方の茶畑を舞台に、彼らの勇ましい最期を想像力逞しく演じていたという。主役はいつも信夫少年だった。

特別な楽しみもあった。隣の中央座は支配人が親戚筋だったため、幕間のどさくさにまぎれてこっそり中に入れてもらい、二階にある映写室の窓から、坂東妻三郎の映画などに胸を躍らせたという。ニュース映画に続いて娯楽映画が上映されるが、最初の頃はまだ活弁の時代で、信夫少年が小学校に入ったころからトーキーになったという。中央座は小さいながらも廻り舞台に花道、桟敷席も備えた本格的な劇場であり、映画を見せてもらうかわりに、床下で廻り舞台を動かす手伝いなどをした。小さな子どもが映画を見るなど、親に怒られそうなものだが、信夫少年の母は決してだめだと言わなかったそうだ。逆に、映画のかかる日は、

「明日学校で居眠りするといけないから、昼寝をしておきなさい」

と、信夫少年にそれとなく言ったという。映画は夜に上映だから、夜更かしに備えて、今のうちに寝ておきなさいという意味だ。

「母は学校に通えなかったから、映画などいろいろなものに触れることで何でも身になり、子どもにとって大切なことだと考えていたのだと思う」

そう西崎氏は、当時の母の心情を推し量る。

ただ一つ、子ども心に大人を恨んだ出来事があるという。父が親戚を訪ねて東京に赴いたことがあった。それが二・二六事件とちょうど重なり、家族全員、父が帰ってくるまでとても心配したが、父はブリキ製の電車のおもちゃを土産に携え、無事に戻ってきた。珍しい東京土産は、近所の人たちが見に来るほどで、信夫少年にとって何より大切な宝物になった。ところがしばらくして、悲劇が起きる。いつものように遊びに行っていたあいだに、そのブリキの電車が金属供出に出されてしまったのだ。信夫少年はわんわん泣き叫び、大人の理不尽な所業を恨めしく思ったという。日中戦争から太平洋戦争にかけて、武器生産に必要な金属資源の不足を補うために、家庭の様々な金属製品が供出された。戦争の足音が、信夫少年にも迫ってきていた。

二　日常を侵食する戦争

早く軍人になって家族を守りたい

当時の男の子たちは勇敢な軍人に憧れ、

「いつか自分もお国のために命をかけて戦うぞ」

という使命感を強くしていった。特に、経済的な事情から進学を断念せざるをえない少年たちにとって、能力と努力次第で昇進を重ねていくことができる軍隊は、人気の就職先であった。

母（前列左から２番目）**、姉たち、その子どもたちと西崎氏**（後列右から２番目）

軍人になることは人間として立派なことだと、学校で日々教えられていた信夫少年も、一日も早く軍人になって、苦労している母や家族を守りたい、救いたいという思いを募らせていく。お国のために尽くすということはもちろんのことであったが、早くに父を亡くした信夫少年にとって、「家族を守る」ということは、何ものにも代えがたい使命だった。

二人の兄も出征

昭和十二（一九三七）年にはじまった日中戦争に出征していた従兄が、鵜方村で最初の戦死者となり、村主催の葬儀が小学校の校庭でそれは盛大に行われた。そのとき、信夫少年の目を奪ったのは、居並ぶ軍人さんたちの軍服姿のりりしさだった。

二人の兄は、長兄が日中戦争の勃発とともに

12 歳の西崎氏（左）

中国大陸に出征し、次兄は海軍潜水学校に入学した。当時、男性は満二十歳に達すると、兵士にふさわしいかを調べるための身体検査、すなわち徴兵検査を受けることになっており、これに合格すると、軍事訓練の後に戦地へと送られていった。また、徴兵適齢の二十歳以前に陸海軍に志願できるのは満十七歳以上であり、少年飛行兵や、少年水兵の制度も志願できるのは満十五歳以上だった。

村の働き手として精を出す

昭和十三（一九三八）年の国家総動員法によって、国の経済や国民生活のすべてを統制できる権限が政府に与えられ、国民や物資を戦争目的のために動員できるようになる。

鵜方村からも次々に兵士が出征し、そのたびに信夫たちは日の丸の小旗を振って見送った。昭和十四（一九三九）年に施行された国民徴用令によって一家の働き手や若者は軍需工場に徴用され、村に残った働き手といえば、老人と子供のみになっていった。

信夫少年も出征した兄に代わり、豆腐作りや農作業など母を手伝い、十三歳になると、亡くなった父親と出征した兄たちの名代として、出征兵士の留守家族の手伝いなど、伯父に手ほどきを受けながら懸命に働いた。農繁期には、牛の鼻綱を取って、田植え前の水田の土をならす代掻《しろか》きに精を出し、田んぼのため池が水漏れしないように堤の土を練り固める「はがね練り」や、茶摘みの手伝いもした。人手不足の村では、子供たちは重要な働き手で、どこへ行っても、

「小さいのに偉いなあ」

の褒め言葉をもらい、信夫少年にはそれが嬉しく、何よりの励みになった。手伝いをした先々で、小昼時には、やじろ（もち米にうるち米を混ぜてついた餅）や、だんご餅にあられ、蕗に筍など旬野菜の炊き合わせ、千切り大根に油揚げと生節《なまりぶし》の煮つけなど、食糧不足の中、精一杯のご馳走でもてなしてくれたという。日常が戦争に侵食されながらも、鵜方村は変わらず人情味豊かでのどかな村だった。

三　「海軍特別年少兵」に志願

「君を海軍特別年少兵に推挙したい」

高等小学校を卒業した信夫少年は、親類の世話で、名古屋にある会社に見習工として就職し、同時に夜間の定時制中学に通っていた。昭和十六（一九四一）年、十四歳の信夫少年が早く軍隊に志願したいと悶々としていたとき、降ってわいたように、村役場からある知らせが届く。

「君を海軍特別年少兵に推挙したい」
「海軍特別年少兵」は、海軍が中長期的な視点により、未来の中堅幹部を養成する目的で新たに創設した制度だ。学校や市町村役場を通じて、できるだけ優秀な少年たちを募集したが、その候補として信夫に白羽の矢が立ったのである。信夫にとっては渡りに船の話であり、さっそく母親に相談した。ところが
「まだおまえは子供だから、二十歳の徴兵検査まで待つように」
と、頑として譲らなかった。

猛反対の母を説得

健康な男子であれば、いずれは兵役につかねばならない時代だ。しかし、信夫少年はまだ面ざしに幼さの残る十四歳。反対したのは信夫の母親だけのことではなかった。この新たな「海軍特別年少兵」制度は、信夫のように一日も早く軍人になりたいと考えていた少年たちの心を突き動かし、応募者は三万数千人にのぼった。しかし、親たちは、年齢が若すぎる、あと数年してからでも遅くはない、と反対する者が多かったという。大部分の少年たちが親の反対を振り切り、なかには無断で印鑑を持ち出して願書を提出する者もあった。

母の大反対に、信夫少年の心は揺れ動く。しかし、当時、ラジオからは日本軍の勝利が連日報じられており、

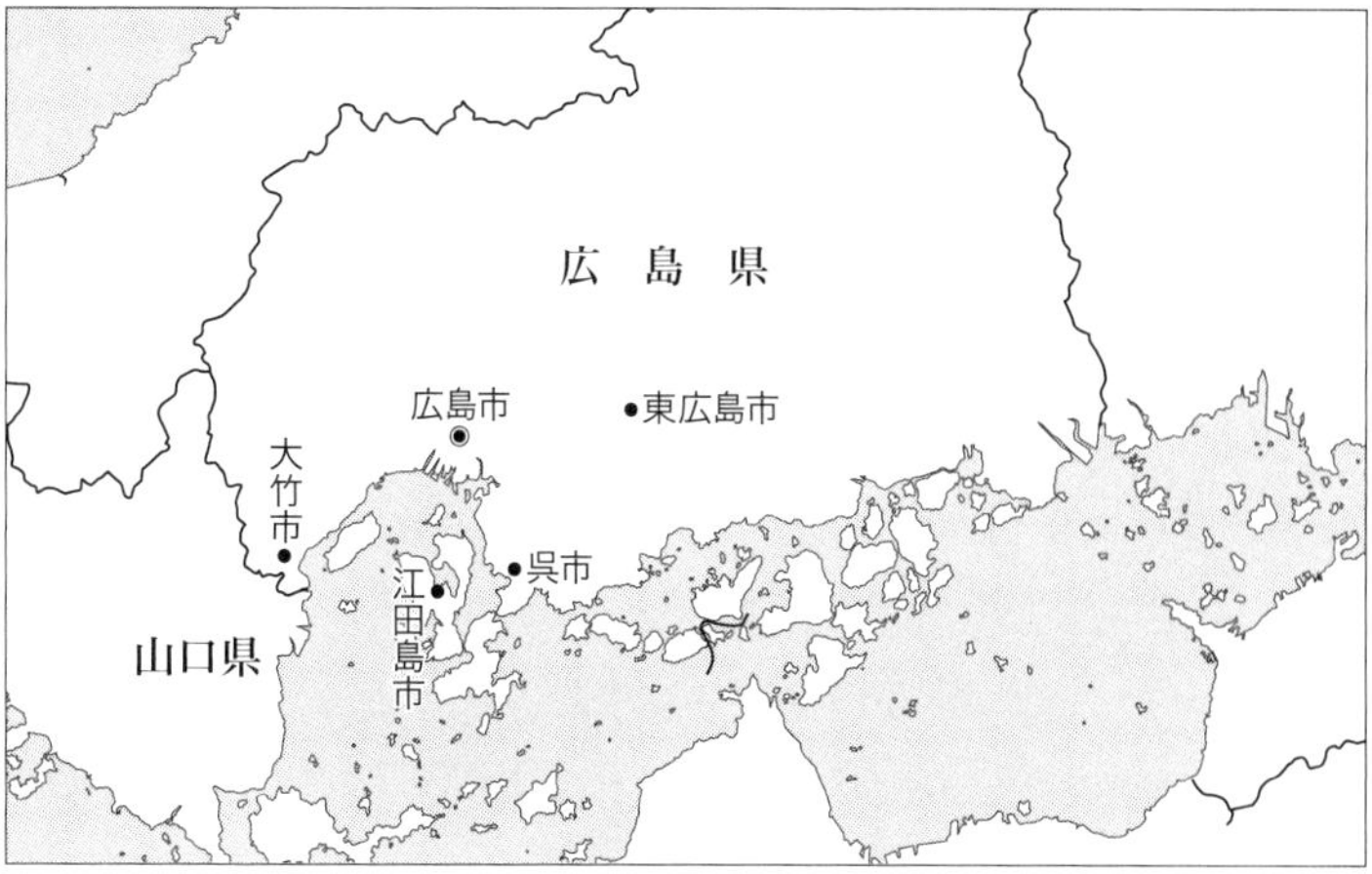

広島周辺地図

「さあ、いよいよ自分の出番だ」

という気持ちの高まりを抑えることはできなかった。貧乏に苦労している母をはじめ家族を守るためには、やはり軍人になることが一番だ。この機会を逃すことはできないと固く決意し、信夫少年は通っていた定時制中学の担任の先生に相談した。すると、

「よく決心した。君の学力と体力なら大丈夫だから、ぜひ受験したまえ」

と励まされ、それを力に母を必死に説得し、ついに願書を提出した。

難関を突破して合格

鳥羽の小学校で「海軍特別年少兵」の試験に挑んだのは、太平洋戦争が始まる二カ月前のことである。一般志願兵などの受験者と一緒で、会場は溢れんばかりだった。まずは、国語、数学、地理、歴史、理科の学科試験を受け、続いて身体検査。その結果、約十倍の

狭き門を突破して、晴れて合格した。志摩郡での合格者は、信夫と網元の少年の二人だけだったという。翌年、昭和十七（一九四二）年九月一日付で、東海・中国地方を管轄する広島呉鎮守府《ちんじゅふ》の大竹海兵団に入団することが決まった。鎮守府は海軍の根拠地で、軍港のある横須賀、呉、佐世保、舞鶴に設立されており、それぞれに海兵団という新兵教育機関があった。

勤めていた名古屋の会社は辞め、入団までの期間、自宅で旧制中学三年生程度の主に英語、数学、国語を勉強して備えた。そして、厳しい海軍での生活に苦労しないようにとの母の勧めで、半年間、伯父が請け負っていた横山の土方仕事の見習いとして、韓国の人たちと土運びに道具の洗い始末、お茶の用意などをして働き、身体を鍛えた。

開戦の日の記憶

昭和十六（一九四一）年十二月八日のことを西崎氏は今も鮮明に記憶している。その日も早朝から横山で土運びをしていると、ラジオから流れる臨時ニュースに、その場の空気が一変する。

「帝国陸海軍は本八日未明、西太平洋において米英軍と戦闘状態に入れり」

大本営発表に、作業をしていた十数人が興奮して一斉に立ち上がり、万歳を三唱して、太平洋戦争開戦を心から祝っていた。

第二章 「海軍特別年少兵」制度とは

一　幻の存在となった「昭和の白虎隊」

東郷神社の碑

東京原宿の竹下通りを一本脇に入れば、それまでの騒がしさがぱたりと消え、懐かしささえ覚える空気に包まれる。ここが原宿なのか?と狐につままれたような思いにとらわれると同時に、これが原宿という街の本来の佇まいなのだということに気づく。緩やかなカーブを左に登ると、東郷神社の神門が待っている。神門へと導く階段脇の手水舎の横に、清々しく木々に抱かれて御影石のどっしりとした碑が座す。

碑銘は、「海軍特年兵之碑」。昭和の白虎隊と評された「海軍特別年少兵」(略称・海軍特年兵)の戦没者五千余名の鎮魂のため、昭和四十六(一九七一)年五月に、その生存者一同により建立された。

碑の中央には、香淳皇后の御歌、

やすらかに
ねむれとぞ思ふ
君のため
いのちささげ志

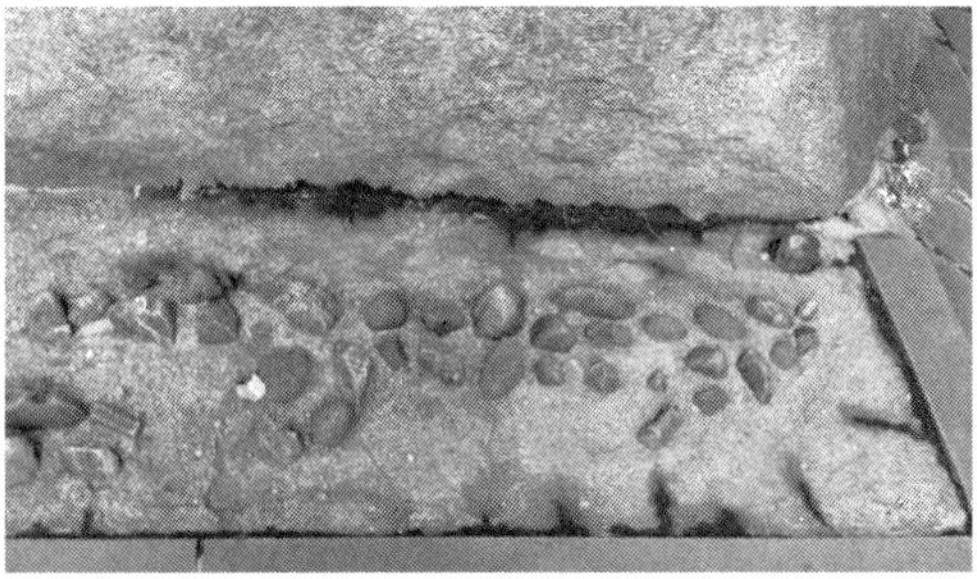

「海軍特年兵之碑」（上）**とその礎**（東郷神社）
（平成 29 年 7 月編者撮影）

ますらをのとも

が刻まれている。碑の礎《いしずえ》には、日本列島をかたどるように、大人のこぶし大ほどの様々な石が置かれ、物語を感じさせる。それは、「海軍特別年少兵」の「全国の生存者が亡き友の冥福を祈るためそれぞれ各県の石四十七個を持ち寄り　碑の礎に散りばめた」と、碑文に記されている。

戦後、この「海軍特別年少兵」は歴史から忘れ去られ、幻の存在となった。海軍の中でさえ、この制度の創設に携わった者や、教育に当たった者など、ごく一部を除いてはほとんど知られていなかった。「このままでは幼くして散った還らぬ友が余りに可愛想であり　その救国の赤誠《せきせい》（嘘や偽りのない心）と犠牲的精神は　日本国民の心に留め　讃えねばならない」（碑文より）との思いで、東郷神社の碑は建立されたのである。今や国籍を問わず、生を謳歌するティーンエージャーのエネルギーがうねる原宿に、十六、七歳で戦争の第一線で犠牲となった兵士の鎮魂の碑は、ひっそりと、しかし堂々と呼吸している。

中長期的な視点により創設された最年少の少年兵制度

十四歳の信夫少年が第一期生として合格したこの知られざる「海軍特別年少兵」制度とは、いかなるものであったのか。どのような経緯で創設され、どのような教育が行われ、そしてなぜ幻の存在となってしまったのか。「海軍特別年少兵」出身者による「海軍特年会」が編纂し、昭和五十九年に出版された『海軍特別年少兵』には、制度の創設経緯から、教育内容にいたるまで、詳細にまとめられているほか、教育にあたった当事者や、出身者の手記が多数おさめられており、制度の全容を語る非常に貴重な資料となっている。同書を参考にしながら、制度の概要についてまとめてみたい。

「海軍特別年少兵」制度が創設されたのは、昭和十六（一九四一）年。海軍が中長期的な視点により、年少の優秀な少年を採用して長期間の特別教育を行い、艦艇の乗組員や陸戦部隊等における将来の中堅幹部を養成することが目的だった。採用人数は、従来の海軍志願兵採用員数の十分の一を限度として、採用年齢は、十四歳以上十六歳未満。海軍での正式名称としては「練習兵」だが、一般的には「特年兵」とよばれていた。各部門にわたり、要員の量的・質的増強が必要になった海軍は、航空については飛行予科練習生（昭和十一年）、電信・水測については少年水兵制度（昭和十二年）を設けたが、この「海軍特別年少兵」制度は、水兵、機関兵、整備兵、工作兵、看護兵、主計兵についても広げたのである。

一般志願兵とは本質的に異なる充実した教育内容

もともと定められていた訓練内容は、横須賀、呉、佐世保、舞鶴の四鎮守府の下にある海兵団において、一年六カ月以内の基礎教育を受けた後、さらに普通科練習生として、術科学校において、砲術、水雷、機関、整備など、海軍の勤務と直結する専門教育を経て、実戦配置されるというものであった。従来の新兵教育は、海兵団で四カ月半（徴兵）あるいは五カ月半（志願兵）の教育を受け、その後、各艦艇、部隊等に配属され、約一年間の勤務を経て、志願選抜された優秀な者のみが術科学校に進むことができた。

また、「海軍特別年少兵」制度では、優秀な者はさらに江田島の海軍兵学校、舞鶴の海軍機関学校の選修学生課程へ進み、将来は海軍大佐まで昇進する道も予定されていた。海軍には、明治中期から士官任用条例によって任用制度が確立され、将官や高級士官になれるのは、海軍兵学校、海軍機関学校、海軍経理学校の生徒出身者に限られていた。これらの学校には、一般兵から昇進した古参下士官や、准士官の中から優秀な者を選抜して入校させる制度もあったが、彼らの身分は特務士官で最高位は特務大尉どまりだった。

海軍はもともと、「兵役の義務」に基づく「徴兵令」によって集めた兵士よりも、本人の意思によって兵役に服する志願兵を重視してきたが、このように「海軍特別年少兵」制度は、従来の一般志願兵等に対する教育とは、内容が本質的に異なる制度だったのである。

この新たな制度は昭和十六年七月五日に発表され、学校や市町村役場を通じて、優秀な少年たちを募集した結果、全国から志願者が殺到し、約十倍の狭き門を経て、第一期生が採用となった。当初、「海軍特別年少兵」は実験的な制度であったが、この第一期生が厳しい教育訓練を耐え抜き、予想以上の著しい成果を上げたことから、昭和二十（一九四五）年五月に入団の第四期生まで採用が続き、その数は年ごとに増加していった。

採用人数

「海軍特別年少兵」の数については、東郷神社の「海軍特年兵之碑」碑文には、第一期生三二〇〇名、二期生四千名、三期生及び四期生が各五千名で、計約一万七二〇〇名と刻まれている。『海軍特別年少兵』には、海軍特年会の調べによって、次のように海兵団別の詳細な入団員数が掲載されている（海兵団名の下の（　）内は鎮守府名）。

〈第一期生〉昭和十七年九月一日入団～昭和十八年七月三十一日卒業
（大正十五年十一月生～昭和二年十月生）

武山海兵団（横須賀）　一〇〇〇名
大竹海兵団（呉）　六〇〇名
相浦海兵団（佐世保）　一二〇〇名
舞鶴海兵団（舞鶴）　四〇〇名
計三二〇〇名

『海軍特別年少兵』には、武山海兵団の入団者数を一三〇〇名として第一期生の総数は計三五〇〇名という数

字も記されている）

〈**第二期生**〉昭和十八年七月一日入団～昭和十九年五月十日卒業
（昭和二年十一月生～昭和三年十月生）

武山海兵団　一四〇〇名
大竹海兵団　八〇〇名
相浦海兵団　一二〇〇名
舞鶴海兵団　五〇〇名
計三九〇〇名

〈**第三期生**〉昭和十九年五月二十五日入団～昭和二十年三月十五日卒業
（昭和三年十一月生～昭和四年十月生）

武山海兵団　一五〇〇名
大竹海兵団　九四〇名
針尾海兵団（佐世保）　二六〇〇名
平海兵団（舞鶴）　三二〇名
計五三六〇名

〈**第四期生**〉昭和二十年五月二十五日入団（在団中終戦）

（昭和四年十一月生～昭和五年十月生）

武山海兵団	一五〇〇名
大竹海兵団	九四〇名
相浦・針尾海兵団	二六〇〇名
平海兵団	三二〇名
	計五三六〇名

総計　一万七八二〇名

なぜ歴史から忘れ去られたのか

当時の海軍が力を注いで創設し、画期的な教育制度であったはずのこの「海軍特別年少兵」制度は、なぜ歴史に埋もれてしまったのか。なぜ海軍に所属していた人々のあいだでさえ、ほとんど知られていないのか。第一期から第四期までと、制度の歴史が短いこともあるが、その最大の要因は、戦局の悪化により、中長期的な視点から中堅幹部を養成するという制度の本来の方針が全く異なる方向に転換され、一般志願兵と同様な配置に組み込まれてしまったことによる。

第一期生が各海兵団に入団する三カ月前、昭和十七（一九四二）年六月にミッドウェー海戦で日本軍は米国軍に大敗して空母四隻を失い、これを機に戦況は次々と不利になっていく。悪化する戦況により海軍の兵力の補充は急を要し、もともと一年六カ月以内と定められていた海兵団での教育期間は、最終的に一年弱に短縮される。第一期生及び第二期生は、海兵団での訓練課程を修了後、術科学校を繰り上げ卒業の上、第一期生は昭和十八年十二月に、第二期生は昭和十九年九月に、それぞれ第一線部隊に送り込まれていった。

昭和十九年五月に入団の第三期生は、約十カ月にわたる海兵団での教育を修了後、水兵科は術科学校への入学が延期されて実施部隊に配属になり、他のほとんどは術科学校での教育を終えた時点で終戦を迎えた。昭和二十年五月に入団の第四期生は、入団後三カ月足らずで終戦となり、その後も海兵団に残って、地域の警備部隊に配属された。

もともとこの制度は、戦時のための要員を急ぎ養成するためのものではなかった。だが戦局の悪化により、結果的にはそうなってしまったのだ。制度の本来の目的は失われ、第一期生及び二期生の十六、七歳の少年たちが、消耗品のように、苛烈を極める第一線に投入され、命を失ったのである。戊辰戦争の際の新政府軍と会津藩との戦いにおける、十六、七歳の少年たちからなる白虎隊の悲劇にたとえられる所以である。犠牲者は第一期生、第二期生に集中しており、『海軍特別年少兵』によれば、第一期生では約二千名（入団員数の約六三％）、第二期生では約一二〇〇名（入団員数の約三一％）にのぼり、犠牲者総数は、「海軍特年兵之碑」には、五千余名と刻まれている。

二　制度の概要

第一期生の募集・選考——採用年齢は十四歳以上十六歳未満

「海軍特別年少兵」制度は、太平洋戦争が始まる五カ月前、昭和十六年七月五日に発表された。この時点では、採用年齢は十五歳以上十六歳未満と定められていたが、昭和十七年八月二十六日付の追加条文で、十四歳以上十六歳未満と引き下げた。追加条文で対応したのは、兵士の下限年齢を十五歳と定めたジュネーブ条約の規定に配慮した海軍当局の苦肉の策であったという。「海軍特別年少兵」がほとんど知られていない一因には、ジュネーブ条約から見て問題のある制度であるために、意図的に歴史の闇に葬られたということもあるのかもしれない。

また、優秀な少年たちを募集するために、この制度は学校や市町村役場を通じて紹介されたが、海軍飛行予科練習生のように広く大々的に宣伝が行われなかったということも、「海軍特別年少兵」がほとんど知られていない要因の一つとなっている。

選考は、身体検査と学力試験からなり、それぞれ一般志願兵よりも高い合格水準が設定された。まず身体検査は、一歳上の者に匹敵するような身体壮健な人材を採用することとした。学力試験は、国語、数学、地理、歴史、理科の五科目。一般志願兵は、乙種合格（各科目六十点以上八十点未満）の基準に達すれば合格となったが、「海軍特別年少兵」は甲種合格（各科目八十点以上）が求められた。

さらに、鎮守府ごとに合格者を総括して厳選し、学力、身体、適性ともに優秀な人材が選ばれたが、そのほとんどが級長や、クラスの一、二番の優等生ばかりであったという。

海兵団での息つく暇もない猛訓練

教育内容は、予科練や兵学校の教育を参考にするなどして組み立てられ、ミニ兵学校といわれるほど質の高いものが練り上げられたが、その最大の特徴は、「普通学」が導入され、重視されたことである。海兵団での授業時間は、一年弱という限られた中で、普通学一五〇〇時間、軍事学八百時間というハードスケジュールで進められ、分刻みで続く超スパルタの教育・訓練であった。具体的な科目は、普通学が数学、物理、化学、国語、歴史、地理、英語の七科目。高等小学校卒業が大半の練習兵に対し、旧制中学三、四年程度の普通学の内容が詰め込まれたのだから、授業についていくのがどれだけ大変であり、並大抵の努力では通用しなかったことが想像できる。

授業は午前中が普通学、午後は軍事学にあてられた。軍事学の内容は一般志願兵と同じで、各個教練、分隊教練、執銃教練、卒業前に実施される野外演習などの陸戦教育、装塡《そうてん》訓練などの艦砲教練、実弾射撃訓練、手旗信号、手先信号などの信号教育、艦船実習、行軍など実に盛りだくさんであった。さらに体育として、剣道、銃剣術、相撲の武技や、水泳訓練、短艇（カッター）訓練などが行われ、まさに息つく暇もない、一瞬たりとも気の抜けない猛訓練が、十四、五歳の少年たちを鍛え上げていったのである。

資料　海軍兵科の階級表　昭和17（1942）年11月1日以降

<table>
<tr><th colspan="2"></th><th colspan="5">兵　科</th></tr>
<tr><td rowspan="9">士官</td><td rowspan="3">将　官</td><td colspan="5">大　将</td></tr>
<tr><td colspan="5">中　将</td></tr>
<tr><td colspan="5">少　将</td></tr>
<tr><td rowspan="3">佐　官</td><td colspan="5">大　佐</td></tr>
<tr><td colspan="5">中　佐</td></tr>
<tr><td colspan="5">少　佐</td></tr>
<tr><td rowspan="3">尉　官</td><td colspan="5">大　尉</td></tr>
<tr><td colspan="5">中　尉</td></tr>
<tr><td colspan="5">少　尉</td></tr>
<tr><td colspan="2" rowspan="3">特務士官</td><td colspan="5">大　尉</td></tr>
<tr><td colspan="5">中　尉</td></tr>
<tr><td colspan="5">少　尉</td></tr>
<tr><td colspan="2">准士官</td><td>兵曹長</td><td>飛行兵曹長</td><td>整備兵曹長</td><td>機関兵曹長</td><td>工作兵曹長</td></tr>
<tr><td rowspan="3">下士官</td><td>上等下士官</td><td>上等兵曹</td><td>上等飛行兵曹</td><td>上等整備兵曹</td><td>上等機関兵曹</td><td>上等工作兵曹</td></tr>
<tr><td>一等下士官</td><td>一等兵曹</td><td>一等飛行兵曹</td><td>一等整備兵曹</td><td>一等機関兵曹</td><td>一等工作兵曹</td></tr>
<tr><td>二等下士官</td><td>二等兵曹</td><td>二等飛行兵曹</td><td>二等整備兵曹</td><td>二等機関兵曹</td><td>二等工作兵曹</td></tr>
<tr><td rowspan="4">兵</td><td>兵　長</td><td>水兵長</td><td>飛行兵長</td><td>整備兵長</td><td>機関兵長</td><td>工作兵長</td></tr>
<tr><td>上等兵</td><td>上等水兵</td><td>上等飛行兵</td><td>上等整備兵</td><td>上等機関兵</td><td>上等工作兵</td></tr>
<tr><td>一等兵</td><td>一等水兵</td><td>一等飛行兵</td><td>一等整備兵</td><td>一等機関兵</td><td>一等工作兵</td></tr>
<tr><td>二等兵</td><td>二等水兵</td><td>二等飛行兵</td><td>二等整備兵</td><td>二等機関兵</td><td>二等工作兵</td></tr>
</table>

（『日本海軍用語事典』（辰巳出版）参照）

＊士官は、士官学校ないしそれに該当する教育機関で初級士官教育を受けた軍人で、少尉以上の階級の武官を士官と称する。下士官は士官の下で小規模な部署・部隊を指揮する。日本海軍は、学歴至上主義であったため、士官と下士官の間は隔絶していた。士官の中でも、正規の養成教育を受けた士官と、下士官から昇進した特務士官の区別があった。

海軍基礎知識 1

海軍の教育機関――海軍三校と海軍術科学校

〔海軍三校〕

戦艦に乗り組む兵科・機関科・主計科の士官は、それぞれ海軍兵学校、海軍機関学校、海軍経理学校の「海軍三校」出身者が任官した。

海軍兵学校：兵科の士官を養成する学校。起源は明治二（一八六九）年に兵部省により築地に創設された海軍操練所で、明治九（一八七六）年に海軍兵学校と改称された。英国式の海軍教育を導入し、明治二十一（一八八八）年に広島県の江田島に移転。世界三大兵学校の一つと称された超難関校。

海軍機関学校：機関科の士官を養成する。明治十四（一八八一）年に海軍兵学校から分離独立して海軍機関学校となり、大正十四（一九二五）年には舞鶴に移転して、士官養成教育のほかに、術科学校の役割を果たした。

海軍経理学校：もともと庶務、会計、被服、糧食などを担当する主計科要員を養成する術科学校として発足し、後に士官養成教育を追加した。変遷を経て明治四十（一九〇七）年に海軍経理学校となる。

旧海軍兵学校生徒館
（現在の海上自衛隊幹部候補生学校庁舎）
（平成29年10月編者撮影）

〔術科学校〕

各専門技量を教育する学校で、練習生（兵）には、普通科、高等科、特修科があり、それぞれの課程を終わると特技章が交付された。術科学校には、次の学校があった。

海軍砲術学校、海軍水雷学校、海軍航海学校、海軍通信学校、海軍電測学校、海軍工機学校、大楠海軍機関学校、海軍工作学校、海軍対潜学校、海軍潜水学校、海軍気象学校、海軍衛生学校

第二章　大竹海兵団でのスパルタ教育

一　出征の朝

新年二日と天皇誕生日に皇居で行われる一般参賀の模様をテレビで見ていると、今も西崎氏は七十七年前のあの日に立ち戻り、十五歳の感激が蘇ってくるという。日の丸の小旗の大海原に、万歳、万歳の歓声が地鳴りのように湧き上がる光景は、まさに出征の日と重なるのだ。西崎氏の語りは、今も色鮮やかに十五歳の旅立ちの朝から始まる。（編者。以下同）

必ず生きて帰ってこい

昭和十七（一九四二）年八月三十一日、一睡もできずに夜が明けた。母に背中を流してもらい、新しい下着を身に着け、菜っ葉服（菜っ葉色の国民服）に戦闘帽を被る。そして肩に「祝西崎信夫君」と大きく書かれた襷《たすき》をかけた。座敷に掲げられた天皇陛下の御真影《ごしんえい》と亡き父の遺影に深々と頭を垂れ、仏壇のご先祖様と神棚に武運長久を祈願し、母が心尽くしの祝膳につく。魚の塩焼きに膾《なます》、好物のぼた餅などが並べられていたが、気分が高揚して喉を通らない。気遣う母を尻目に、お茶漬けを一杯かきこむと、

「じゃあ、これから行ってくる」

と別れの挨拶をした。

「身体に気を付けて立派にご奉公するんだよ」

と母は目に涙をため、航海守護のお守りを首に掛けてくれた。昔から志摩の漁師など海に関わる者の信仰を集めている青峰山正福寺《あおのみねさんしょうふくじ》のお守りだったと思う。そして母は、今度はきっぱりとこう言った。

「死んではなにもならない。生きて帰ってこそ名誉ある軍人さんだ。必ず生きて帰ってこい」

それから復員の日まで、母のこの言葉は私の道標となるのである。

郷土の誇りと讃えられ

朝早くから手伝ってくれている親戚の人たちに礼を述べてから、私が通っていた鵜方小学校の校庭で催される村の壮行会へと向かう。玄関を出ると、いきなり近所の人たちが、

「万歳！　万歳！」

と叫んで、晴れの門出を祝ってくれた。役場の兵事係の人に連れられて、通いなれた坂道を踏みしめながら振り返ると、ガキ大将当時、石川五右衛門よろしく

「絶景かな、絶景かな」

と称えた横山がいつものようにどっしりと構えている。いたずらをして迷惑をかけた近所の家々の軒下に日の丸の旗が掲げられ、我が家の二階からは、子どもたちが小旗を振って見送っている光景に、

「この人たちのためにも戦わねば」

と決意を新たに、我が家を後にした。

深々と松の緑に包まれた懐かしい鵜方小学校の校庭には、すでに六百人の児童と大勢の村人が日の丸の旗を打ち振り、軍歌で歓迎してくれた。校舎の玄関中央にぽつんと立たされた私は、緊張した面持ちで村の名士の方々から祝辞を頂いた。紋付き袴姿の村長さんに村の四役（校長、駐在、駅長、郵便局長）、在郷軍人会、国防婦人会の方々から、

「西崎信夫君は郷土の誇り」

「とにかく村として名誉なこと」

「お国のために立派にご奉公するように」

と、賞賛と激励の言葉を受け、最後に村長さんの音頭で万歳三唱が行われた。思えば、たかが十五歳の少年が、これほど晴れがましく村の名士の方々から祝福されたのだから、どれだけ誇らしく感激に震えたことか。あのときの気持ちの高ぶりは、今でも忘れることができない。

「お国のためにご奉公してきます」

と、母に教えられた通りの挨拶をした後、村長さんの合図で、日の丸の旗が打ち振られる長い行進が始まった。「祝西崎信夫君」と大書きした幟《のぼり》一本を先頭に、児童が吹奏する「愛国行進曲」が晴れ渡った青空にこだまする中、宇賀多神社と戦死者の顕彰碑である表忠碑《ひょうちゅうひ》に参拝して出征祈願をした後、鵜方駅に向かった。

鵜方小学校（平成 30 年 1 月編者撮影）

鵜方駅（平成 30 年 1 月編者撮影）

信ちゃん死ぬなよー！

駅には、乗車する電車を囲むようにして、すでに近所のおじさん、おばさん、親戚たち、友達らが日の丸の小旗を手に集まっていた。右手に日の丸、左手に赤いテープを持たされた私は、電車の最後部から身を乗り出し、来てくれた人たちに挨拶をして、高鳴る気持ちを抑えながら発車ベルを待った。ふと、四、五歳の頃、友達と線路のレールに耳を当て、微かな車輪の音に胸を高鳴らせながら、いつか電車に乗って都会へ行きたいと思ったことが心に浮かんだ。

だが、けたたましい発車ベルに郷愁は蹴散らされ、同時に、群衆が一斉に、

「万歳！　万歳！」

と叫んだ。その歓声が

「ウォー」

と、足元から地鳴りのように湧き上がる興奮に、私は身も心も宙に浮くようで、習ったばかりのぎこちない最敬礼で見送りの人たちに応えた。

ゆっくりと走り出した電車を友達七、八人が追いかけてきた。その一人が

「信ちゃん、頑張れよ！」

と叫び、続いて一番の親友が金切り声を上げた。

「信ちゃん、死ぬなよー！」

その瞬間まで、私は「死ぬ」ということを全く考えていなかった。親友のこの一言にハッとして、

「これが本当に戦争に行くことなのか、もしかしてもう帰って来られないのでは……」
と思ったら、急に戦争に行くのが怖くなった。そしてせめてもう一度、母と最後の別れをしたいと思い、群衆の中を懸命に探すと、一〇〇メートルくらい離れた電柱の陰にぽつんと立ち、小旗を振っている母を偶然見つけた。目と目が合った途端、私に「何か」を懸命に訴えかけているような母の眼差しだった。万歳、万歳の歓声が渦巻く刹那に、今生の別れを惜しんだ母のあの熱い眼差しは、七十七年が経とうとしている今も脳裏にはっきりと焼き付いている。

海兵団の門をくぐる

こうして生まれ育った鵜方村を後にし、鳥羽の小学校であらためて身体検査を受けた。性病の有無から肛門にいたるまで入念なものだった。ここで不合格になる場合もあるが、私は無事、甲種合格した。午後、兄嫁に付き添われ、一般志願兵等と一緒に軍事夜行列車に乗り、翌九月一日の朝、広島県の大竹海兵団に入団した。

大竹海兵団の営門をくぐり、真っ白い作業服に着替えると、それまで着ていたものなど私物一切を風呂敷に包んで兄嫁に渡した。別れ際、七歳上の兄嫁は、

「上官の命令をよく聞いて、身体を大切にしてください」

と、まるでわが子に言うように言葉をかけてくれ、それが不安に押しつぶされそうな心にしみいり、同時に、これから軍隊に入るのだという現実にがっしりと腕をつかまれたような思いがした。

「このまま帰ってしまいたい」
前の日に離れたばかりの故郷が恋しく、後ろ髪を引かれる思いで、私は娑婆に別れを告げた。

二　大竹海兵団での猛訓練と罰直の日々

太平洋戦争の開戦当初は、日本軍は東南アジアや太平洋の島々を次々と占領していったが、昭和十七（一九四二）年六月のミッドウェー海戦で日本軍は大敗する。これを境に連合国軍の反撃が強まり、日本軍は次第に苦しい戦況へと追い込まれていった。信夫少年が大竹海兵団に入団したのは、まさにこうした時期だった。

心細さを抱えて大竹海兵団の門をくぐった信夫少年を待っていたのは、一般社会から完全に隔離された海兵団での猛烈なスパルタ教育だった。西崎氏の海兵団回顧は、集まった少年たちの印象から始まる。

まわりは賢そうな面々ばかり

当時、私は体格が良いほうだったが、入団してきた連中を見ると、皆そろって立派な身体つき、賢そうな面々ばかりで、
「これはたまらないな」

というのが正直な思いだった。しかし、「村民の誇り」と讃えられ、あれだけ盛大に送られて出征したのだから、とにかく頑張るしかないという思いが、ふつふつと湧いてきた、

入団した六〇〇名は四個分隊に編成され、私は兵科第四十二分隊第六教班に配属となった。兵種は水兵。兵科第四十二分隊は計二四〇名、それが二〇名ずつ計十二の教班に分かれていた。分隊長は長谷川治彦大尉、その補佐役の分隊士は内富正人兵曹長。私が所属する六教班の教班長は戸崎芳吉上等兵曹（軍事担当）で、普通学の担当が伊藤博三一等兵曹、この二名の教官が私たちの教育訓練指導に当たった。

入団式までの数日間は、教班長より、

「貴様たちの兄だと思って、何事も相談するように」

と優しく言われ、セーラー服のネクタイの結び方や、釣床（ハンモック）の括り方から、便所掃除に食事の配膳のやり方まで、懇切丁寧に指導してくれた。

兵舎は縦長で窓が並び、床はデッキ（甲板）で中央にコンクリートの通路を挟んで、左側が奇数班六卓（一～十一班）、右側に偶数班六卓（二～十二班）を配し、奥には、衣類などを入れるために支給される細長い帆布袋の衣嚢《いのう》を納める棚がある。卓と椅子を頭上のビーム（梁）に上げると広いデッキとなり、班境のビームのフックにハンモックを吊って寝た。海軍では、艦艇をすべての基本としていたため、陸上生活においても艦艇に倣っていたのだ。

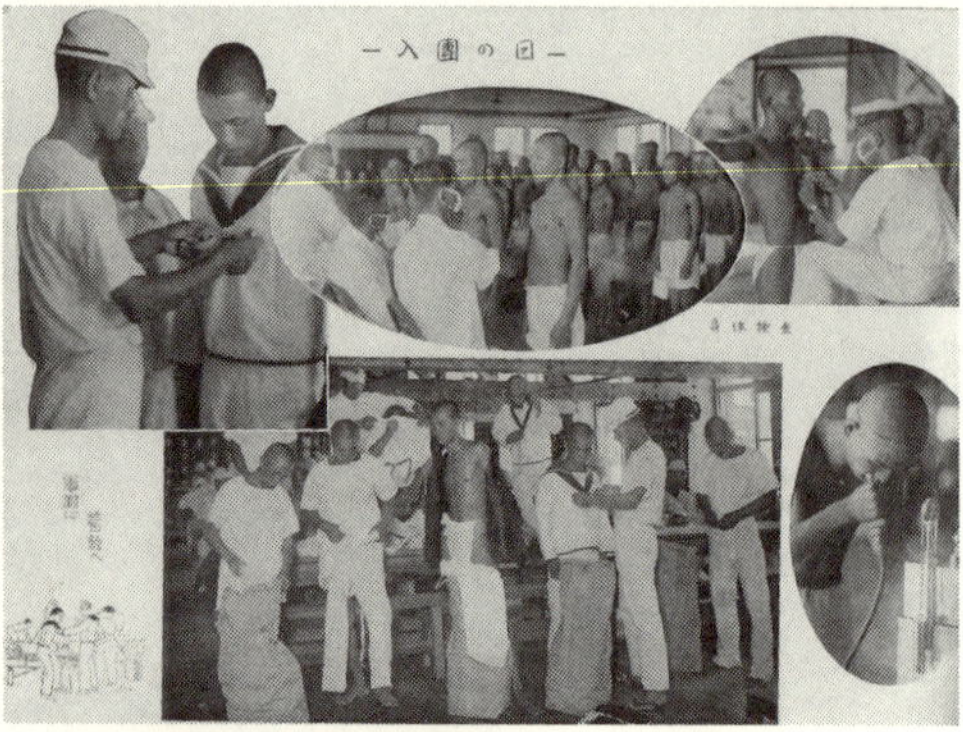

大竹海兵団入団の日の様子
（大竹海兵団第一期練習兵修業記念アルバムより）

釣床（ハンモック）で寝る様子
（大竹海兵団第一期練習兵修業記念アルバムより）

居並ぶ練習兵
（大竹海兵団第一期練習兵修業記念アルバムより）

兵籍番号で管理される

そして全員に与えられたのが、兵籍番号だった。私は「呉志水四〇三四五」。呉は呉鎮守府、志は志願兵、水は水兵の略だ。さっそく支給された衣嚢や軍帽、普通学の教科書などに、この兵籍番号を書き入れて、晴れの入団式を待った。

兵籍番号は海軍に在籍中は、いかなるところにも使われ、衣服をはじめ身の回りのあらゆるものに記入しなければならない。この番号ですべてが管理されるわけだ。もちろん海軍では相手を呼ぶときには名前が使われ、士官、下士官に対しては、「〇〇中尉」などと呼び、逆に士官、下士官が兵を呼ぶときは、「おい、西崎」というように苗字を呼び捨てにしていた。だが、この兵籍番号で管理されることに、私は戦争というものの本質があるように思えてならない。人間から名前を奪って数字化し、一人ひとりの個性、人格をなきものにするのだ。数字の列に命の重みはない。アウシュヴィッツなどの強制収容所では、送り込まれた人々の衣服、髪、名前など個人に帰属するもの全てが奪われ、代わりに腕に数桁の数字が刺青されたという。兵籍番号を思い出すと、今も何か空恐ろしいものを感じる。

入団式を境に一変する日常

昭和十七年九月七日、大竹海兵団団長の福田貞三郎少将出席の下、新しくできた練兵場で、「海軍特別年少兵」の大竹海兵団第一期生六百名の入団式が厳粛に行われた。「大日本帝国海軍」と金文字で書かれた軍帽に、真っ白い二種軍装（夏用の通常服。兵用はセーラー服）を着て整列し、団長より栄えある海軍四等水兵を拝命して、入団式が終わった。

入団式が終わると、昨日まで優しかった教班長が手のひらを返したように豹変する。

「貴様らは今日から帝国海軍軍人だ。徹底して娑婆の空気を叩き出してやる」

と、「軍人精神注入棒」と称する樫の棒を片手にスパルタ教育が始まった。

起床は午前五時、冬期は六時。「総員起こし」の号令で一斉にハンモックから飛び起き、一日が始まる。釣床収めの後、洗面と手洗いを済ませて運動場に整列、点呼を受けて体操を行う。掃除、朝食に続いて、午前中に普通学の授業、昼食をはさんで午後は軍事学、体育、夕食後は二時間の温習（復習）。何事にも敏捷性が求められ、移動の際など基本は駆け足。食事当番、釣床当番、便所掃除当番、夜中の番兵当番など、様々な当番の仕事もあり、とにかく毎日が追い詰められた訓練の連続で、辛いとか大変だとか、考える余裕がないほどだった。

唯一の楽しみといえば、三度の食事と月数回のおやつ、それに故郷からの便りくらいで、夜半にハンモックで聞く夜行列車の汽笛に、無性に母親が恋しくなり、しくしく泣いたものだった。

今、私の手元には、緑色の小さな手帳がある。ページはすっかりセピア色に変色している。「海軍特別年少兵」として生きた証にしようと、教班長に見つからないように、私は海兵団での日々の出来事をこの手帳にしたためていた。もともと海兵団の友人が持っていた手帳だったが、大人っぽくて、とてもかっこよく目に映り、

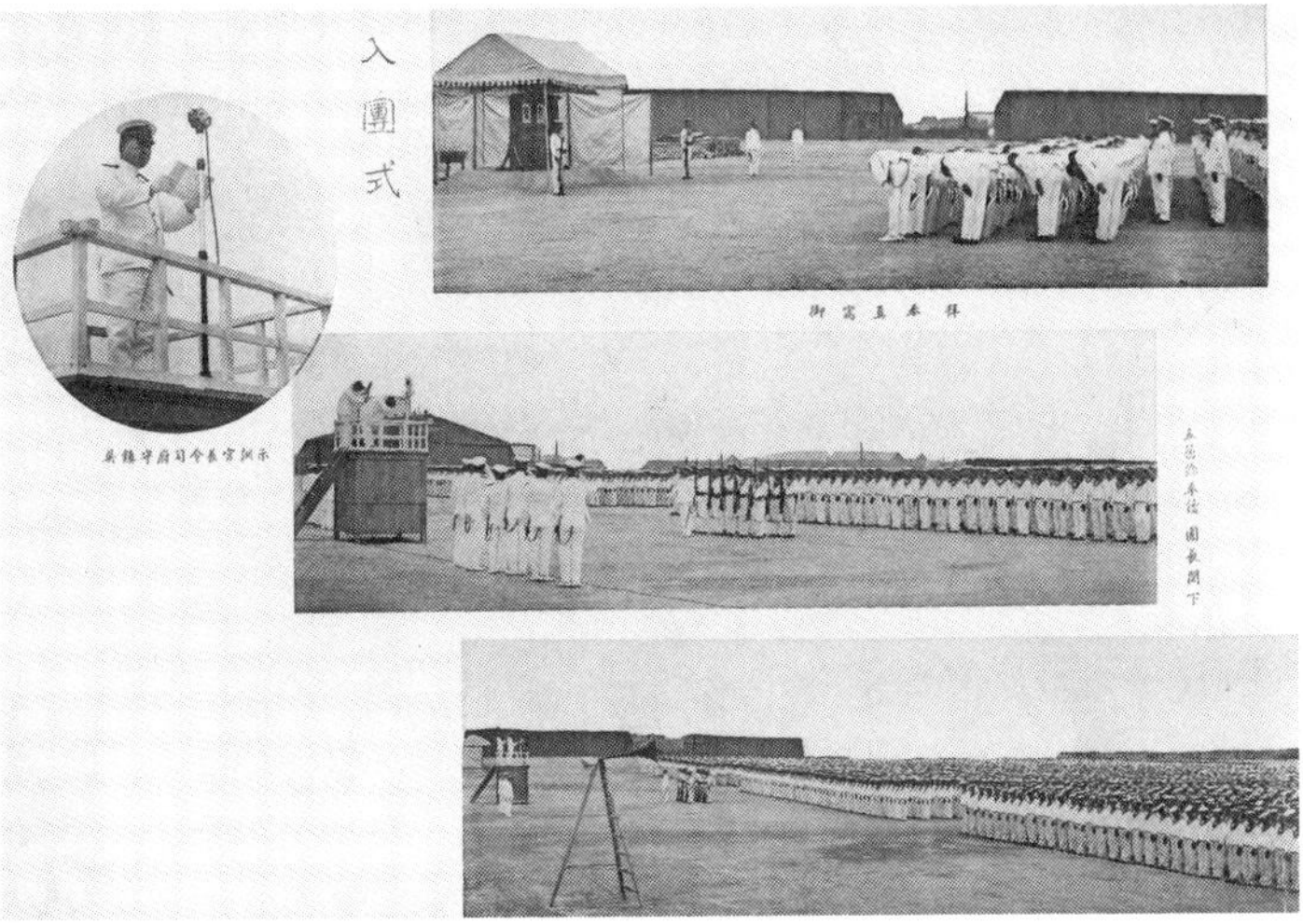

大竹海兵団入団式（大竹海兵団第一期練習兵修業記念アルバムより）

海兵団の食事風景（大竹海兵団第一期練習兵修業記念アルバムより）

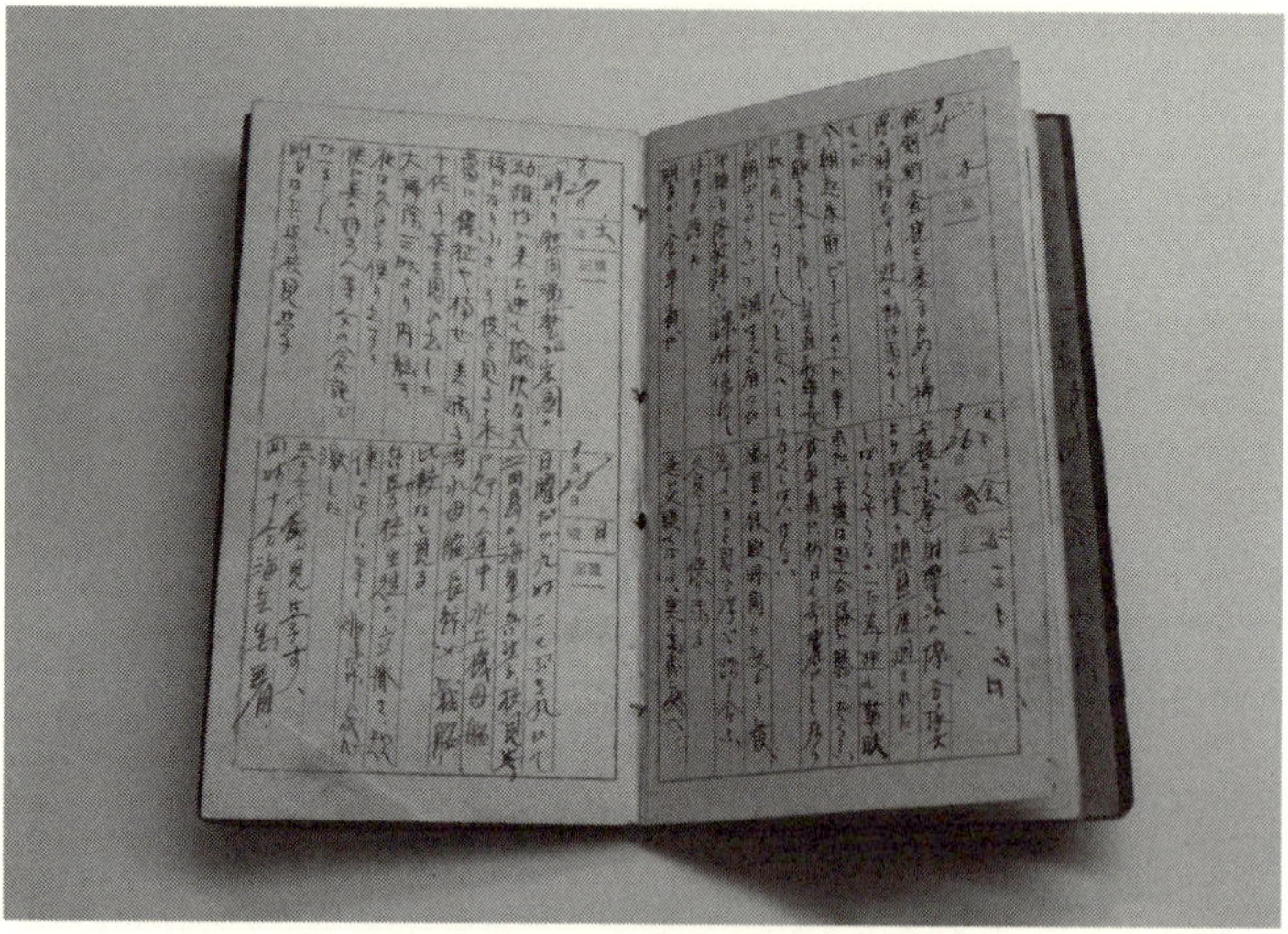

海兵団時代に日記を記していた手帳

「それ、いいな」

と、つい話しかけたところ、

「そうか、俺は多分使わないと思うから、あげるよ」

と、あっさりくれたのだった。

後述するが、私は沖縄水上特攻に出る前に、私物一切を海に投じたが、この手帳だけは唯一残した。いわば海軍時代の私の魂であり、かけがえのない宝物である。何年か前に、海兵団時代の旧友にこの手帳を見せたところ、

「どんな戦記物の本を読むよりも、当時のことをありありと思い出すよ。全くよく頑張ったな、俺たちは」

と、十五歳の頃と変わらぬ表情を見せて懐かしんでいた。

さて、その手帳からいくつか抜粋して、入団当時を振り返ってみたい。

九月十四日

入団以来、十四日が過ぎた。本日まで非常に忙しく、家へ手紙を出すこともなく、本日、十三本まとめて書いた。昨夜は釣床で寝方が悪かったのか、いまだに肩が痛む。午後の日課は各個教練だ。昨日まで徒手教練だったが、午後から本当に軍人らしくなるだろう。夕食が待ち遠しい。

九月十九日
朝食を早く食べ、間食一袋と弁当を持って、四兵舎全員で七時に大竹海兵団の岸壁から商船寿丸に乗船して、呉海兵団を見学に行く。軍港に軍艦三十隻、航空母艦「鳳翔《ほうしょう》」、戦艦「武蔵」、海防艦五十隻を見て、東洋一の四号ドックを見学し、日本海軍の盤石《ばんじゃく》を知らされた。正午には、呉海兵団集会所で休憩し、午後三時、時雨をついて大竹海兵団に帰った。

九月二十一日
今朝は普通学の教科書が渡され、午後から勉強が始まる。教員八名が練習兵の教育に当たり、校舎は本部の裏に建築中とのこと。前線で赫々《かっかく》たる戦果を挙げている先輩たち、軍需工場で働いている友のことを考えると、自分は恵まれた環境で勉強ができることは幸福だと思った。

十月二十日
手旗と体操で優勝旗を得た。今日の教班長の笑顔は本当に忘れられない。
夕食には、大皿に松茸が半分に切られて並んでいた。故郷の松茸狩りを思いながら、パクパクとよく味わって食べた。

罰直の日々

海兵団の生活は、規則を少しでも違反すれば、たちまち往復ビンタの制裁を受けた。特に重視されたのが、「五分前」の準備で、「総員起こし五分前」、「課業整列五分前」など、何をするにも五分前には心身の準備をして待機することが徹底された。自由時間中でも、五分前を知らせる金属笛の号笛《ごうてき》（通称アンマ笛）が「ピー」と鳴ると、直ちに動作を止めて教班長の指示を待ち、わずかに動いても鉄拳《てっけん》が飛んできた。

罰直には様々な種類があり、一説には一〇〇種類にも及ぶという。その中からなんとも馬鹿げたものを二つ紹介しよう。一つは「蜂の巣」。衣嚢をしまっておく収納棚が、ちょうど銭湯の脱衣所にある衣服入れのように、壁にたくさん仕切ってあるのだが、その前に分隊全員が整列する。そして、「ヨーイ、ドン」の号令で、一斉に衣嚢を引っ張り出し、仕切り箱へ上半身を突っ込む競技である。仕切り箱が一カ所だけ閉鎖されており、一人だけあぶれることになるのだ。その「一人だけ」になれば、分隊で一番要領が悪い兵隊であるとのレッテルを張られ、教班長から竹刀で尻を叩かれるため、他人を踏みつけ、引っ張り出してでも、仕切り箱へ入ろうと競うのである。

もう一つは「鶯の谷渡り」と呼ばれ、班毎に行われた。六卓のテーブルと六脚の椅子が交互に並べられ、二十名の班員が一斉にテーブルの下を潜り、椅子をまたぎ、一番早く抜け出た者が、鉄柱の上に登って、柱にへばりつきながら、

「ホーホケキョ」

海兵団時代の著者
（昭和17年12月頃）

と三回鳴くのである。いずれも機敏性を鍛えるものだろうが、不条理極まりない。

海軍の教育は何事にも全体責任が基本であり、一人が失敗しても全員が罰直を受けることになる。例えば班別に行われた夜の釣床訓練では、誰かが遅れたり、釣床の中に毛布などを入れて括るのがうまくいかない者が出れば、分隊二四〇名全員が一斉に腕立て伏せをさせられた。私はこれが嫌でたまらなかった。

号令一笛で始まる腕立て伏せは、誰もが最初の十分程度は辛抱できるが、それ以上になると、腹がデッキに着いてしまう。すると即座に、

「尻を上げろ！」

と、竹刀が飛んでくるのだ。三十分を過ぎ、全員の疲れが頂点に達する頃を見計らって、教班長の訓示が始まる。

「貴様らは、お父さんやお母さんに、立派な軍人になってお国のために尽くしますと誓って故郷を出て、この海兵団に入団したことを忘れたか！　ご両親が、今こんな格好で罰を受けているのを見たら、どんなに嘆き悲しむことか！」

手に持った竹刀をデッキにトントンと突いて、私たちの恐怖心を煽る。

延々と腕立て伏せは続き、デッキに汗と涙を滴らせながら必死に耐えていると、自ずと母と亡くなった父に申し訳ない気持ちが生まれ、一日も早く立派な軍人にならねばと思った。同時にこの制裁への恨みは忘れがたく、いつかは仕返しをしてやろうとさえ思った。この腕立て伏せと鶯の谷渡りなど、午後八時四十五分から十時まで罰直が続いたこともある。

「軍人精神注入棒」で思い切り尻を叩く「バッター」も日常茶飯事に行われ、靴の整頓が悪かったということで、尻を十回叩かれたことがある。その夜はあまりの痛さに、ハンモックにうつ伏せに寝た。あるとき私は思い余って教班長に、

「このような制裁に本当に意味があるのでしょうか」

と進言したことがある。それに対しての答えは、バッターだった。

自殺者も出た厳しさ

訓練が始まって三カ月ほど経った頃、同期生の一人が首を吊って命を絶つという事件が起きた。神経症などの病気で退団する者も相次いだ。当時の大竹は、冬になると中国山地から吹き下ろす風や海風が非常に冷たく、凍傷で足を切断するなどして入院した者が五、六人は出たと記憶している。卒業を二カ月後に控えて、盲腸炎で亡くなった者もある。志半ばで海兵団を去っていった彼らの無念を考えると、あまりに気の毒でならない。

自殺者が出たことから、日曜日に外出が許可され、班毎に決められた民家で休養できるようになった。そこで家族と面会したり、眠ったり、束の間の安らぎの時間に私たちは英気を養ったが、外泊は許されず、夕方には海兵団に戻らねばならなかった。

このように、ほんのいっときでも娑婆の空気に触れる配慮がなされたものの、海兵団の訓練は相変わらず厳しく、とにかく朝起きてから寝るまで四六時中、神経をすり減らし、身の縮む思いでひたすら勉強と訓練を重ねる日々が続いた。すると、徐々に気持ちが座ってきて、胆力がついてきたのが自分でもわかるようになり、何事にも敏捷に立ち回ることができるようになっていったのである。

得意だったカッター訓練

普通学は、数学、物理、化学、国語、歴史、地理、そして英語の七科目が午前中に四時限（各五十分授業）、そして午後は軍事学が行われたが、私は普通学よりも体を動かす軍事学や体育が得意だった。正直なところ、戦争に行くのだから、軍事教練や体育をしっかりやれば十分であろうに、どうして普通学を勉強しなければいけないのかという思いがあった。

私が人一倍優れていたのは、カッターに銃剣術だ。カッターは、大抵の人が苦労し、『海軍よもやま物語』（小林孝裕著）には、

「海軍生活の経験者に、『海軍でなにがつらかったか』と聞けば、百人のうち九十九人までが、『カッターだ』と答えるだろう」

普通学の授業風景（大竹海兵団第一期練習兵修業記念アルバムより）

カッター訓練の様子（大竹海兵団第一期練習兵修業記念アルバムより）

というくだりがあるが、私はその例外の〝一人〟だった。

カッターは大型の手漕ぎボートで、小回りがきくため使い道は幅広く、兵員の輸送、食糧や弾薬の搭載、人命救助など様々に活躍する。そのためカッター訓練は、艦艇乗組員となる海軍軍人にとっては、非常に重視される必須科目だった。漕ぎ手は左右六名ずつ計十二名で、他は予備員となる。私が所属する第六教班は十九名だったので、七名が予備員となって船の後方に待機し、予備員交代の号令で漕ぎ手が交代した。十二名の漕ぎ手が三メートル以上もある太く重たい櫂《かい》を一糸乱れぬ動きで漕がなければ前に進まない。「櫂立て！」の号令で重く身に余る長い櫂を立てるがフラフラしてしまう者や、うまく漕げない者には、教班長から容赦なく爪竿《つめざお》（先端にフックがついた長い竿）が飛んできた。

漕ぎ手十二名のうち、船首に向かって右側の一番目がリーダーの役割を果たすのだが、私はそこが持ち場だった。カッターを漕ぐにはコツがある。漕ぐときだけグッと力を入れ、あとは力を抜いて櫂を流れにまかせれば抵抗なく進む。ところがほとんどの人は、力を入れなくてよいときにも終始力いっぱいだから、うまく漕げない上にへとへとになってしまうのだ。私は海兵団に入るまで船を漕いだ経験はなかったのだが、カッターの要領はすぐにつかんだ。これは海兵団の訓練全般、そして後の「雪風」時代を振り返っていえることなのだが、子どもの頃の自然の中での遊びや、母の手伝い、そして出征した兄に代わって村の働き手として農作業などに懸命に取り組んだ体験が、私を常に支えてくれた。つまり、遊びや労働を通じて体得した知恵が、様々な場面での対応能力になったのだ。知識と知恵は異なる。今の世に生きる人たちは、情報の洪水の中で知識は多いが、知恵はとなると、あやういものを感じて仕方がない。

カッターではこんな思い出もある。沖に出た際には、歌が得意だった私は、

「軍歌で皆を鼓舞せよ」

と言われて、得意になって声を張り上げ歌ったものだ。逆に辛かったのは、尻の皮がむけてふんどしにくっつき、なかなか治らず痛くてたまらなかったことだ。そんな状態で風呂に入れば、飛び上がるほどの痛さだった。みんながカッターに慣れてきたころ、宮島までの遠漕《えんそう》があり、厳島神社を参拝した。

トイレでがむしゃらに勉強

艦艇内はエンジン音が唸り、戦闘中には大砲や機銃の轟音が渦巻き、また風波の強い甲板上では、人間の声はかき消されてしまうため、海軍にとって手旗信号、手先信号は命令伝達、了解、回答などの意思伝達手段として必須のものである。私はこれも得意で、訓練では何度か優勝したことがある。手先信号とは一種の手話であり、一例をあげれば、「艦長」を表す場合は、片手の指で輪を作り、双眼鏡を覗いているように形をとる。この動作に、一方の手を腹部に当てれば「副長」を意味する。

逆に数学と英語には苦労したものだ。数学の授業では、平方根の公式を覚えてくるのを忘れて、教員からビンタをくらったことがある。これにはさすがに懲りて、母のことや、出征時の盛大な見送りのことが思い出され、

「こんなことをしてはいられない、郷里のみんなに申し訳ない」

という気持ちになった。そしてその晩から、みんなが寝静まった夜中、消灯後に唯一灯りがついていたトイレで、一人がむしゃらに勉強した。

食事の席順は、試験の成績によって決められ、トップは教班長の隣で、逆に成績の悪い者は、食卓の端っこに座らされた。

教員も真剣そのもの

私たちは、「海軍特別年少兵」という新たな制度の第一期生であったことから、海軍当局としてもその成果に期待が大きく、教育にあたる教員たちも真剣そのものだった。分隊士からは、

「頭でっかちでは、いざというときに一人の敵も殺せない。もっと軍事教練で鍛えよ」

とはっぱをかけられ、他方、普通学の教員からは、

「これからの戦争は航空母艦と潜水艦の科学戦だ。科学的基礎をしっかり身につけよ」

と力説された。当番で、夜に教員の部屋で洗面器磨きなどしていたとき、教員たちが私たちの教育について深夜まで議論しているところに遭遇したことがある。教員たちもこれほど一生懸命に取り組んでいるものかと驚いたものだった。戦局が激化するにつれ、軍事教練の比重が大きくなり、精神面へのしめつけも厳しくなっていった。だがそうした状況下にあっても、普通学の教員からは、

「ジェントルマンシップであれ」

「本はよく読め」

と常々諭されたものだった。

実際、私たちは過酷な訓練によく耐え、海軍当局の予想以上の成果をあげていった。その優秀な訓練ぶりを一般志願兵の教育訓練を担当する教官が見学にきていたほどだった。確かに海兵団での訓練は並大抵のものではなかった。しかしつくづく思うに、十四、五歳という年齢は、どのようなことでも吸収し、様々な能力を発揮できるものである。そして、この海兵団での一年弱は、九十歳を超えた現在の私の骨格となっている。

苦しき中にも楽しさあり

厳しい訓練と罰直の嵐の海兵団生活にも、楽しい記憶はある。日曜日の面会日に、呉の海軍工《こう》廠《しょう》（海軍が運営する官営の軍需工場、研究機関）に勤めていた義兄と姉が子供たちを連れて、訪ねてきてくれたことがとても嬉しかった。姉の心尽くしのぼた餅やご馳走を頬張りながら、故郷のニュースを聞き、語り合ったことは本当に楽しい時間だった。また、家から小包が届くのも何より嬉しく、串柿、餅などを友達と一緒に食べた。それぞれ面会に来た家族からの差し入れや、実家から荷物が届くと、あん餅やら、ヨモギ餅などを分け合って食べ、それぞれの田舎の味に舌鼓を打った。

また、日曜日には、演芸会が開かれることがあり、踊ったり、歌ったり、このときばかりは、厳格な分隊長、教班長、教員の面々も顔をほころばせていたものだ。私は歌が得意だったので、皆から推されて、当時一世を風靡していた女優高峰三枝子の「湖畔の宿」（昭和十五年）を披露した。皆が勇ましい軍歌を歌うのに対し、私は「湖畔の宿」に郷愁を託し、特に気持ちをこめて歌ったのが三番の歌詞だ。

〽ランプ引き寄せふるさとへ
書いてまた消す湖畔の便り
旅の心のつれづれに
ひとり占うトランプの
青い女王（クイーン）の淋しさよ

皆しんみりと聞き入り、心の中でそれぞれの故郷に便りを綴っているかのようだったが、歌い終わったとたん万雷の拍手が沸き起こった。客席には志願兵や徴募兵も混じっており、最前列には私の父親とさほど変わらぬ年かさの兵隊があぐらをかいていた。徴募兵らしきその人は、哀愁のメロディーに、うつむいてしきりに涙をぬぐっていた。

二月の兎狩り行軍は、獲物は一匹の兎に終わったが大変面白く、岩国の錦帯橋行軍や、厳島神社への遠漕参拝、江田島の海軍兵学校などの見学も胸が高鳴った。呉の海軍関係施設の見学では、修理・改装中の戦艦「大和」を初めて見て、その巨大な姿に驚愕したことを、今も鮮やかに覚えている。二年後、その「大和」の最期に立ち会うことになるなど、知る由もなかった。

第一線へ出撃の年を迎える

さて、再び生活記録の手帳からいくつか抜粋してみよう。

昭和十八年一月一日（木）晴れ
新年を軍人として軍艦旗（日本海軍の象徴の旗。旭日旗）の下で迎え、言い表せぬほどの感謝と喜びであった。朝、遥拝式と天皇陛下のお写真奉拝を済ませると、元旦のご馳走が出た。満十六歳になり、いよいよ第一線へ出撃する年でもある。海軍軍人として立派に責任を果たさねばと故郷に向かって誓った。

一月四日（月）曇り
今日より普通学、軍事学の第二期がスタートした。午後は得意のカッター。競漕でできたかすり傷がふんどしにひっつき痛いが辛抱して漕ぐ。沖に出ると、教班長から軍歌で皆を鼓舞せよといわれ、得意になって歌った。

一月十一日（月）

雪が降りしきる中、雪と戦いながらの洗濯はとても冷たく、誠に親のありがたさをつくづく感じた。明朝の駆け足が思いやられる。

一月十五日（金）
夜中の番兵を無事に終えた。ハンモックに入るとき、母や兄、姉、親類、神に一日愉快に過ごせたことを感謝し、また明日も一生懸命にやれるように祈る。今日の昼食はさつまいもの汁でとてもうまかった。

二月二十七日（土）
午前中は英語、物理、歴史の授業。その後、大掃除と教員室の掃除、そして銃剣術があった。便所掃除当番だったが、塵が残っていたと当直教班長から往復ビンタをもらった。

三月四日（木）
銃剣術の訓練は、近頃、一人対二人の試合が多くなる。手旗信号では、久しぶりに個人優勝した。銃剣操法では、前敵刺殺、後敵刺殺、潜行刺殺の訓練を行った。視察に来た分隊士より、「極めてよし」と褒められた。

銃剣術訓練の様子（大竹海兵団第一期練習兵修業記念アルバムより）

四月十九日（月）

昨夜は休暇で家に帰った夢を見た。軍服姿で近所、親類に挨拶に行き、母や兄に海兵団の生活についてあれこれ話し、笑って夕食についたら、「総員起こし」の号令にはっと夢を破られた。

三　卒業間近の忘れえぬ出来事

脱走計画

今でも思い出すたびに、背筋が冷たくなる出来事がある。海兵団卒業まで二カ月を切った昭和十八年の六月七日、私の所属する第四十二分隊の野外演習が、東広島市八本松《はちほんまつ》の原村演習場で行われた。原村演習場は、現在は陸上自衛隊の演習場になっている。

演習の内容は、第四十二分隊二四〇名が紅白に分かれ、一六キロの道のりを武装したまま追撃退却戦を行うものであり、梅雨の晴れ間の炎天下に、起伏

八本松駅到着の様子（大竹海兵団第一期練習兵修業記念アルバムより）

原村演習の追撃退却戦の様子（大竹海兵団第一期練習兵修業記念アルバムより）

の激しい山道を三八式歩兵銃（長さ一・二七メートル、重さ三・九キロ、装弾五発手動式）を担ぎ、ひたすら走り続けるのだ。私は走ることに自信がなかったが、この演習だけは完走したいと、歯を食いしばってくらいついていった。最終的に、参加者の三分の一が落伍して、私も必死の奮闘むなしく途中から遅れだし、とうとう落伍者の仲間入りとなってしまった。

教班長から厳しく注意された後、私は同班の成相《なりあい》一等水兵とともに、罰として、四キロ先の敵陣地への斥候《せっこう》を命じられた。斥候とは、戦闘の前線で、敵の状況や地形を偵察する任務をいう。他の班員が休憩中に、私と成相は、地図に示された場所に立つ赤旗を一時間以内に持ち帰るように教班長から言われて出発した。

はじめのうちは、私たちは刑務所から釈放された気分で、

「ああ、これが娑婆の空気か！」

と、深呼吸をしながら、嬉々として野山を越えた。田んぼの畦道からいっせいに飛び散るイナゴの群れや、カメムシの匂いが郷愁を誘い、故郷の自然の中を駆け回っていた幼い頃に戻っていた。

ところが、地図に示された地点を探しても、赤旗はどこにも見つからない。道を間違えてしまったのかもしれない。もう解放気分に浮かれているどころではなかった。汗びっしょりで血眼になって探しても赤旗は見つからないのだ。二人で右往左往しているうちに、隊に戻る時間が迫り、気ばかり焦って頭の中が真っ白になる。そこへよぎるのは厳しい罰直のことだ。

「これはただではすまされない。いったいどんな体罰を受けるのだろう……」

恐怖心が増幅して襲いかかり、身体の自由が利かなくなる。丘の上の一本松にたどり着くや、三八式歩兵銃を投げ出して、その場にどっと大の字に倒れた。成相も汗びっしょりの身体で横に倒れこんできた。「万事休す」である。

久しぶりに寝ころんだ草の感覚が優しく、空はただひたすらに青く澄みわたり、松風の音が心地よい。身体の芯から望郷の念がふつふつと湧き上がってきた。だが、南の方からむくむくと迫ってくる入道雲が、厳しい教班長の顔に見えてきたのである。しばらく二人とも無言だったが、成相がこう切り出した。

「おい、西崎、今頃ノコノコと班に戻ったら、ひどい体罰を受けて、軍法会議ものだぞ」

そして少し間を置き、

「脱走しよう」

と言った。私も覚悟を決めていたので、

「うん、脱走しよう」

と答えてしまった。しかし次の瞬間、母の悲しげな顔が眼前に現れたのである。

「このまま脱走したら、母はどれほど嘆き悲しむことか……。非国民扱いされて村八分にされるに違いない」

出征の朝、村の人たちが日の丸の小旗を振りながら、熱狂的に見送ってくれた光景と母の顔が重なった。

そしてまた別の映像が頭に浮かんだ。それは、二カ月ほど前に、呉鎮守府前で見た、軍法会議へ連行される囚人の姿だった。軍法会議とは、罪を犯した軍人を軍人が裁く軍の刑事裁判所だ。普通裁判と比べて量刑は重く、逃亡ももちろんその対象となる。呉鎮守府で見た囚人は、麻衣一枚で編み笠を目深にかぶり、裸足に草履、手錠に繋がれ、トボトボと歩いていた。そのあまりに哀れな姿が甦り、私は我に返った。

「このまま戻らなかったら大変な事件になってしまう」

と気づいた私は脱走を断念し、

「いや、戻るしかないよ」

と、成相に向き直った。

班に戻ると、教班長から往復ビンタをもらい、目から星がいくつも出たが、それ以上の罰直はなかった。その日の夕食には好物の汁粉が出て、格別に美味しかった。

脱走しようと考えたあの夏雲の下の一瞬に思いを馳せると、今でもぞっとして、我ながらよく断念したものだと振り返る。大罪を犯さずに隊に帰ることができたのは、やはり母のおかげだと思う。離れてはいても常に私のことを心配してくれている母に私の一大危機が伝わり、母の念が私を思いとどまらせてくれたのだ。

よくよく考えるに、持ち帰るように言われた赤旗は、そもそも存在しなかったのではないだろうか。班に戻った時の体罰が恐れていたほどのものでなかったのは、それ故ではないだろうか。また、呉鎮守府の囚人は見せしめのために、わざと私たち練習生の目に触れるように連行されていたのではないだろうか。海兵団時代において、この原村演習は最も深く心に刻まれている。海兵団時代の手帳に、この日のことについて、十六歳の私はこう記している。

「原村演習のことは決して忘れてはいけないと思った」

軍人精神の神髄とは？　生きて帰ることです

卒業を四日後に控えた七月二十七日、練兵場で大竹海兵団団長の福田少将の査察があった。大竹海兵団に入団した第一期生六百名全員が白い軍服を着て整列する中、十人くらいのお付きの者を引き連れた団長が教育成果を見て回るのだ。一行がだんだんと近づき、私は挙手の最敬礼をしながら、

「早く通り過ぎてくれれば……」

と緊張が高まっていたところ、海兵団長は私の前で何故かぱつっと足を止めた。そして、私にこう質問したのだった。

「戦場における軍人精神の神髄とは何か」

これは、今でも実に難しい質問だと思う。当時の私にとって、海兵団長とは神様のような存在である。その海兵団長から直々に問われたのだ。頭の中が真っ白になり、とっさに口から出たのは、

「生きて帰ることであります」

という言葉だった。すると海兵団長は、大きな目をぐるぐるっとまわして、一つうなずき、再び歩みを進めていった。

査察の後、分隊二四〇名全員の前で当直の教班長から、

「貴様はどうしてあんな答弁をしたのか。なぜ天皇陛下のために死ぬことだと言わなかったのか」

と、ビンタこそもらわなかったが、ひどく叱られ、そして罰として夕食を抜きにされてしまった。

その夜、空腹を抱えながら、ハンモックの中でうつらうつらしていると、下からつつく者がある。

「なんだ、また罰直か」

と、びくっとして飛び起き、暗がりの中で目を凝らすと、一番の親友で神戸出身の濱田一等水兵だった。彼が無言で差し出したのは、便所の四角い紙に包んだ小ぶりの握り飯一つ。夕食に出た自分のご飯を半分残し、握り飯にして持ってきてくれたのだった。食べ盛りの十六歳にとって食事抜きほど辛いものはない。さっそくかぶりついたが、友の優しさがじわじわと胸に迫ってきて涙が止まらなくなってしまった。後にも先にも、あれほど美味しかった握り飯はない。

さて、その濱田といえば、日頃からこう公言していた。

「俺の夢は、神戸一の美人と結婚することだ」

戦後、濱田は夫人とともに、ひょっこり鵜方まで訪ねてきて、私たちは再会を果たした。濱田夫人は、なんとミス神戸！　願い事は常々口に出すと叶うといわれるが、まさにその通りである。大願成就の濱田は、麗しい夫人を私に自慢しに来たのだろう。その幸せに満ちた顔は忘れられない。

だがその後、濱田はまだ若くして亡くなってしまった。

好成績で海兵団を卒業

期末試験に無事合格した頃、夕食後の温習の時間に靴下の穴を繕っていると、普通学担当の伊藤教員から呼び出された。何事だろうと恐る恐る教員室を訪ねると、

「一年間よく頑張った」

と褒められ、

「これからの戦争は航空母艦が主役だ。科学を勉強せよ」

と激励されて、航空戦略に関する難しい本をもらった。

分隊士係の同期生にこっそり自分の考課表について尋ねると、二百四十名中、十一番の成績だと言われ、ほっと胸をなでおろした。海兵団を卒業すると、高度の専門技術を習得するために、各術科学校に進むことになる。どの術科学校に行くかは、本人の希望や成績、体力面から考慮し、さらに教班長の推薦などによって決められるのだが、私は海軍水雷学校へ進むことを希望した。

昭和十八年七月三十一日、「海軍特別年少兵」の大竹海兵団第一期生は、一年弱の教育課程を修了し、海兵団を卒業することになった。晴れの修業式が大竹海兵団団長福田少将の出席の下、練兵場で厳粛に行われ、夏空に翻る軍艦旗に対し、

「一命にかえて、この国を守り抜きます」

修業式の様子（大竹海兵団第一期練習兵修業記念アルバムより）

と誓った。分隊長、海軍教授、分隊士、教班長、教員等の恩師に感謝を述べ、それぞれが術科学校へ進学することになり、私は希望どおり、横須賀の海軍水雷学校へ普通科練習生として入校した。

四　厳しい訓練を支えた郷愁

明日への原動力は懐かしき故郷

一般社会から隔絶された海兵団でのスパルタ訓練に私がなんとか耐えられた理由には、二つのことがある。まず体力面では、子どもの頃から母の手伝いや村の農作業などよく働いていたことと、入団までの八カ月間、海軍に入っても困らないようにとの母の勧めで、土方仕事をして身体を鍛えたことが大きい。そして精神面では、故郷の自然の中で、友達と思い切り遊んで冒険ざんまいの日々に培われた、柔軟な思考や変化への対応力、想像力やひらめきに助けられたのだと思う。懐かしき故郷の風景と楽しき日々が、海兵団での厳しい毎日の癒しとなり、明日への原動力となった。

ハンモックに寝ながら、哀愁に満ちた消灯ラッパの音色を聞くと無性に故郷が懐かしく、風に乗って、

「ポオー、ポオー」

と聞こえてくる夜行列車の汽笛に、母や友達が恋しくなったものだ。

「あの夜行列車に乗れば、母に会える。母の作るぼた餅を腹いっぱい食べたい」

「凜々しい軍服姿を母や友人に見せてやりたい」

と熱い思いに浸っていると、幼い頃の思い出が次々と蘇ってきた。隣のハンモックに寝る戦友は、私の故郷の四季や子どもの頃の遊びについてよく尋ねたものだった。都会育ちの彼にとって田舎の暮らしはとても興味があったのだろう。消灯後のハンモックの中で、故郷の思い出を語り合うことが、過酷な日々にどれほど潤いとやる気をもたらしたことかしれない。友に故郷を自慢するときは、まずは鵜方の土地柄から語り始めたものだ。

風光明媚でのどかな集落

伊勢志摩の最南端に位置する私の故郷は、風光明媚なうえ、温暖で人情味豊かな半農半漁の集落である。標高二〇三メートルの横山が控え、その前面にリアス式海岸の英虞湾が広がり、北西には

紀伊の山々が霞み、北東に富士山が黒松の枝越しに見える。特に夕焼けに染まった英虞湾に簾《すだれ》を敷きつめたような真珠筏《いかだ》の景色は見事で、外海からはアワビや伊勢えび、フグ等が多く水揚げされた。暑い最中、

「コノシロ（ニシンの仲間の魚）が上がったよう」

の呼び声に、ビクを片手に鵜方浜を目がけて駆け出すなど、のどかな集落だった。此処かしこに樫や椿、山桃などの常緑樹が繁茂し、潮風避けに植えられた槙や椿の生け垣にメジロや鶯が鳴き宿り、横山には山つつじに春蘭、山百合が自生した。秋には都会から鉄砲撃ちがやってきては雉や野兎の猟をするなど、自然に恵まれた土地に私は育った。

故郷の歳時記は万華鏡のごとく

幼い頃の思い出は、万華鏡のように今も色鮮やかに輝きを放つ。正月元旦は暗いうちから起こされてアンピン（湯で煮て柔らかくした餅に小豆餡をのせて餡を包むようにして食べる）を食べ、家族そろって宇賀多神社にお参りした。晴れ着に鼻緒のきつい下駄を履き、玉砂利を踏んで神殿に額づくと、身も心も清められ、全てが去年から準備された特別の朝のように感じた。

チュウラ（獅子舞）が舞い、餅まきの行事が終わると、友達とパッチン（メンコの一種）、軍人合わせ（軍人の階級や兵器が描かれた札を見せ合い、勝ったほうが負けたほうの札を取る）、かるた、双六、あぶ凧揚げ（揚げたときにぶんぶんとうなりをあげるのが特徴）などをして、三が日を遊びふけった。

如月の寒さは格別で、軒下には氷柱が下がり、畑には一面霜柱が立ち、田んぼに氷が張る中、子供は風の子で、ひび、あかぎれに味噌を塗りこみ、袖に鼻水をこすりながら登校した。ノート代わりの石板で字や絵を習い、放課後は教科書を入れた風呂敷包みを腰に巻き、権現さんの裏の氷田で、尻に藁を敷き嬉々として滑ったのも昨日のようである。

春を告げる雲雀の声に誘われて、三河万歳が玄関先で「めでたや」と舞い納めると、入れ違いに富山の薬売りが来た。唐草模様の風呂敷から三段重ねの薬箱を出し、食あたりや風邪薬に虫下しを補充した後、おまけに紙風船をおいて去っていくと、鵜方浜で白魚がとれ、学校では卒業式、続いて入学式となった。

華やかな桜の季節は、お釈迦様の花まつりに、前川《まえがわ》堤の桜まつり、それに横山石神《いしがみ》神社の大祭。五月の端午の節句には、軒下に菖蒲とヨモギをつるし、年の数まで柏餅を背負って祝った。さわ餅(四角に切った薄い餅で餡をはさんだもの)につられて出かけた磯部の伊雑宮《いざわのみや》の御田植祭(国の重要無形文化財に指定されている日本三大御田植祭のひとつ。毎年六月二十四日に開催される)。国府《こう》の石碑に股のぞきで石を投げて、

「アマベコ(牝仔牛)もけよ」

と願掛けしたあと、お参りした志摩国分寺祭。

梅雨が明けると、炎天下の昼時の集落は死んだような静けさに沈む。アイスキャンディー屋のラッ

宇賀多神社（平成 30 年 1 月編者撮影）

志摩国分寺（平成 30 年 1 月編者撮影）

パの音に昼寝から覚め、パンツ一枚で海や川で友達と泳ぎ戯れた。暗闇に舞うコウモリ目がけて下駄をほうり投げて、明日の天気を占った。

余情にきらめく蛍の群れに誘われた前川で、笹舟と、茄子ときゅうりのお馬さんを流し、亡き父の精霊を迎えに行った盂蘭盆《うらぼん》。夜通し好きな子の後を追って踊った盆踊り。お稲荷さんに油揚げを供え、箸を片手に占ったコックリさん。寺裏に大幟が揚がるとベコ市が立ち、赤ら顔の博労《ばくろう》（馬の売買をする人）たちが子牛の鼻緒を取りながら露店を行き交う中、香具師《やし》（縁日などで露店を出す人）の呼び込みに買い食いしたニッキと金平糖の味が懐かしい。

年末はどこの家も総出で大掃除をして、一年間の煤払いをした。畳を支え合わせて干し、拭き掃除をして障子を張り替えると迎春準備が整うが、我が家の場合は、借金取りが来て支払いを済ませると、一年の諸行事が終わった。

想像力、感性、生きる力を養った遊びの数々

溜池でジュンサイやコウホネの浮き草の間に釣り糸を垂れ、辛抱強く浮きの動きを見守ったフナ釣り。小鳥がさえずり、カワセミが宙返りする長尾川のハエ（コイ科の淡水魚。オイカワ）釣り、水ぬるむ田んぼでタニシを拾い、ドジョウをつかんだ日々は、今も瑞々しい。梅雨時、河口に仕掛けた罠に百目鰻がかかったときのときめきと興奮はたとえようもなかった。

父が生前、唯一楽しみにしていた我が家の一大イベントが、大勢の子供たちや孫たちを集めて行

深々とした宇賀多神社（平成30年1月編者撮影）

宇賀多神社の鎮守の森（平成30年1月編者撮影）

う掻堀《かいぼり》である。これは溜池の水を干田に流し、水がひいた池で鰻や鯉をつかみ取りするのだ。炎天下、干された溜池で、籠や網を手に泥んこになって魚を追う子供たちの歓声に、日頃、厳格な父が笑顔を見せる日であった。

秋分の日の手作りの子ども運動会も楽しい行事であった。当時、鵜方では瓦づくりが盛んだったが、瓦にする土を取った跡地を二十数人で整備して運動場を造り、その日のためにと拾い集めたクズ鉄を売り、その代金で色紙や鉛筆、画用紙などを買って賞品にした。敵味方に分かれて拾い集めた松ぼっくりを乳母車にこぼれるほど載せて、病院の副院長さん宅に、

「お風呂の焚きにしてください」

と届けると、その駄賃として、チョコレートをもらった。生まれて初めて味わう苦みと甘さを、目を白黒させて皆で堪能した。

毎日のように出征兵士を見送った後は、宇賀多神社の境内や鎮守の森で笑い転げて遊んだものだ。泣き虫小僧にごますり上手、目はしがきく子にお世話好き、すばしこい子に腰巾着など多士済々《たしせいせい》の生傷の絶えない仲間たちと、椎の木から他の木へ飛び移るターザンごっこ、城取りゲーム、石けり、楠の実鉄砲合戦などに興じ、自然を相手に創意工夫し、好奇心いっぱいに日が暮れるまで遊んだ。こうした遊びを通して、子供なりの生きる力、感性、想像力を身に着けた。鎮守の森は私の原点であり文化である。

コラム〈西崎氏ゆかりの地を訪ねて 1〉

大竹市の変遷――海軍の基地から引き揚げの港、そして巨大コンビナート群へ

西崎氏が自分自身の骨格となっていると振り返る大竹海兵団時代。広島県大竹市は、山口県との県境に位置し、広島の西の玄関口である。その大竹を平成二十九年十月初めに訪ねた。山陽本線で広島駅から大竹駅までは約四十分。途中、進行方向左側には、宮島を望むとうとした海の景色が車窓に広がるが、大野浦駅を過ぎると雰囲気が一変する。左前方に、赤と白の横じま模様の煙突が林立し、もくもくと白い煙を吐く化学工場群が、突然姿を現すのだ。戦後、昭和三十年代に企業誘致が行われた結果、現在、大竹市は石油コンビナートや化学繊維などの企業が林立する瀬戸内工業地域の一拠点として発展している。かつて厳しい教育・訓練が繰り広げられていた大竹海兵団も、今はコンビナートに姿を変えている。

「大竹海兵団跡之碑」
（三井・デュポン ポリケミカル株式会社大竹工場の駐車場内）
（平成 29 年 10 月編者撮影）

大竹駅から車で五分ほどの三井・デュポン ポ

リケミカル株式会社大竹工場の駐車場に「大竹海兵団跡之碑」が立っている。大竹海兵団創設五十周年に際して、平成三年十一月に建立された。

唯一、大竹海兵団時代を偲ばせるのが、駐車場の対面にある烹炊《ほうすい》所・糧食倉庫で、当時のままの姿をとどめている。

大竹には、海兵団のほか、潜水艦の操作に必要な高度の技術を訓練する海軍潜水学校も置かれ、海を望む東栄地区港湾緑地に潜水学校探知講堂モニュメントが立っている。この一帯をタクシーでまわったのだが、ひたすら続くコンビナートの巨人群の中を逃げまどうような緊張感を覚えた。

大竹の旅で大変お世話になったのが、大竹市教育委員会の小松正二氏である。大竹市総合市民会館にお訪ねすると、大竹海兵団の見取り図をはじめ、様々な地図や資料を取り揃えて待っていてくださった。大変興味深かったのが、終戦直後の大竹の話だ。大竹は海軍兵員の養成の港から、海外からの引き揚げの港となり、引揚業務の拠点となったのが、旧大竹海兵団だったのである。

引き揚げといえば舞鶴港が有名だが、大竹港も上陸港に指定された。引揚援護局が旧大竹海兵団に置かれ、検疫から宿舎と食事の提供、援護物資の交付、援護金の支給、引揚証明書の交付など広範囲にわたる業務が行われたという。収容期間は、二日から一週間程度で、手続きが終われば、引揚者は大竹駅から帰郷した。なお、引揚者の中には戦災その他で帰郷のあてもなく、やむなく大竹に残った者も数多くあり、その数は三百世帯を超えたといわれる。

昭和二十年十二月十日、引き揚げの第一船として、フィリピン、ニューギニア方面から氷川丸が

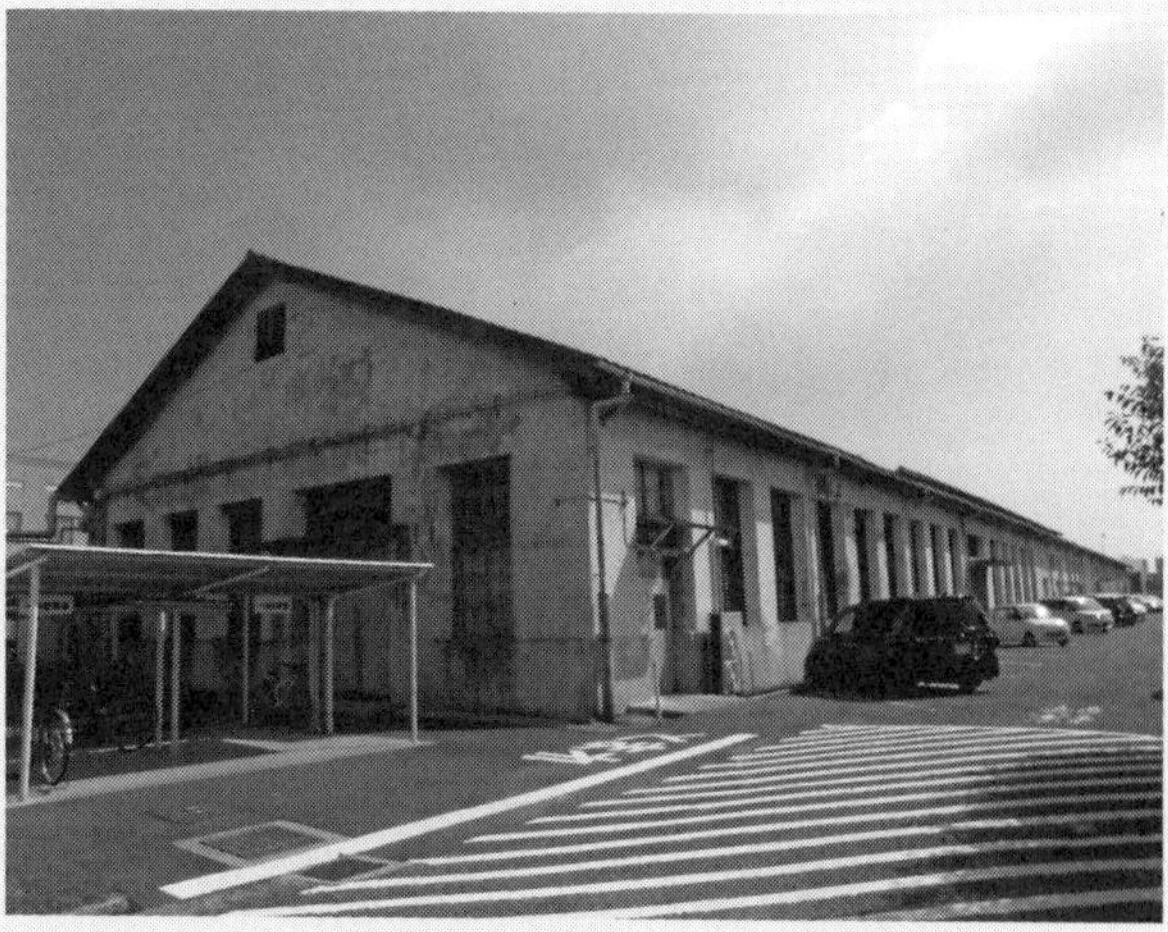

旧大竹海兵団の烹炊所・糧食倉庫
（三井化学株式会社岩国大竹工場内）（平成 29 年 10 月編者撮影）

旧海軍潜水学校探知講堂モニュメント
（東栄地区海軍港湾緑地）（平成 29 年 10 月編者撮影）

入港し、以後、昭和二十二年一月末までに四一万七八三人にのぼる在外の軍人や民間人が大竹港に帰還し、故国の土を踏んだのだった。その数は、全国総引揚者数の約六・八％にあたる。この中には、作詞家で作家のなかにし礼氏、歌手で作曲家の故藤山一郎氏、政治家の故田英夫氏もいた。引き揚げの地域としては、台湾、仏印、沖縄、フィリピン、ビルマ、スマトラ、ボルネオ、ソロモン、ニューギニア、朝鮮、満洲など多方面にわたるが、主として南方方面からの引き揚げが多かった。また、海外からの引き揚げと並行して、避難していた沖縄の人々一、一二七人も大竹港から再び沖縄に向かった。

大竹市教育委員会では、「大竹港引き揚げの記録」と題した一六分のＤＶＤを見せてもらえる。米軍が撮影した引き揚げの様子のフィルムで、昭和二十一年三月の光景だという。兵士や民間人が大竹港に上陸し、ほっとした表情で援護局（旧大竹海兵団）に向かって歩き、ＤＤＴの散布を受けたり、並んで何かの順番を待つ様子が映し出されているのだが、カラー映像のため、七十年以上も前のこととは思えぬ生々しさを感じさせる貴重な資料である。

もともとは和紙と繊維の街だった大竹は、海軍の新兵訓練の基地、戦後は引き揚げの地、そして巨大石油コンビナートのひしめく工業都市へと大きく姿を変えている。

コラム〈西崎氏ゆかりの地を訪ねて　2〉

槙垣は優し

柳田國男が随筆「美しき村」の中で、志摩を旅した際の忘れ難い風景を次のように語っている。

「自分が旅をして見てあるいた中に、今でも覚えて居るのは志摩の国府といふ村で、安乗の灯台の後の山から西南に通った一筋路、車で走ってもや丶久しい間を、両側に家が並んで、皆一様に同じ高さに、二段の槇の生垣を以て囲はれてゐた。それが此頃のやうな秋日和に照らされて、少しの枯葉も無く耀いて居たのは、ちやうど時刻もよかったのかもしれぬが、たとへ様もない美しい印象であつた。」（『現代日本文学大系　柳田國男集』より）

国府《こう》は鵜方の隣町で、車で十分ほどの距離だ。太平洋に面した国府白浜は波が高く、サーフィンを楽しむ人々で賑わうが、旧道沿いの家々には、柳田國男を魅了した槙垣が今も風格のある美しい町並みをなし、静けさが制している。槙は塩分に強く、刈り込むほどに密になっていくことから、防風、防砂、そして火事避けのために生垣に用いられた。

鵜方にも槙垣があちこちに見られる。ブロック塀などのような威圧感がなく、目にも心にも優しい。「チチッ、チチッ」と、メジロが小さく鳴きながら見え隠れしていた。また、凛とした中に温

鵜方の槙垣
（平成 30 年 1 月編者撮影）

鵜方の槙垣
（平成 30 年 1 月編者撮影）

かみのある石垣の美しさも際立っていたが、石垣といえば、鵜方からバスで二〇分ほど、志摩半島の南東端にある大王町《だいおうちょう》波切《なきり》地区には、「波切の石工」とよばれた高い技術をもった石垣師が数多く、全国的に活躍して日本近代の鉄道・港湾・河川工事を発展させたという。

私が西崎氏の故郷を歩いたのは、平成三十年一月末、四十年ぶりといわれる大寒波が襲来しているときで、温暖と聞いていた伊勢志摩も凍える寒さだった。鵜方を歩いたときは、ぼたん雪が降りしきっていた。冬はあらゆるものの髄を浮き彫りにする季節かもしれない。土地も冬にこそ、その本質が際立ち、真の美しさが現れるように思う。

宇賀多神社に見守られた槇垣や石垣が織りなす鵜方の町並み、横山からの陰りのない壮大な絶景、伊勢神宮内宮の別宮として格式の高い伊雑宮に、志摩国分寺など、西崎氏を育んだ風景をめぐり、風土が人をつくるということをあらためて実感した。

西崎氏の海軍時代の「考課調査票」には、海兵団と海軍水雷学校を卒業するに際しての人物評価が次のように記されている。

「温順活潑ニシテ言語明晰、責任観念強ク勤務極メテ精励スル良兵ナリ」

「温順活潑ニシテ進取気象ニトミ表裏ナク極メテ熱心ニ精励努力スル人物ナリ」

西崎氏の人柄をこれほど言い得て妙の表現はなく、西崎氏の故郷の風景と重なりあう。神社仏閣の近くで育ち、神仏に額づくことを幼い頃からの習慣としている人は、世のため人のために生きるということが身についているのだと、気付かせてくれた旅でもあった。

海軍基礎知識 2

艦艇の主な種類

「軍艦」とは、戦闘能力を備えた船舶の総称だが、昭和十六年の太平洋戦争開戦時点では、軍艦は戦艦・航空母艦・巡洋艦などをいい、駆逐艦・潜水艦などは軍艦とは別に類別されていた。

戦　艦：砲撃で敵を攻撃する大型艦。第二次大戦までは主力艦だったが、航空機の発達により、戦艦の価値は低下した。

航空母艦：飛行甲板を有し、多数の航空機を搭載、運用する艦艇。単艦で航空機の整備・補給・修理が可能で、海上の航空基地として機能する。

巡洋艦：砲撃力は戦艦に劣るものの、速度や航続力（途中で燃料補給をしないで航行できる能力）では優れていた。第二次大戦期には、主砲口径の大きさによって重巡洋艦と軽巡洋艦に分かれており、重巡洋艦は戦艦に準ずる戦闘艦とみなされ、軽巡洋艦は、水雷戦隊の旗艦や、潜水艦隊の旗艦としての役割を担った。

駆逐艦：もともと魚雷を積んだ水雷艇を撃退するために誕生した艦艇で、水雷戦隊による雷撃戦力として期待されたが、その多用途性から対潜作戦、護衛任務、輸送任務等、様々な任務に用いられた。

潜水艦：水中潜航可能な艦艇で、第二次大戦期には、偵察に使われたり、魚雷で水上艦を攻撃していた。

海防艦：海上護衛用の艦艇。

（『日本海軍用語事典』辰巳出版、『図解　軍艦』新紀元社、『知識ゼロからの日本の戦艦』幻冬舎、参照）

海軍基礎知識 3

軍艦ができるまで

基本仕様

どのような軍艦を希望するか、軍部から設計者へ伝えられる。

基本設計

軍の希望に対して設計者が回答。

詳細設計

基本設計がまとまると、詳細な設計図が作成される。

起　工

神式で行われる起工式の翌日から本格的な建造が始まる。

船体の建造

船台上に竜骨(キール)を設置し、そこに肋骨などを順次建造する「船台建造方式」と、別々の場所でつくった船体の各部を船台上でつなぎ合わせる「ブロック建造方式」がある。

進　水

船体が完成すると、実際に水に浮かべる作業が行われる。

艤《ぎ》　装《そう》

進水後、船体に武装や動力、諸設備が取り付けられる。

公　試

艤装終了後、速力を計測したり、武装の性能を確認する。

竣　工

公試終了をもって竣工となる。

引渡・就役

海軍へ引き渡され、編成の中に取り込まれる。

〔軍艦の性能を表す主な語の解説〕

排水量：艦艇の重量を表す数値。船体を水に浮かべたときに押しのけられる水の重量のこと。基準排水量と満載排水量があり、基準排水量は、乗組員、兵装・弾薬、消耗品を定量積載した状態の排水量。満載排水量は、基準排水量の状態に加えて、燃料と予備ボイラー缶水を搭載した状態の排水量。

ノット：一ノットは一時間に一海里（一・一五マイル＝一八五二メートル）進む速さ。

全長：最先端から最後端までの長さ。

水線長：水面に接している部分の全長。

全幅：最も太くなっている部分の幅。

航続距離：燃料タンク満タンで航行できる距離。

第四章　駆逐艦「雪風」とともに

一　稀代の幸運艦「雪風」に、いざ乗艦

自分の雰囲気に合っている

横須賀の海軍水雷学校では魚雷の勉強ばかりがひたすら続いたが、戦況が緊迫したことにより、半年足らずで繰り上げ卒業となった。いよいよ実戦配置である。私が乗り組みを命じられたのは駆逐艦「雪風」。これが私の運命を決定づけたのである。

「雪風」は、陽炎型駆逐艦の八番艦として、佐世保海軍工廠で建造され、昭和十五（一九四〇）年一月に竣工した。駆逐艦は元来、魚雷を主兵装として敵の艦隊を襲撃する艦艇だが、護衛任務や輸送任務、対潜作戦など様々な任務に用いられた。「雪風」は、排水量（基準）二〇〇〇トン、全長一一八・五メートル、最大幅一〇・八メートル、速力三五ノット。太平洋戦争における主な海戦に参加しながら、大きな損傷なく生き残った稀代《きだい》の幸運艦である。

軍事夜行列車で呉に向かい、昭和十八年十一月三十日の朝、呉軍港に係留中の駆逐艦「雪風」に乗艦することとなった。朝靄《あさもや》に煙る「雪風」は、一等駆逐艦だから決して小さいほうではないのだが、想像していたよりも小ぶりだなというのが第一印象だった。そして、何か自分の雰囲気に合っているなという直感がした。

竣工したばかりの駆逐艦「雪風」
（昭和15年1月、佐世保沖）（資料提供：大和ミュージアム）

一重桜の特技章
（『海軍特別年少兵』海軍特年会編より）

冬の制服である第一種軍装の左腕に、一重の桜花の特技章《マーク》をつけた上等水兵として、「雪風」にいざ乗艦である。この一重桜の特技章は、術科学校の普通科練習生を卒業したことを意味するもので、いわば、専門技術を身につけているという自分の価値を対外的に示すものであった。特技章をつけた者は「マーク持ち」、「章持ち」と言われ、そのたびに身が引き締まる思いがしたものだ。

衣服など持ち物一切を詰めた衣嚢《いのう》を担いで「雪風」の舷《げん》梯《てい》（船べりに取り付けて、乗船、下船の際に用いるはしご）を駆け上がるなり、当直の将校に名乗った。すると、

「よく来た。しっかり任務を果たせ」

と激励され、私は後部居住区へと向かった。狭いラッタル（甲板をつなぐ階段で艦長専用以外は急こう配）を降りると、ペンキの匂いが鼻をつく。低い天井の奥にハンモックの格納庫が見え、薄暗い部屋は左右の舷窓から明かりを取っていた。三十畳あまりの居住区には、水雷科、機関科らが同居し、寝室、食堂、居間と多目的に使用され、寝場所のない一等

兵は酒箱の上に寝るという有様である。想像をはるかに超える狭さに、

「ここが俺の死に場所になるのか」

と思ったら、一気に不安が押し寄せてきた。

「雪風」には六一センチ四連装魚雷発射管が二基あり、前部の一番聯管《れんかん》、後部の二番聯管にそれぞれ十六本の魚雷が搭載されていた（聯管は魚雷発射管と同じ意味）。私の配置は二番聯管で、班長の上《かみ》出《いで》兵曹に着任の挨拶をすると、

「今日から章持ちの若い上等兵がきた。よく面倒を見てやれ」

と、作業中の水雷科員に紹介された。早速私も作業服に着替え、分解された魚雷の部品の洗浄を手伝い、念願だった艦隊勤務が始まった。

船が停泊中の日課は、朝六時起床、軍艦旗掲揚、甲板掃除、七時朝食、八時課業（魚雷の分解、調整）開始、十二時昼食、十三時課業始め、十七時夕食、半舷上陸（右舷・左舷に分かれて一方が当直に残り、もう一方が上陸して休養する）、二十一時巡検（当直将校の艦内見回り）、煙草盆出せで一日が終わる。「煙草盆出せ」は海軍用語で、「本日の勤務終わり、休息に入れ」を意味する。その後は自由時間で、一、二等兵たちと一緒になって、翌朝に班長が使用する洗面器をピカピカに磨き上げながら、それぞれの故郷自慢に花を咲かせ、一日の労苦を癒したものだ。

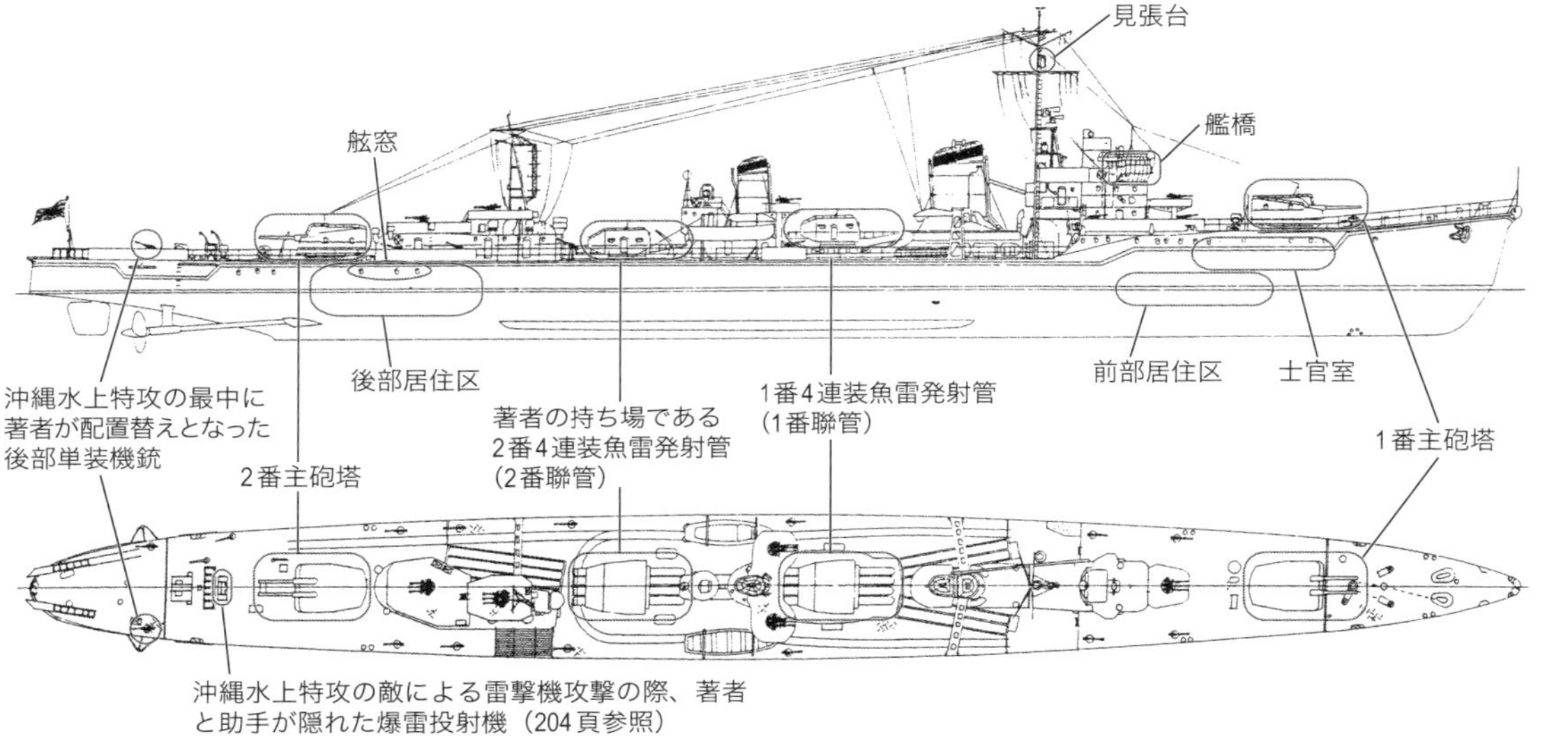

基準排水量 2,000 トン、水線長 116.2 メートル、最大幅 10.8 メートル、吃水 3.76 メートル、主機蒸気タービン 2 基、2 軸出力 52,000 馬力、速力 35.0 ノット
12.7 センチ連装砲 2 基、25 ミリ 3 連装機銃 5 基、25 ミリ単装機銃 14 基、61 センチ 4 連装魚雷発射管 2 基、爆雷投射機（爆雷を火薬の力で舷側から投射する装置）1 基、爆雷投下軌条（爆雷を艦尾から水中に投下する装置）2 基
（作図：久保木尚氏）

駆逐艦「雪風」詳細艦型図（終戦時：昭和 20 年 8 月）

人の嫌がる仕事を率先してやる

乗艦したての頃、古参兵からこんなことを言われた。

「子どもみたいな章持ちの兵隊が駆逐艦に乗ってきて、日本海軍は大丈夫なのか」

これには、はらわたが煮えくり返る思いがした。歳は子どもでも、海兵団と水雷学校で一年以上の訓練を受けてきており、何より「海軍特別年少兵」の第一期生という誇りがある。しかし、相手は艦隊勤務が長く、いろいろな経験を積んでいる歴戦の古参兵だ。十六歳の私がそうした目で見られることも当然だろうと思いなおし、とにかくまず一年間は、「人の嫌がる仕事を率先してやる」ことに精を出せばよいと、割り切ることにした。

実はこの「人の嫌がる仕事を率先してやる」は、海軍水雷学校を卒業する際に、担当の教官から餞《はなむけ》として言われた言葉だった。

「君たちはとにかく若い。将来、中堅幹部になるのだから、船に乗ったら、人の嫌がる仕事を率先してやりなさい」

私はこれを座右の銘として任務にあたったが、そのおかげで多くのことを学び、自分自身を助けることにもつながった。乗艦して三カ月間は新兵教育期間で、食事当番をはじめ様々な仕事をしたが、「人の嫌がる仕事を率先してやる」ことで、臨機応変に対応する力がついた。

海の上は天気の変動で、予測できないいろいろな問題が出てくるが、今でいう「マニュアル通り」ではとても間に合わない。自然の猛威には、その場その場で柔軟かつ迅速に対処しないと、命が危険にさらされてしまう。率先して裏の仕事をする、その積み重ねによって様々な対応力が自然と身についていったと思う。例えば、シケの日に、得意のカッターで上官を迎えに行く係や、ランチ（原動機付の小艇）に艦長や上官を乗せて陸上と往復する仕事なども率先して行ったが、危機管理の要領などを自然に習得することができた。

その一方で、人の嫌がる仕事をすればするほど、物事の裏の面を見せつけられたということも事実である。例えば、新兵教育期間に、艦長の従兵を命じられ、痛感したことがある。それは、海軍は甚だしい学歴待遇社会だということである。兵隊あがりの士官は特務士官と呼ばれ、海軍兵学校出の士官とは、食事や部屋が冷遇された。特に食事の待遇差には目を丸くした。下士官、兵は麦飯に一汁二菜、まれにライスカレーが出る程度だが、士官は銀飯（白米）にパン、牛肉、天ぷらなどの和洋食の待遇だった。なぜにこのような差があるのかと疑問を持ちながら、巡検後、戦友の久保木上等水兵と、捨てられた食パンの耳をむさぼるように食べて空腹を満たしたものだ。

物事の真の姿、本質は目に見える外面ではなく、内なる裏面に隠されているものである。裏と表、それを裏ととるか表ととるかは見る側の視点の違いだけだ。今思うに、海軍社会の様々な裏面を目の当たりにすることにより、私の中で何かが変わっていった。純真さが失われていき、どこか人間が粗野になっていったということを否めない。

寺内正道五代目艦長

寺内正道艦長の登場

私が乗艦して間もなく、昭和十八（一九四三）年十二月十七日に、「雪風」に新艦長が着任した。四代目菅間良吉《かんまりょうきち》艦長に代わり、五代目艦長として登場したのは、寺内正道少佐。栃木県出身で四十歳、体重九三キロ、柔道四段、豪放《ごうほう》磊落《らいらく》の酒豪で髭をたくわえた艦長だ。寺内新艦長の着任挨拶は生涯忘れることはないだろう。

「俺がこの『雪風』に乗り組んだ以上、この船は絶対に沈ませない。だから心してみんな頑張ってくれ」

これを聞いた古参兵たちが、

「すごい艦長さんが乗ってきたものだ。これで『雪風』は大丈夫だ」

と、嬉々としていた。

寺内艦長は水雷科の出身で、爆撃回避の神様と言われた勇将である。いつ、どの方向へ舵を切ったらタイミングよく回避できるのか、とっさの判断が重要だが、舵を切れば船は傾斜し、射撃の効果は薄れる。特に急降下してくる爆撃機の回避は極めて難しく、息詰まるような一瞬の勝負である。爆撃の合間、象牙のパイプをくわえ、煙草をうまそうに吸っておられる勇姿は、限りない頼もしさと安心感を与えた。

「雪風」にもあった体罰

日本海軍の花形は駆逐艦による魚雷戦だといわれ、駆逐艦の乗組員の気性は、無頼、気ままなところがあり、比較的自由な環境を誇りにしていた。特に「雪風」には、実戦豊富な古参兵が多く、こうした気風が強かったように思う。そして彼らを中心に長年培われてきた強い戦友愛に、「雪風」の幸運は守られていたのだと思う。

しかし一方で、「雪風」にもその古参兵による体罰があった。夜、巡検後に古参兵に呼び出され、問答無用で尻を力いっぱいに叩かれたことは一度や二度ではない。「板子《いたこ》一枚下は地獄」ということわざがあるように、船乗りの仕事は常に危険と隣り合わせである。にもかかわらず、こうした体罰が日常的に繰り返されている愚かさに驚き、私は体罰禁止を直訴したが、

「新参者が生意気な！」

と、逆に殴られる始末だった。

ある朝、私は食事当番で朝食を居住区へ運ぶ途中、つまずいて全員の朝食をぶちまけてしまった。その制裁として、「私は大馬鹿者です」と書いた詫び状を洗面器の裏に貼って首にぶら下げ、他の班を巡回させられた。そして行く先々で

「ご苦労さん」

と、古参兵から往復ビンタをもらい、それに対して、

「ありがとうございます」
と最敬礼をするという、これ以上の恥さらしはない罰だった。もちろんその日の私の朝食は抜きである。

しかし、ある事件を機に、「雪風」から体罰がなくなる。砲術科の一等水兵が、被服点検を前にして、紛失した衣類を揃えようと無断で船底の倉庫に入った。被服点検とは、支給された被服の数が揃っているか、手入れはどうかなどを点検される。被服一枚であってもそれは天皇陛下からの支給品であり、一枚たりとも失くすことは許されない。何か紛失したとなればもちろん大変な体罰ものだ。それを恐れて彼は船底の倉庫に入ったのだが、ガスの発生で、無残な姿で翌朝、発見されたのである。甲板上に引き上げられた一等水兵は、無念の顔一面に青白い泡を吹き、むごたらしい遺体となっていた。この日を境に「雪風」から体罰がなくなり、より一層、戦友意識が強くなっていった。だがその犠牲はあまりに大きかった。

二　十七歳の初陣

船酔いの洗礼

昭和十九年一月二日、奇しくも私の十七歳の誕生日に、晴れて初陣の朝を迎えた。僚艦（同じ艦隊の艦艇）の駆逐艦「天津風《あまつかぜ》」とともに、北九州の門司港からシンガポールまで船団（石油を運ぶ油槽《ゆそう》

船六隻）を往復護衛することになった。新年早々の出港となり、船が呉軍港の四番ブイを離れて動き出したとき、

「いよいよ水兵になったのだ」

と感無量の思いで、呉を後にした。

門司港でヒ第三十一船団と合流し、玄界灘に出ると、臨戦態勢を取った。敵の潜水艦がすでにこんな近くまで攻めてきているのだ。自分はもう戦場にいるのだと思ったら、身震いがした。

玄界灘を南下すると、急に海がシケだして船が大きく揺れる。船酔いは大丈夫だという自信があったのだが、いっぺんにそれは蹴散らされ、七転八倒の苦しみを味わった。全長一一八・五メートルの「雪風」は、木の葉同然となり、高波にのみこまれると、キール（船体の中心線に沿って船首から船尾まで貫通する部材で、船の背骨にあたる。竜骨）が今にも真っ二つに折れそうな音をギー、ギーといわせ、船体が波の背に押し上げられて宙に浮くと、二本のスクリューがガラガラと空回転し、再び海底に引き込まれていく、この繰り返しであった。

新兵にとっては、初めて経験する船酔いでの見張り当番や食事当番ほど苦しく辛いものはない。意識が朦朧とした状態で、確実に任務を果たさねばならないのだ。ペンキと味噌汁の匂いを嗅ぐだけで胸がむかつき、船酔いはさらに激しくなっていく。タオルを口に当て吐き続けると、黄色い胃液が出てきて、なおも吐き続けると、最後に血の塊を吐いた。古参兵からは、

「これで本物の駆逐艦乗りになったな」

とからかわれたが、この激しい船酔いは、新兵としての関所に思えた。

二日後、シケがやむと、嘘のように船酔いがおさまり、今度は空腹感が襲ってきた。暗い雲間から一条の光が差し込むと、丸みを帯びた水平線がくっきりと見え、地球が球形の天体であることを実感させられる。いつの間にか空母「千歳《ちとせ》」が右舷に合流し、搭載機の発着訓練が行われていた。

穏やかな海原に、イルカの群れが船と速さを競う光景に生気をもらった。一番砲塔の下で、何かが銀色に光って跳ねていた。昨夜のシケでトビウオが飛び込んできたのだろうと思い、拾って夕食のおかずにしようと思ったら、一足先に古参兵が持ち去っていった。昼食には久しぶりにライスカレーが出てガツガツ食べたが、カレーは後始末が大変で、食器のネバネバが洗ってもなかなか取れず、新兵泣かせであった。

初めての爆雷戦

門司港を出港して五日目、船団が東シナ海を南下中に、「天津風」が敵の潜水艦の攻撃を受け大破したとの知らせに、「雪風」は急遽、現地に向かった。しかしすでに艦影はなく、戦死者の中には、同郷の西岡清治一等兵曹もいた。敵の潜水艦がまだ周囲に潜んでいると見たのか、水雷長は、

「爆雷戦用意」

を命じた。爆雷は、水雷兵器の一種で、潜航中の潜水艦を攻撃する。私にとっては初めての爆雷戦だ。緊張のために身体がガチガチで手が震え、動悸が高鳴る中、水雷長の

「撃て!」

の号令で発射ボタンを思い切り叩くと、発射台上の二個の爆雷は左右五〇メートルに飛び散り、着水の数秒後、

「キーン」

と鋭い閃光が真横に走った途端、

「ズシン」

と腹を突き上げる衝撃があった。引き続き三カ所に爆雷攻撃を行ったが、敵の潜水艦が撃沈した証である重油の浮上を血まなこになって探したものの、確認できず、艦長は、

「戦闘中止」

の命令を下した。「天津風」が「雪風」の身代わりになったことに、皆、悄然として船団に復帰した。その後、「天津風」は船体の後部が漂流しているところを味方に発見され、駆逐艦「朝顔」に曳航されて、サイゴンに入港した。私は呉に帰還してから、戦死した西岡一等兵曹の自宅を弔問した。

艦橋での見張り当番

日付が変わって深夜二時、初めて艦橋の大型望遠鏡で見張り当番の任務についた。艦橋は、甲板上の高所に設けられた監視・指揮所で、将校が常駐して指揮を執る。艦艇で最も見晴らしの良い場所であり、指揮、作戦、戦闘、通信に必要な機能が集中している。古参兵から、艦橋での見張りは、

ことのほか寒いから厚着するようにと注意され、十分に着込んで甲板に出ると、海は荒れていた。波しぶきが刺すように身体中にあたり、舷側に張られた命綱を頼りに前甲板まで行き、大きく左右へ揺れる艦橋のラッタルを登った。

灯火管制下の艦橋は薄暗く、強風がピューピューと吹き抜け、前面の防弾ガラスに波の飛沫がバチバチとあたり、もう最悪の状態だった。中央羅針盤を背に、毅然たる姿の当直将校に官氏名を報告し、いよいよ右舷側の大型望遠鏡を前にした。

大型望遠鏡を額に当て、暗闇の海上を覗いて視点を合わせようとするが、視野が狭く、船が上下動するため、なかなか定まらない。しばらくすると慣れてきたが、暗い波間を望遠鏡でジーッと見つめる見張りは単調で、つい睡魔に襲われ、海面と星空が一緒になってハッと気づき、

「右一番異常なし」

と報告して眠気を覚ました。

「貴様ら章持ちだ、しっかり見張れ！」

と、後ろで怒鳴る予備少尉の靴音を気にしながら、二時間の見張り当番を終えた。

夕食時に班長より、

「本艦は明朝六時三分赤道を通過、海中に赤い線が引いてあるからよく見ておけ」

と言われていたが、目が覚めず、残念に思ったことがある。

スコールと洗濯

南下して四日目、南方特有のスコールに遭遇し、洗濯と行水が行われた。船上では水は貴重品で、飲み水、顔を洗う水、洗濯など、とにかく真水を大切にすることを徹底され、南洋でのスコールは洗濯やシャワー代わりに最大限に活用された。

「全員洗濯用意！」

の号令で、甲板上に取り水用の大中小のオスタップ（金盥《かなだらい》）を準備。そして待つこと数分、まさにバケツをひっくり返したような激しい雨に裸を叩かれながら、一斉に洗濯と行水を行った。とにかくスコールが去ってしまうまでの短い間に、班長の洗濯物を洗い、そのあとで自分の物を洗って、すすがなくてはならない。全員がすすぎ終わった取り水は泥水同様だ。それでも洗い終えて、嘘のようにからっと晴れ上がった灼熱の太陽の下に干すとさっぱりと綺麗になり、石鹸の匂いで清潔感を保っていた。

スコールの際に、非常に怖い思いをしたことがある。それは洗濯のしめくくりに、油まみれになったズック靴を意気揚々と洗っていたときだった。スコールの勢いが弱まり、ふとあたりを見回すと、先ほどまで大勢いた仲間は引き上げており、甲板には私一人が残っていた。そのときだ。低い雲の中から、突然、敵の戦闘機一機が姿を現した。スコールの雲の中、おそらく編隊からはぐれた一機だろう。あっと思った途端に急降下し、弾丸がガンガンガーンとものすごい音をたてて甲板を走った。標的は私である。もう絶体絶命の状況だったが、

「絶対に死にたくない、何がなんでも生きてやる」

ただその一心で、近くの柱のところに身をかがめた。柱といっても二、三センチほどの細いものだったから、私の姿は丸見えだっただろう。ところが、敵機はそれ以上深追いをせず、すーっと再び低い雲の中に消えていった。あとになって考えてみれば、それはパンツ一枚の姿で甲板にいた私をひとつからかってやろうという、敵の戯れだったように思う。

我、男に生まれけり

シケの中、半裸になって資材やランチを固定する作業に参加することがある。命綱一本を身につけ、波しぶきに身体全体をバシバシと叩かれながら、がむしゃらに作業を行っていると、全ての感覚が研ぎ澄まされていき、頭が冴え冴えとしてくる。荒れ狂う風波との格闘だが、それはけっして戦っているというのではない。自然界に生あるものとして、風波と一体になり、テキパキと臨機応変に身体が自然に動くのだ。死の意識は全くなく、ただひたすら作業に集中していた。そうしていると、この嵐の大海原で、自分一人で「雪風」を支え、守っているような気持ちになり、力が無限に湧き出してくるのだった。このときほど
「我、男に生まれけり」
と意気に感じるものはなかった。

ジョホール入港

アナンバス諸島を左舷に見ながら、「雪風」はマレー半島最南端のジョホール港に入港した。紺碧の海に入道雲、抜けるような空、乾いた風、それに機械油が混じったような椰子の匂いに、

「これが外国というものなのか」

と驚き、胸を高鳴らせながら進駐軍として上陸した。

大竹海兵団の同期で操舵員の吉田上等水兵と一緒に陸軍のトラックで、昭和十七年二月に山下奉文中将率いる陸軍の第二十五軍が攻略したシンガポール要塞へ渡り、ブキ・ティマ高地、昭南《しょうなん》神社、石油採掘所、捕虜収容所など、日本軍の戦果の跡を見学し、大東亜共栄圏が着々と推進されているとの説明に意気軒高であった。

三日後、半舷上陸で吉田上等水兵とシンガポール駅前まで行き、繁華街の裏露店を見物し、鰐皮の財布や小物をみやげに買ったり、果物の王様のドリアンやマンゴスチンなどを食べて英気を養い、夕方に「雪風」に帰艦した。翌日、ボーキサイトを満載した船団を護衛してジョホール港を出港。一週間後に呉に帰投した。初陣は恐怖と緊張の連続ではあったが、敵機とは一度も遭遇せずに、幸運にも母港に戻ることができた。しかし、その後は米軍の激しい巻き返し作戦の前に、補給線がずたずたに遮断され、波静かな航海は最初で最後となった。

初めて最敬礼を受ける

とても嬉しかった思い出がある。夜尿症に悩む部下が、古参兵から毎晩のように体罰を受けるという事件が起きた。兵たちはハンモックを吊って寝ていたのだが、深夜、部下の寝小便がハンモックから滴り落ちるのを古参兵に見つかり、毎晩、尻を叩かれていた。

見かねた私は、上官に相談すれば彼が罰直にあうだろうから、筋違いだとは思ったが軍医長に直訴した。すると軍医長の言葉は、

「貴様が言い出したのだから、貴様が責任をもって面倒を見ろ」

そして、

「治療法は、毎晩一時間ごとに本人を起こして便所に連れていき、小便を確かめたうえで寝かせよ」

と命じられた。そこで班長の許可を得て、私は翌日から、軍医長に言われたとおり、彼の世話を引き受ける。

本当にこんな治療法で完治するのかと疑問に思いながらも、四週間が経ったころ、なんと彼の夜尿症がピッタリ止まったのである。彼はジョホール港に入港と同時に下船したが、その際、私に挙手の最敬礼をした。そして私の両手をしっかりと握り、目に涙をためて、

「おかげさまでよくなりました」

と礼を言った。私にとっては、海兵団入団以来、はじめて受ける最敬礼であったので、とにかく無性に嬉しかった。

三　マリアナ沖海戦（あ号作戦）

昭和十九年六月十五日、米軍は日本にとっての絶対国防圏（日本が絶対に確保すべき領域として定めた地域）であるマリアナ諸島のサイパン島に上陸。これに対し日本海軍は、マリアナ諸島での攻防戦を予想して策定していた「あ号作戦」を発動した。これは、マリアナ諸島を中心とする海域で、連合艦隊の全戦力を投じて、米艦隊を撃破するという作戦だった。

六月十九日、小沢治三郎長官率いる第一機動艦隊が、航空機による攻撃隊を発進させた。敵に勝る日本機の航続距離を活かし、敵の攻撃圏外から、遠距離先制攻撃をしかけるアウトレンジ戦法に賭けたが、米軍の索敵レーダーによる迎撃と、新型兵器による対空砲弾により、攻撃隊は壊滅する。

多数の航空機だけでなく、空母を三隻失い、連合艦隊は実質的な戦闘力を失って、六月二十日に戦いは終わる。

「雪風」の座礁

昭和十九年五月、第一機動艦隊はマリアナ沖海戦に備え、リンガ泊地（リンガ諸島とスマトラ島との間に設けられていた艦艇停泊地）を経て、タウィタウィ泊地（フィリピンのスル諸島のタウィタウィ島に設けられていた艦艇停泊地）に進出した。この間、「雪風」と僚艦「響《ひびき》」は、泊地外の対潜水艦掃討を命じられ、

水兵長時代（17歳）の著者（左）、右は従兄

夜間に泊地を出撃し、一昼夜の対潜掃討を行って、早朝に泊地に戻る途中のことだった。熟睡していると、突然、船底からガリガリッと激震した途端、

「魚雷だー！」

の声にハンモックから飛び降り、急いで甲板に駆け上がった。なんと、全長一一八・五メートルの「雪風」の船体が岩礁に乗り上げ、小波が打ち寄せていたのである。

水兵長になっていた私は、驚きのあまり、いかに対処すべきか迷っていたところ、水雷長から、

「全員、竹竿をもって中甲板に集合せよ」

という号令がかかった。水兵長として真っ先に準備に取り掛からねばならないのだが、古参兵から、

「馬鹿なことを、慌てなさんな」

となだめられ、あっと気づいたのだ。二千トンの駆逐艦を竹竿で動かせるわけがない。古参兵は、

「エリート士官の茶番だ」

と侮り全く取り合わないので、暫く様子を見ることにした。

夜明けまでに脱出しなければ敵機の標的になる危険がある。焦りが募る中、結局、艦長が僚艦「響」

に引っ張り出してもらうことを決定した。「響」から渡されたワイヤーロープを後部煙突に巻き付けて、後進のエンジンがかかると同時に、「響」が後方に引っ張る。すると、「雪風」は一気に岩礁から脱出した。竹竿の号令をかけた水雷長は、いわゆる恩賜《おんし》組で、海軍兵学校を一番の成績で卒業した人だったが、現場で汗を流さない人が指揮者にまわることにより、危険な状況を招いてしまうことがある。現場で経験を積んで知識を身につけた人こそが上に立つべきだと痛感した。

こうして危機は脱したものの、肝心の推進器が損傷したために全速が出なくなり、「雪風」は本隊から外され、後方の補給部隊を護衛することになった。

ウンカの群れのような敵の編隊を発見

六月十三日、機動艦隊はタウィタウィ泊地を出撃してフィリピン中部のギマラスに向かう。十四日、ギマラスで燃料補給をし、十五日にフィリピン東方海上に東進。「雪風」が護衛する補給部隊も本隊の後を追って進撃し、六月十九日、マリアナ沖海戦の火ぶたが切って落とされた。

六月二十日午後、

「敵空母群を発見」

の艦内放送に、

「いよいよ来たか」

と覚悟を決めたものの、一気に死の恐怖に襲われ、心臓が激しく鼓動し、慌てふためいた。

「来たぞう！」

と叫ぶ兵士の後を追って、ラッタルを駆け上がり、持ち場である二番聯管に飛び込み、追尾盤の把《は》手《しゅ》を握ったが、手の震えが止まらない。すると突然、班長より、

「西崎兵長は敵の動静を逐一報告せよ」

と命じられた。そこで恐る恐る小窓から顔を出して、陽炎が揺れる水平線上をくまなく見張るが何一つ見えない。再び、右から左へゆっくりと目を移動していくと、薄墨色した雲の塊が微かに動くのを発見。

「これだ！」

と思った途端、ドキッと胸が締め付けられた。秋の夕暮れ、田んぼの畦道で見かけたウンカの群れそのものだ。興奮して班長に報告すると、

「監視を続けろ！」

と言われた。

敵の編隊は、水平線上の雲間で銀翼をキラキラ輝かせながら二派に分かれると、太陽を背にして、一斉に攻撃態勢に入った。敵は攻撃する際に、必ず太陽を背にして向かってくる。それは、こちら側が眩しくて目がくらむからだ。

「攻撃開始です！」

と報告すると、すでに接近してきた敵機が、キーンと神経を逆なでするような爆音を轟かせて急降

下し、手前で黒い爆弾が離れた。

「危ない！」

と観念したとき、爆弾はスーっと頭上をかすめて右舷側に落下し、その衝撃波と同時に水柱が上がった。「雪風」の主砲が、

「ドン、ドン」

と二発撃ちあがると、船が大きくバウンドして、激しい爆圧が背中と鼓膜を圧迫した。

お守りを握りしめる

航空戦の場合、水雷科員は、万が一、爆弾が当たった際には搭載する十六本の魚雷を海に投棄するのが任務で、敵とは直接対戦しない。それだけに恐ろしいのだ。魚雷発射管は対空戦用に、約五センチの鋼鉄で覆われている。見えない敵が頭上で激しく撃ち合う爆撃音、至近弾の破裂による衝撃など、ハラハラドキドキの連続で、

「今にも直撃弾が当たるのでは」

と神経をすり減らして待機していると気が狂いそうになり、母からもらったお守りを握りしめていた。

「雪風」は緩急をつけた舵取りを繰り返しながら、襲い掛かってくる敵機に応戦し続けた。一次攻撃が終わり次の攻撃が来るまでの二十数分間に、負傷者の搬送、弾丸の補充、機銃の冷却、甲板

上にガラガラ転がる空の薬莢《やっきょう》の片付けを行い、配られた握り飯にかぶりつきながら、次の攻撃に備えた。

寺内艦長の神業的な操艦術

二次攻撃を前に、私は艦橋の見張り当番についた。ほどなく、

「戦闘配置につけ」

のブザーで、各指揮官が艦橋の配置に着く。巨漢の寺内艦長が天蓋《てんがい》を開け、席に座ると、周囲の空気が一変し、緊張感がみなぎった。頭上の伝声管《でんせいかん》を通じて、

「戦闘準備よし」

と、各部署から順次報告があがる。伝声管は、直径五、六センチの真鍮《しんちゅう》のパイプを通じて離れた場所に肉声を伝えるもので、艦内にはあちこちに伝声管が張りめぐらされていた。シンプルだが、故障が少なく正確で、戦闘中でも伝達事項が聞き取りやすい。

戦闘態勢が整うと、間もなく敵機の時間差攻撃が始まった。慌てて大型望遠鏡と肉眼で、潜水艦と航空機の見張りをして、逐一、敵機の攻撃態勢を報告した。

寺内艦長はと頭上を見上げると、天蓋から鉄兜を被った頭を突き出し、象牙のパイプをくわえ、厳しい形相で敵が投下する爆弾を三角定規で測って回避していた。急降下爆撃機の回避は、まさに剣の達人が振り下ろす刀を、間一髪でかわすような極めて至難で息詰まる一瞬だと言われるが、寺

内艦長の操舵術は神業そのものだった。特に、爆音の騒音で艦長の操舵指示が航海長に伝わらないため、短い脚で航海長の右肩を蹴って面舵《おもかじ》（進行方向右へ舵を切る）、左肩を蹴って取舵《とりかじ》（進行方向左へ舵を切る）を指示し、巧みに爆弾を回避していた。

「戦時は平時のごとく」も空念仏

ダダーッと後方から射撃音が迫ってきたと思った瞬間、ガサッと頭上から血まみれになった測距長（敵との距離を測る責任者）が逆さづりになって倒れてきた。

「測距長！」

と見上げると、胸部を撃ち抜かれて瀕死の重傷で、鮮血がタラタラと艦橋のデッキに落ちてきた。予備士官とともに引き下ろし、看護兵に引き渡したが、血まみれの測距長が担架で運ばれていくのを見て、

「自分もいつかは……」

と思った。

この戦いは、終始、空中戦だった。後方の油槽船から黒煙が上がる中、味方から打ち出す無数の曳痕弾《えいこんだん》（弾道や着弾点がわかりやすいように発光しながら飛ぶ弾丸）の火玉が敵機に吸い込まれていくが、なかなか命中しない。

「右十五度敵機！」

と叫ぶと、敵の攻撃機は秒速一五〇メートルの速さで爆音と衝撃波を残して飛び去り、なすすべもない。海兵団当時、教官から、

「戦時は平時のごとく」

と教えられたが、空念仏で、幾度と敵の弾丸の下を潜ってこなくては、到底、平時の気持ちで敵と対等に戦うことなどできないと思った。

最初の頃は、敵が投下する爆弾の全てを私の体が吸い込んでしまうような感覚に陥り、恐怖に身体の自由がきかなかったものだ。しかし、だんだんと場数を踏むうちに、身体をどのように隠せばよいのか自然と対応できるようになっていった。

油槽船の処分

戦いが小康状態となった。駆逐艦「卯月《うづき》」は、被弾して航行不能となった油槽船「玄洋丸」の人命救助に向かい、乗員を収容すると、「卯月」の砲撃により処分した。そして、「雪風」は同じく航行不能となった「清洋丸」を魚雷で沈めることになった。秘密保持のためである。私が所属する二番聯管からの発射は免れたが、私にとって初めての魚雷発射が味方の油槽船を沈めるということに、非常に複雑な気持ちで発射を見守った。

発射準備が整い、一番聯管から飛び出した魚雷が「清洋丸」に命中すると、轟音と閃光が吹きあがった瞬間、約一万トンの油槽船は、一瞬、黒煙を残して海上から消え去った。私はこのとき、九

三式酸素魚雷の想像以上の破壊力に、身の毛がよだった。もし、「雪風」が搭載する魚雷に直撃弾が当たった場合を想像すると、恐怖で震えが止まらず、しばらくの間、魚雷の破壊力が脳裏から離れなかった。九三式酸素魚雷は、戦艦の主砲並の射程をもつ酸素魚雷で、空気の代わりに酸素そのものを酸化剤として使用するため、海中に排出する排気ガス中に窒素を含まないことから、雷跡が目立たず、敵艦から発見されにくいという長所があった。太平洋戦争までに、これを実用化できたのは、日本だけだった。

夕暮れとともに、敵機の攻撃が止み、上空は無数の砲煙が黒く散り、航空戦の激しさを物語っていた。「清洋丸」の処分を終え、わびしい気持ちで居住区に戻ると、上官から、

「明日も同じように敵さんの攻撃があるから、今のうちに食べるだけ食べておけ」

と言われたが、私には死の予告のように聞こえた。

このマリアナ沖海戦で、我が機動艦隊は、有史以来の戦力で敵と戦ったが、援護戦闘機はなく、敵の大量の航空機と潜水艦攻撃の前にあっけなく惨敗した。

日本海軍のホープである空母「大鳳《たいほう》」は、敵潜水艦の魚雷攻撃を受け、数時間後に大爆発を起こして沈没、竣工後わずか三カ月でその勇姿を海上から消した。また、空母「翔鶴《しょうかく》」も潜水艦の魚雷攻撃により沈没、「飛鷹《ひよう》」は雷撃機の攻撃を受けて沈没した。

「雪風」は残った油槽船をフィリピンのギマラスまで護衛し、単艦で広島県の因島《いんのしま》造船所に帰投

する。傷ついた推進軸を取り換え、二五ミリ単装機銃をハリネズミのごとく各所に増設して、対空戦に備えた。一方、米軍は、マリアナの地にB29を進出させ、日本本土への空襲準備を着々と始めたのだった。

優しい友の手の記憶

実はこのマリアナ沖海戦の最中、私は高熱に冒され、軍医長より暫時休養を命ぜられ、閑散とした居住区のハンモックで、ひとり悶々と自責の念に堪えながら寝ていた時間があった。「ドスン」と船底に衝撃を受けた途端に電灯が消え、

「魚雷だ!」

の声にハンモックから起き上がり身構えたが、間もなく灯りが点いてホッとしたということもある。そこへ、仲が良かった田中兵長が、攻撃の合間をぬって見舞ってくれた。

「おい西崎、大丈夫か? 後は俺たちに任せておけ」

と、温かく力強い言葉とともに、私の熱い額にそっと手のひらをのせてくれた。敵と対戦中だけに、持ち場を離れて申し訳ない気持ちでいっぱいの私は、彼の思いやりが嬉しくて、涙を流してしまった。

広島出身の田中兵長は、徴募兵として大竹海兵団に入団し、そこで一番の成績を収めた秀才だった。出会ったのは「雪風」で、歳は彼のほうが少し上だったが、とても人柄が良く、私と階級が同

じということもあり、気が合った。同じ水雷科で、文字通り寝食を共にした戦友である。私と同じ農家の生まれで、互いの故郷の話をよくしたものだ。四角く貫禄のある顔つきをしており、

「おまえは将来、村長さんになれるよ」

と私はよく言っていた。戦闘中でも病の友のことを気遣ってくれるように、度量の大きい、優しい心の持ち主であり、若いながらも、人相だけでなく人間としての貫禄をそなえた立派な人物で、こういう男が人の上に立つべきだと、私は常々思っていた。

終戦を迎え、徴募兵だった田中兵長はすぐに復員することになり、私たちはがっしりと握手をして、これからの健闘を祈りながら別れた。二年後、やっと私も復員してから、彼に手紙を書いた。だが、返ってきたのは懐かしい筆跡ではない。それはご家族から、彼は復員して三カ月後に急死したとの知らせだった。私は愕然としてしまい、その事実をなかなか受け入れることができなかった。運命とはいえ、いったいどうしてと、悔やまれてならない。

今も、風邪をひいたり、体調を崩すことがあると、友の優しい手の感覚が蘇る。そして、

「おい西崎、大丈夫か？　しっかりしろよ、俺はいつも見ているから」

と、貫禄のある四角い顔が、元気づけてくれる心持ちになる。

四　樽島丸《たるしままる》船員の救助

漂流筏に見たものとは

これは、マリアナ沖海戦後、「雪風」がギマラスを出港し、呉へ戻る途中の出来事である。ギマラスを出て二日目、イルカの群れと競っていると、見張り員からの

「右前方に潜望鏡」

の報告に艦内は騒然となり、水雷科員は一斉に後部爆雷投射機の前に整列し、待機した。潜望鏡は潜行中の潜水艦から筒先だけを水面上に出して海上の様子を見る装置だ。ところが、それは見張り員の勘違いで、実は漂流筏に人が乗っているということが判明した。

艦長は直ちに、

「カッター用意」

を命じ、カッター要員十二名に私も参加して、荒れる波濤《はとう》を力いっぱい漕いで救助に向かった。筏に近づくにつれ、全容が見えてきた。廃材を巧みに組み合わせた筏は、西方向へ漂流し、最後部で、髭面の男が懸命に布切れを振って救助を求めていた。筏の横にカッターを横付けすると、狭い筏の上には、十数人の遭難者がミイラ同然の身体で横たわっていたのである。彼らは目だけをぎょろぎょろさせ、無表情な顔で動かない。その姿を例えるならば、ユニセフのテレビコマーシャルに映るア

フリカの栄養失調の子どもたちと重なる。遭難者の周囲は、紙くずや空き缶、布切れが散乱しており、垂れ流した汚物の悪臭がプンプン臭っていた。

髭面の男が語った顚末《てんまつ》

髭面の男は、ことの顚末を私たちにこう語った。

「私たちは、樽島丸の船員で、米国の潜水艦にやられました。最初は何十人といましたが、食糧不足と灼熱で、発熱し下痢するものや、発狂して海に飛び込む者が続出し、これだけの者が残りました。ここ一週間はサイコロ大のジャガイモ一個で命をつないできましたが、これも限界とあきらめかけていた矢先、水平線上に船影を見つけ、天にも昇る思いで、腕がちぎれるほど布切れを振り続けました。まさに天祐（天の助け）です」

そう一気に言うと、真っ黒に日焼けした髭面の男の顔がはじめてほころんだ。

ミイラ同然の遭難者

早速、遭難者の救助に取り掛かったが、誰もがミイラ同然で首がしっかり座らない。抱きかかえても赤ん坊のようで、カッターに移動するにも手間取ったが、とにかく全員を収容した。

「雪風」に収容の合図を送ると、敵機と潜水艦の攻撃を警戒しながら、徐々に「雪風」に近づき、停止を合図にカッターを「雪風」左舷に横付けして、今度はカッターから「雪風」へ遭難者の収容に取りかかった。敵の潜水艦に狙われるため、そう長くは「雪風」を停めておくわけにはいかない。とにかく素早い作業が求められた。赤ん坊のような遭難者を風波で揺れるカッターから、腫物にさわるようにして「雪風」の甲板に押し上げるが、なかなかうまく船上から受け取ってもらえず苦労した。お尻を支えて甲板に押し上げた際に、私の顔面に大便をチョロ、チョロと垂れ流した者がおり、さすがに、それからしばらくのあいだ、私は食事が喉を通らなかった。

部下を励まし続けた髭面の男の力量

無事に全員を「雪風」に収容し、早速、軍医長の診察を受けさせ、しばらくは全員が軽いお粥で回復を図る。しかし、二日後、三名が看病の甲斐なく亡くなった。果てしない大海原を何週間もさまよいながら、幸運にも「雪風」に助けられ、内地へ戻る途中での死である。戦時とはいえ、民間人だけに、筆舌に尽くし難い悲劇であった。戦時中、商船から漁船まで民間の船と船員が徴用され、兵隊や武器の輸送任務を担わされ、さらに敵の監視という危険な任務までさせられていた。犠牲となった船の数は七千隻以上、失われた命は六万人を超えるという。

私は艇長らしき髭面の男の生きざまに感服した。

「生きろ！　海水を飲むな！」

と怒鳴りながら、部下を励まし勇気づけ、ぎりぎりのところまで命をつないできたその力量に、上官たるものかくあるべきと心底思った。

註

樽島丸の遭難について、「戦没した船と海員の資料館」に問い合わせたところ、米軍の資料では、樽島丸を攻撃したのは、昭和十九（一九四四）年一月十五日となっており、樽島丸の遭難位置は、北緯二三度〇〇分、東経一三五度〇〇分（沖ノ鳥島の北西あたり）であるという。とすると、漂流期間が五カ月以上に及んだことになるが、樽島丸の遭難者の救助の時期に関して、当時「雪風」の探照灯員だった久保木尚氏も西崎氏と同様に、マリアナ沖海戦後、ギマラスを出て呉に戻る途中としている。（編者）

五　レイテ沖海戦（捷《しょう》一号作戦）

昭和十九年十月十七日、米軍はフィリピン・スルアン島に上陸を開始する。翌十八日、連合艦隊司令部はフィリピン方面の作戦「捷一号作戦」を発令した。「捷」とは勝ち戦を意味する語である。二十日には米軍がレイテ島上陸を開始。これを阻止するために、日本は、戦艦「大和」、「武蔵」、「長門」、「扶桑」、「山城」など水上戦力の全てをレイテ湾に突入させようとするが、レイテ湾を目指した第一遊撃部隊は、航空攻撃などを受け、「武蔵」をはじめ多くの艦艇を失い、連合艦隊は事実上、壊滅した。

「武蔵」は「大和」型戦艦の二番艦で、昭和十三年三月に三菱重工業長崎造船所で起工、昭和十七年八月に呉で竣工した。「大和」型戦艦は国家の最重要機密であり、三菱重工業長崎造船所では、目隠し用の倉庫までもが造られた。昭和五年に長崎市に生まれたK氏によれば、「武蔵」が長崎から呉に向かう際、長崎の街では外出が禁止されたという。それでも好奇心を抑えられなかったK氏が小学校の屋上から港を眺めたところ、目隠しのために他の艦艇が出す煙幕の中、「武蔵」の巨大なシルエットが見えたという。

「大和」型戦艦が本格的に最前線に出撃するのは、レイテ沖海戦からであり、そのレイテ沖海戦において、「武蔵」は敵の艦載機による集中攻撃を受け、悲壮な短い生涯を閉じるのである。乗組員二三九九人のうち一千人以上が犠牲になったといわれている。そして生存者のほとんどが帰国を許されず、フィリピンの過酷な陸上戦に投じられたのだった。

戦艦「武蔵」の沈没

栗田長官率いる第一遊撃部隊にリンガ泊地で合流した「雪風」は、十月十八日に同地を出発し、二十日にブルネイ湾に入港。燃料等の補給を受けた後、二十二日、レイテ湾を目指して出撃した。「雪風」は、戦艦「金剛」を中心とする二重の輪形陣《りんけいじん》の殿艦《でんかん》(後方を護衛する)となって東に進み、一五キロ前方には戦艦「大和」を中心とした、航空機をもたない裸の艦隊が東進する陣営であった。二十三日、パラワン島西方水道で米潜水艦により、重巡洋艦「愛宕」、「摩耶」が沈められた。そして十月二十四日、シブヤン海に入るや、敵の機動部隊に遭遇し、敵の爆撃機による大規模な攻撃を五

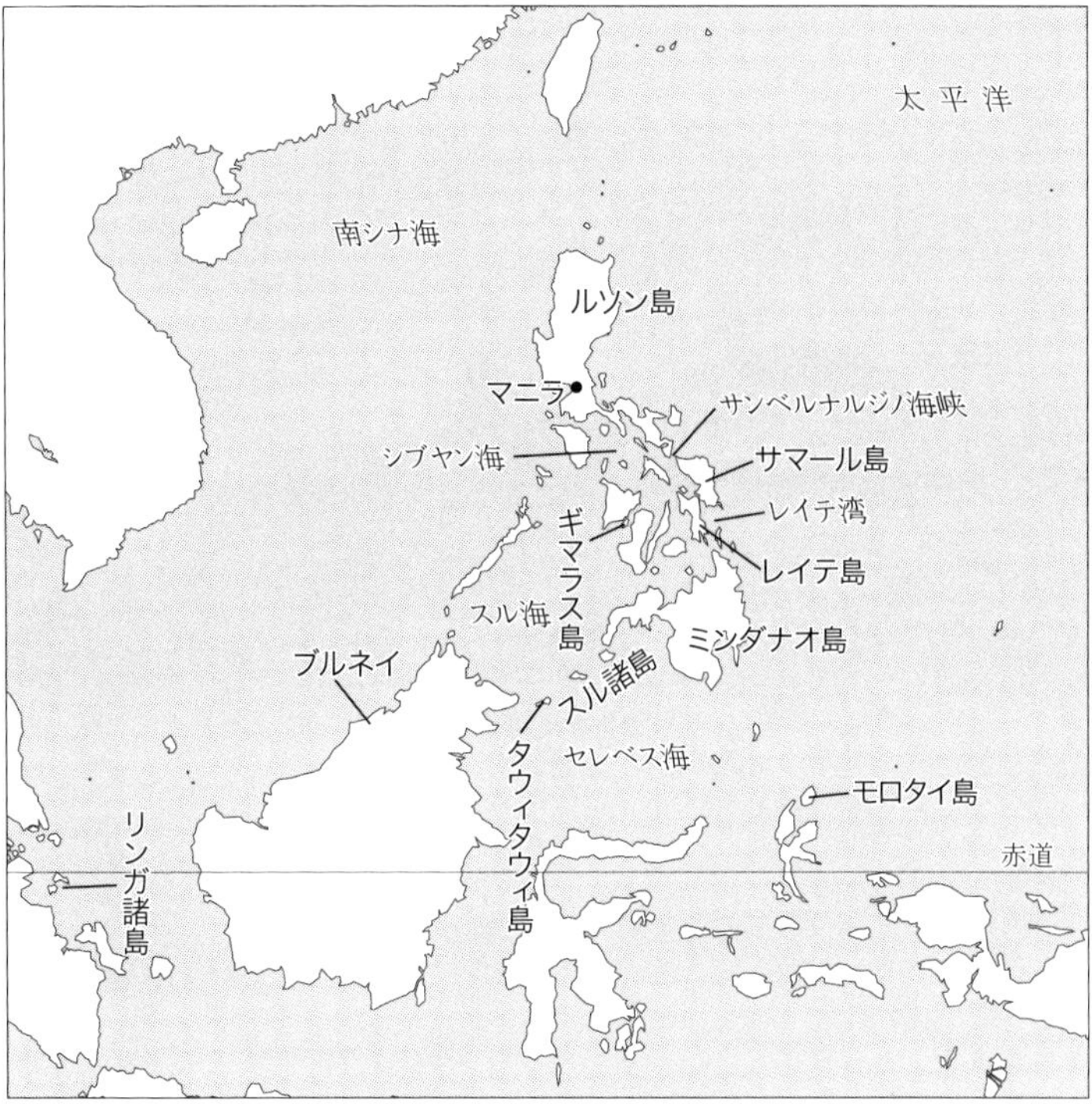

フィリピン群島周辺地図

回にわたって受け続けた。この結果、戦艦「武蔵」が沈没したほか、戦艦「長門《ながと》」、軽巡洋艦「矢矧《やはぎ》」も被弾した。このシブヤン海で、「大和」の主砲三式弾が敵の航空機編隊に向けて発射されたのを見たが、まるで天の川のように、ザアーっと流れていた様子が目に焼き付いている（三式弾は対空戦闘用の砲弾で、敵の航空機編隊の前方に向けて発射されると、時限信管によって爆発する仕組みになっており、砲弾に詰め込まれた焼夷弾子〔大和型四六センチ砲用では、九九六個〕が傘状に広がって敵機を捉えるようになっていた）。

トラック島での戦艦「武蔵」
（資料提供：大和ミュージアム）

昭和 19 年 10 月 24 日、シブヤン海で沈没寸前の戦艦「武蔵」
（資料提供：大和ミュージアム）

栗田艦隊は、空襲を避けるためにいったん反転し、その後、再反転して東進する。「武蔵」が沈没する間際に、私たちはちょうどその横を通った。戦艦「大和」と「武蔵」、そして幻の航空母艦「信濃」は姉妹艦であり、奇しくも私はその三隻の最期を見ているのだが、「武蔵」は転覆せず、平均してすーっと沈んでいった。私の予想では、「武蔵」は水面下になってから、転覆したのだと思う。「雪風」が「武蔵」の横を通るとき、艦長命令で挙手の敬礼をして、戦闘能力に長け日本海軍で最も美しいと言われていた戦艦に、最後の別れをした。

戦後七十年の平成二十七（二〇一五）年春、フィリピン沖海底で戦艦「武蔵」が発見され、その変わり果てた姿がテレビで放映された。七十年ぶりの「武蔵」との再会に、「武蔵」と共に戦い、沈没に立ち会った一人として、深海の海底に眠る兵士たちの骨を拾ってやれず申し訳ないという気持ちでいっぱいだった。

サンベルナルジノ海峡の突破

「武蔵」を失った栗田艦隊は、十月二十四日午後十一時過ぎ、レイテ湾突入を目指して、フィリピンのルソン島の南端部とその南東のサマール島との間を隔てるサンベルナルジノ海峡へ入った。海峡の入り口で、二十三隻からなる艦隊は、各艦が縦一列に並ぶ単縦陣《たんじゅうじん》を敷き、駆逐艦を先頭に戦艦「大和」他が真っ暗闇の狭水道を粛々と進んだ。しんがりの「雪風」は戦艦「榛名《はるな》」の後ろについていたが、「雪風」が海峡の入り口に差し掛かった際、突如、右方向の島影から探照灯、いわゆるサーチライトに「パッ」と照らされた。

「すわ、見つかるのでは」

と、緊張が走り、じっと見つめていると、一筋の光は真っ暗闇の海面を舐めるように左右を照らし始める。恐怖におののきながら、一時も早くこの場から逃れなくてはと前を見ると、黒山のごとくそびえる「榛名」がゆっくりと前進している。「榛名」に敵の探照灯が当たるのではと、ただただ、ハラハラドキドキしながら固唾《かたず》をのんで見守った。しかし、幸運にも「雪風」が海峡に入った途端、一筋の光は、暗闇の海上から掬い上げられるようにして消えたのだった。

「助かった」

と、張り詰めていた息を吐きだして、警戒を続けた。

静まりかえった海峡の行く手は、黒々とした密林が両岸から迫り、手が届くかのように感じたが、このときの情景について、柴田砲術長兼先任将校も手記の中で同様の表現で回想している。

「上弦の月影淡く水道を扼《やく》する山々は黒く迫ってくる。海峡に入るや両岸も手の届く如く近く、恰《あたか》もトンネルに入ったようで、今までの海風もピタリと止み生暖かく、いかにも隠密行動をするかのように感じられた」(『激動の昭和　世界奇跡の駆逐艦雪風』より)

月が差し込む密林の木の間から、時折、野鳥がククッと鳴く中を、「雪風」は息を殺して、まさに「鞭声粛々夜河を渡る《べんせいしゅくしゅくよるかわをわたる》」の心境で進撃した。

非番になった私は、後部の砲塔にもたれ、満天の星空に南十字星を仰ぎ見ながら、この壮大な宇宙の桃源郷に、たった一人で抱かれているような気持ちで陶酔していた。そしていつか星々は、故郷の蛍に姿を変えていた。村の中心を流れる前川や、生活の水場であった宮郷川《みやごうがわ》のささやかな流れに無数の蛍が飛び交い、鵜方の夏の夜は淡い光に煌めいていたものだ。南洋の天の蛍火に浮かびあがるのは、母の顔、幼なじみの顔。笑っているかと思えば、心配そうにしたり、懐かしい顔は皆、表情が落ち着かない。

「みんな元気にしているのだろうか。俺はしっかり生きているよ」

郷愁に熱いものがこみあげてきたとき、突然、暗闇の木々の間から、野鳥が「ガァガァ」と騒ぎ出す。びっくりして身構えると、暫くして静まった。恐らく、睡眠中の野鳥が、深夜の狭水道に大きな山々が動く異変に気付き、驚いて騒ぎ出したのではと思った。

日付が変わり、艦隊は無事に海峡を突破し、サマール島の北方海面に進んだ。

サマール沖海戦――初めての魚雷戦

サンベルナルジノ海峡を抜け、サマール島東方を南下すると、付近の海域一帯にスコールが発生し、艦隊は長時間にわたって真っ暗闇の中に閉ざされた。ところが、朝方になると、東方のわずかなスコールの切れ目から、茜色の水平線上に、三本のマストを発見。直ちに

「戦闘用意」

の号令がかかった。

マストの数は増え、航空母艦を含む敵の大艦隊であることが判明した（実際は、米軍の護衛空母部隊だった）。まさに千載一遇のチャンスと、

「全軍突撃せよ」

の命令が下り、戦隊は敵の空母めがけて全速で突撃した。敵の空母群は、我が軍の弾幕を潜り、搭載機を急発艦させたか、戦闘準備不足からか敵機の攻撃はなく、いつもと違っていた。

魚雷発射管の私は、偶然の敵との出会いに心臓が早鐘を打っていたが、班長の、

「敵もさぞかし驚いたに違いない。この魚雷戦は優位に戦える」

との言葉に、勇気をもらって身構えた。

「雪風」ら水雷艦隊にとっても待ちに待った魚雷戦である。私にとっては初めての魚雷発射であり、血わき肉おどる思いだった。波しぶきが舞い狂う中、小窓から水平線上を覗くと、敵の護衛駆逐艦が巧みに煙幕を張って空母群を隠している。距離一万メートルに肉薄すると、敵の無数の砲弾が前面に落下し、砲弾は赤、黄、緑に着色されているため、色のついた水柱が林立して反撃を阻んだ。

敵との距離が一万メートルを切ると、斎藤水雷長が、

「魚雷戦用意、敵空母二番艦」

と命じた。聯管内は一気に高揚し、緊張して起動弁を開く。圧搾された酸素空気が、一気に装填魚雷四本の細部まで浸透すると、魚雷発射管が左舷へ九十度回頭し、発射体勢を取った。

左舷に突き出た発射管に波しぶきがパシャ、パシャと打ち砕けるたびに、聯管を激しく揺さぶる。一番艦の「浦風」が面舵を大きく切って回頭すると、四本の魚雷を順次発射した。続いて、二番、三番艦と放物線を描きながら、次々と魚雷を発射し、いよいよ「雪風」の出番となった。

追尾盤の水雷長が示す射角の赤い針に黒い針を合致させると魚雷が発射するのだが、ピンピンと左右に飛び跳ねる赤い針に黒い針を重ねようと追尾しても、焦りと緊張で手が震えてなかなか合致しない。

「落ち着け、必殺だ！」

と心で叫んで眼力を集中して追っていると、

「カチッ」

と針が合い、

「シャッ」

と圧搾音をたてて四本の魚雷が、次々と海中へ飛び込んでいった。世界に誇る日本の九三式酸素魚雷は、敵の空母二番艦を目指して直進した。魚雷が空母に到達するまでの時間は数分間であるが、水雷科員にとっては、必殺と緊張の長くて短い時間だ。誰かが

「テー（撃てー）」

と叫んだので、慌てて水平線上を見ると、

「パッ」

と赤褐色の火花を目撃した。すかさず水雷長からの
「本艦の魚雷で敵空母を撃沈」
の知らせに、科員は一斉に
「万歳！」
を三唱し、成果を祝った。はじめての魚雷発射に立ち会った私は、
「ヤッター！」
と、拳《こぶし》を振りあげて興奮に酔った。

我が艦隊に集中攻撃を受け、漂流中の米駆逐艦ジョンストンが、マストに白旗を掲げているのを発見して近づくと、慌てふためいた乗組員が、宙ぶらりんのカッターで避難する最中であった。仇敵を目の当たりにして、敵愾心《てきがいしん》に燃えた機銃指揮官が、「撃ち方はじめ」を下命したため、機銃員が引き金を引くと、弾丸は乗り組み中のカッターの片方のロープを撃ち砕いたため、いっせいに将兵らは海上へ落下した。これを見た寺内艦長は、

「逃げる者を撃ってはならぬ」

と、制止の命令を出し、米兵を傷つけることなく通過した。

戦場を重ね、死を意識する瞬間が連続していくうちに、人間は変わっていく。知らず知らずのうちに、エゴ、残忍性に人格が侵食されていってしまうのだ。

水平爆撃の恐怖

栗田長官は、レイテ湾突入を前にして、急遽、予定を変更してブルネイ泊地への帰投進路をとった。これが世に言う謎の反転である。

栗田艦隊はサンベルナルジノ海峡を西に進み、再びシブヤン海に入る。そして十月二十六日、シブヤン海に於いて、ハルゼー艦隊の艦載機の攻撃と、インドネシアのモロタイ島から発進したB24爆撃機による水平爆撃（地表・水面に対して水平に飛行し、高い高度から爆撃する）の攻撃を受けて、軽巡洋艦「能代《のしろ》」が沈没した。

はじめて体験したB24爆撃機の編隊による水平爆撃は、たとえようもなく恐ろしかった。高度七千メートルから一斉に投下された爆弾が、白く光った水柱となり、白い絨毯が襲ってくるように整然とこちらに向かって追いかけ迫りくる脅威は、想像を絶する恐ろしさで、これが至近弾となって水面に落下すると、船は大きくバウンドして「ザー」という波しぶきの中に閉ざされ射撃の音も消されてしまう。暗澹《あんたん》たる気持ちのなか、再び、「雪風」は水柱から身震いしながら躍り出て戦闘に加わり、はじめてホッとした爆弾の雨であった。

水葬

レイテ沖海戦が終わり、十月二十八日にブルネイに入港する。十一月十六日、ブルネイ泊地を米軍が水平爆撃で襲い、「雪風」では、機銃射手の大崎良一水兵長が胸部に被弾して戦死した。その水葬が、僧侶出身の高橋一等水兵の読経で厳かに行われた。マストに掲げる半旗に向かって、衛兵が「捧げ銃《ささつつ》」（銃を用いた敬礼で、銃を両手で体の中央前に垂直にささげ持つ）をする中、「国の鎮め」がラッパで吹奏された。遺体を納めた棺の両脇に、不発弾二個をつけ、沈下用の穴を二カ所に開ける。そして棺を軍艦旗で覆い、五人の同年兵の手によって、後部甲板から厳かに水中へ葬られた。浮上する棺の周囲を「雪風」が一周する間、寺内艦長以下、乗組員全員が挙手の最敬礼をして見送った。

大崎水兵長とは、こんな思い出がある。シンガポールに上陸した際、大崎水兵長と私は、憲兵に見つからないように、こっそり喫茶店に入った。そこで私たちが食べたのは、苺と生クリームのケーキ。生まれて初めてのショートケーキは、それはもうお腹が痙攣を起こすほどで、

「こんなに美味しいものがこの世にあるんだな」

と、大崎水兵長も満面の笑みでほおばっていた。

復員して、日本でケーキを食べたのはいつ頃だっただろうか。私には決まり事が一つある。実は、大崎水兵長と一緒に食べて以来、ケーキはショートケーキしか口にしないことにしている。それは、大崎水兵長へのささやかな供養の気持ちであり、ショートケーキを見るたびに、彼の元気な笑顔を思い出すことができるからである。

昭和 19 年 10 月 21 日、ブルネイ泊地の戦艦「長門」
（資料提供：大和ミュージアム）

大シケの台湾海峡

レイテ沖海戦で生き残った艦艇は、ブルネイ泊地を出て、日本を目指した。途中、台湾海峡で大シケにあい、艦首が大きく波の中に突っ込み、その都度、キールがギイギイときしみ、今にも艦が木っ端微塵に潰されてしまいそうな荒波が襲い掛かる悪天候であった。そのような状況の十一月二十一日未明に、待ち伏せしていた敵の潜水艦「シーライオン」による突然の魚雷攻撃に遭い、戦艦「金剛」と駆逐艦「浦風」が撃沈された。多くの戦死者をだし、特に僚艦の「浦風」は、第十七駆逐隊の谷井司令以下、全員が戦死という無残な結果になってしまった。これで第十七駆逐隊は、「雪風」、「磯風」、「浜風」の三隻のみとなった。レイテ沖海戦で完全に無傷だったのは「雪風」で、この戦いでも幸運の女神に助けられた。

艦隊は豊後水道に入って伊予灘にたどりつく。久しぶりに内地の山々を目にして、生きて帰った喜びをかみしめた。戦艦「大和」は呉に回航し、中破している戦艦「長門」を「雪風」、「磯風」、「浜風」の三隻が護衛して、横須賀港に入港した。「長門」はその後、二度と外洋に出ることはなく、横須賀で終戦を迎え、戦後は米国に接収された。そして昭和二十一（一九四六）年七月、ビキニ環礁において核実験の標的艦となって沈没。日本の誇りと称された戦艦「長門」は、現在、ビキニ環礁の海底で、上下逆さまの状態で眠っているという。

日米が雌雄を決したレイテ沖海戦は、米軍の航空機と潜水艦の一方的な勝利に終わった。史上空前の規模で戦った捷一号作戦は、最後まで各隊の連携が取れないまま、バラバラの行動が大敗につながったように思う。

六　幻の空母「信濃」の最期

危険な夜間航行

十一月二十五日、横須賀港に入港した第十七駆逐隊「雪風」、「磯風」、「浜風」は、息つく暇もなく、二十八日、今度は竣工したばかりの空母「信濃」を護衛して瀬戸内海へ向かうことになる。「信濃」は戦艦「大和」、「武蔵」の姉妹艦として、昭和十五（一九四〇）年五月に横須賀工廠で起工したが、ミッドウェー海戦の大敗以降の戦局の悪化により、飛行甲板を取り付けて空母に改装されることになった。だが、完成の時期が遅れ、内地の備蓄燃料も底をつき、搭載する飛行機も間に合わな

空母「信濃」（昭和19年11月11日、東京湾）
（資料提供：大和ミュージアム）

い情況にあった。そして、連日のB29による空襲を避けるため、急遽、「信濃」は瀬戸内海で最終艤装されることになった。

出港を前にして、具体的にどのように回航するかを決める会議が行われる。私たちが田口航海長から聞いたその内容は以下のとおりであった。「信濃」の艦長の阿部俊雄大佐が、「雪風」、「磯風」、「浜風」の艦長に示した方針は、「信濃」は夕刻に出撃し、夜間に、潜水艦の危険場所を高速で西航して、紀伊水道に入るというものだった。これに対し、各駆逐艦の艦長は一斉に反対した。これまでの諸作戦の経験から、寺内艦長らは、

「護衛機のもと、早朝に出港し、潜水艦が伏在する海面を昼間に高速で突破するのが最も安全だ」

と主張するが、「信濃」の阿部艦長は、軍令部の指令だからと受け入れず、結局、二十八日夕刻の出港が決定された。

田口航海長の話によると、「信濃」は竣工直後で、乗組員の訓練も不十分な上、突貫工事の遅れから、横須賀工廠

の工員百名前後が作業員として乗船した。また、内地の陸上輸送能力の不足から、航空機の格納庫には、西日本方面へ送る武器、弾薬、それに人間爆弾といわれた特攻機「桜花《おうか》」五十機が積み込まれていたという。護衛の駆逐艦三隻とともに二十八日夕刻、「信濃」は横須賀港を出港した。

「信濃」右舷に魚雷を受ける

艦隊が太平洋に出ると臨戦態勢がしかれ、「信濃」を中心に、前方一五〇〇メートルに「浜風」、左横一五〇〇メートルに「磯風」、右横一五〇〇メートルに「雪風」がつき、常時、之字《のじ》運動（ジグザグ航行）を行いながら、瀬戸内を目指した。

日付が変わって午前二時ごろ、見張り員が敵潜水艦らしきものを発見したが見失ったため、急遽、「浜風」が制圧のために本隊を離れ、我々は全速力で敵潜水艦を振り切った。

午前三時過ぎ、

「ドスン」

という衝撃と同時に、

「爆雷戦用意」

の号令がかかった。私はハンモックから飛び降り、鉄兜と防弾チョッキをひっつかみ、急いで後部爆雷投射機前に整列して、

「発射準備よし」

と水雷長に報告。「雪風」は全速で暗闇を切り裂きながら、「信濃」へ向かっていたところ、途中、

「ドスン、ドスン」

と連続して三回にわたり爆発音を身体に感じると、暗闇の中に水柱を目撃した。すると、暗闇の中から、

「われ右舷に魚雷を受ける」

の発光信号がパカパカと打電されてきた。夜間の発光信号は、敵の標的になるから厳に禁止されていただけに、よほど「信濃」の艦橋は慌てているようであった。

敵潜水艦の射点付近に近づくと、水雷長は、

「発射用意テー（撃てー）」

を命じた。発射ボタンを力強く叩くと、爆雷投射機から
「プシュッ」

と音を立てた爆雷は、左右五〇メートルに飛び散り、着水数秒後、閃光が真横に
「キラッ」

と走った瞬間、

「ズシン、ズシン」

と腹に応える様な衝撃で艦尾が持ち上がった。続いて爆雷を投下して敵潜水艦への攻撃を行った後、撃沈の証である重油の浮上を血眼になって探したが発見できず、ついに攻撃は中止となった。むな

しく居住区へ戻ると、古参兵らは、

「浮上潜水艦を発見したとき、直ちに『雪風』が制圧に向かい、その間に『信濃』は高速で西航すべきであった」

と嘆き悔やんだ。

「信濃」は戦艦の船体で造られていると聞いていたから、魚雷の四本程度では沈むことはなかろうと思ったが、心配でたまらず、甲板に上がって暗闇の彼方の「信濃」に目を凝らす。すると、わずかに速力が落ちているようだが、悠然と航行している艦影に、

「さすが世界最大の航空母艦だ」

と、安心してハンモックに潜った。

「信濃」艦長の無謀な命令

ところが、午前六時に甲板に上がると、「信濃」は右舷へ大きく傾き、速力が落ち、傾きが刻一刻と増大していく有様に愕然とした。内田兵長は、

「左舷の空き倉庫に海水を注入して船のバランスを取れば大丈夫だ」

と言ったが、時間の経過とともに、傾斜が増大していくようであった。

午前八時、「信濃」の阿部艦長は各駆逐艦艦長に対し、

「『信濃』を和歌山県の潮岬まで駆逐艦で曳航し、海岸に座礁させる」

と命じた。古参兵らは、

「頭でっかちの浅知恵だ」

とこき下ろしたが、それはもっともなことで、排水量二千トンの駆逐艦に対し、「信濃」の排水量は六万五千トン、加えて武器弾薬、食糧、そして「桜花」五十機を満載し、さらに破口から浸水した大量の海水を含んだ巨艦を、二本のワイヤーで七十海里も離れたところまで曳航するという無謀さだ。しかし、これも絶対的な命令であるから従わざるを得ない。結局、「雪風」は対潜水艦の警戒にあたり、「磯風」と「浜風」の二艦が曳航することになった。

ワイヤーロープの悲劇

駆逐艦の錨鎖口《びょうさこう》から引き出された二本のワイヤーロープが、「信濃」のウインチで巻き上げられていく光景は、あたかも大蛇が海面をのたうちまわるような不気味さで、嫌な予感がする。駆逐艦の煙突にロープが固定され、「信濃」からＯＫの信号を受けた駆逐艦は、一斉にエンジンを始動した。すると、海中に垂れ下がっていたワイヤーロープが急浮上し、一気に牽引力が加わったが、「信濃」は微動だにしない。再び、駆逐艦が黒煙をあげ強力エンジンをかけると、伸び切ったワイヤーロープがギーギーと捩れて軋みだした。危険を感じた矢先、誰かが、

「危ない！　危険！」

と叫んだ瞬間、

「バシッ」

と音を立ててワイヤーロープが切れた。

「あっ！」

と驚いた途端、ワイヤーロープの切れ端が天空へ跳ね上がり、次の瞬間に勢いよく落下した。そして、その先端が、ワイヤーロープを渡し終えてカッターで待機していた「浜風」の兵隊の首を掻き切り、即死するという痛ましい事件が起きたのだった。

「信濃」沈没

午前十時、「信濃」の傾斜はますます大きくなり、阿部艦長はここまでと観念したのか、「総員退去」命令を出し、乗組員が続々と飛行甲板から滑り落ちていくのが目撃された。阿部艦長は、艦首の旗竿に身体をロープでくくりつけて指揮を執ったと言われている。

「信濃」は、さらに右舷への傾斜を早めると、もはやこれまでとばかりに、ついに艦尾から沈みだし、右舷へ横転した。船腹には真っ赤な錆止《さび》めが塗られており、妙に陽光に映えていたのが目に焼き付いている。海上に投げ出された乗組員が、その赤い船腹に這い上がり、救助を求める。彼らは泳げないのだ。なぜ艦艇の乗組員でありながら、泳げないのか。昭和十九年頃になると、ベテランの下士官は多くの志願兵の教育に当たるために船を降り、またベテランの士官は、特攻兵器の「回天」や「震洋」の基地に配属されて陸に上がり、その交代要員として未訓練の者が乗船し、泳げない者も多かったのだと思われる。他方「雪風」は、士官はベテランに代わって若い人ばかりだったが、戦歴豊富な下士官や古参兵が多く残っていたため、それが「雪風」の幸運を導いたといえる。「信濃」の場合には、訓練不足の乗組員に加え、横須賀工廠の作業員も乗船していた。

六万五千トン級の船が沈没すれば、そこには大渦巻ができる。二千トン級の駆逐艦はその渦に巻き込まれてしまうため、警戒して近づくことができない。「信濃」から三百メートル離れた距離から、

「危険だ、離れよ！」

と叫び続けるが通じない。そして「信濃」は船内で爆発を起こし、その圧力が排気弁など様々なところから抜けてきて、艦底からビューッと上がった。望遠鏡で見ていると、「信濃」の艦内に充満して出口を失った爆圧が艦底のパイプを通じて一気にすさまじい勢いで吹き上がり、赤い船腹で救助を待っている人たちを三メートルから四メートルくらいの高さまで吹き飛ばしたかと思うと、またドーンと下に落とし、多くの犠牲者が出たと思われる。

「ズシン、ズシン」

と、誘爆音が身体に響き、艦首が九十度に持ち上がった。あわやと思った瞬間、「信濃」はものすごい勢いで艦尾から一気に海中へ引き込まれていった。昭和十九（一九四四）年十一月二十九日午前十一時少し前、世界最大の空母「信濃」は、一度も戦場で活躍することなく、潮岬沖で沈んだ。竣工後、わずか十日のことであった。

日本海軍が太平洋戦争で被った破局のうち、最も大きな衝撃だったのが、この「信濃」の喪失と

いわれている。

「信濃」生存者の運命

阿部艦長ほか七九一名が戦死し、生存者一〇八〇名を三駆逐艦が救助して、翌三十日、呉に帰投した。しかし軍部は、空母「信濃」の沈没が世間に知られることを恐れ、生き残った将兵のうち、負傷兵と士官は下船させたが、下士官と兵は呉に上陸を許されず、軍港近くの三《み》つ子島《ごしま》病棟に隔離され、その後、最前線へ送られたという。「信濃」に乗っていた「海軍特別年少兵」の同級生によれば、三つ子島病棟の壁にいろいろな落書きがあり、その中に、「信濃」生存者が書いたものがあったという。

「後続の戦友たちよ、挫けてはならぬ。我々は再び最前線に行く。後から骨を拾ってくれ」

戦争とはどこまで不条理で残酷であることかと思う。

思いがけぬ再会

この悲痛な「信濃」沈没後、「雪風」は呉に帰投して、洋上で潜水母艦から給油を受けた。そのとき私は食事当番で、食器の後片付けをしていたところ、何やらカンカンという音が響いてくる。なんだろうと、横付けしていた潜水母艦を甲板から覗くと、数人が錆落としをしていた。その中の一人の頭の格好にピンときた。海軍潜水学校に入った三歳上の次兄に違いない。不思議なもので、全く予期せぬどんな場所であっても、距離があっても、肉親というものはすぐにわかるのだ。私が咳払いをすると、見覚えのある懐かしい頭が私を見上げた。やはり兄だった。

私は潜水母艦へ呼ばれ、ぜんざいをご馳走になったが、格別に甘く美味しかった。兄は部下を率いる身分になっており、私は水兵長としてしっかりと勤務している姿を兄に見せることができて、とても嬉しかった。それにしても不思議な巡り合わせがあるものだ。戦場で神様から頂いた奇跡のようなひとときだった。

七　サイパン島の記憶

病院船「氷川丸」で運ばれた兵隊たち

「サイパン島が玉砕した」

と聞いたのは、レイテ沖海戦に敗れ、日本を目指して荒れ狂う台湾沖を通過しているときである。そのとき私の脳裏をよぎったのは、サイパン島で出会った陸軍の補充兵のことだった。

「雪風」がサイパン島最後の引揚船「氷川丸」を広島の宇品《うじな》港から護衛し、サイパン島に入港したのは、昭和十九年三月初めの朝だったと記憶している。サイパン島が玉砕する四カ月前のことだ。

「氷川丸」は昭和十六（一九四一）年に海軍に徴用され、特設病院船として使用されていた。船体に

特設病院船「氷川丸」（昭和21年5月、浦賀沖）
（資料提供：大和ミュージアム）

は赤十字が描かれ、敵機の攻撃をうけることがないため、「氷川丸」の護衛は苦労のない航海だ。私は久しぶりのサイパン島に心が躍った。

投錨後、艦橋に登り、大型望遠鏡で周辺の景色を楽しんでいた。サイパン島は灼熱の太陽が樹木を照り輝かせ、紺碧の海、白い砂、乾いた風に椰子油の匂いなど南国情緒に満ちており、私は豊饒の景色に酔いしれていた。

望遠鏡を湾口のほうへ向けると、突然、「氷川丸」が飛び込んできた。そして「氷川丸」に照準を合わせた途端、我が目を疑った。なんと病院船「氷川丸」の甲板上に、大勢の陸軍の兵隊が銃を片手に右往左往し、一部の兵隊は右舷に横付けされた上陸用の船に綱梯子を使って乗り移っているではないか。軍部は病院船に大勢の兵隊を隠し、「雪風」にサイパン島まで護衛させたのである。

「裏切られた……」

余りにも卑劣な軍部の行為に、私は怒りがおさまらなかったが、「雪風」の艦内ではさほど話題にならず、私一人が蚊帳の外に置かれているようであった。

兵隊たちとトラックで

私は公用でサイパン島に部下三名と上陸することになった。埠頭桟橋に上がると、最後の引揚船に乗ろうとする大勢の在留邦人と荷物、車でごった返し、国道では、十数台の陸軍のトラックに、「氷川丸」から上陸した兵隊たちが騒然と乗り込んでいる最中であった。

トラックの輸送隊長に、サイパンの市街地まで便乗の許可を得て、一台のトラックの隅に乗せてもらう。四十〜五十人は乗っていただろうか。車内の兵隊たちは、疲れ切った様子で三八銃をだらしなく持ち、目だけキョロキョロさせて片膝を立て、どこか落ち着きがない。そのうちの一人に尋ねると、私より二十歳も年上の岐阜県出身の補充兵で、何の前触れもなく宇品港から「氷川丸」の船倉に三昼夜押し込められ、七転八倒の苦しみに耐えて、最前線のサイパン島に送られてきたという。

すし詰め状態の十数台のトラックが砂塵を蹴って出発すると、小隊長と名乗る紅顔の少尉が、日本刀を引っ提げてやおら立ち上がると、訓示を始めた。

「我々は天皇陛下のため、死に場所を求めてこのサイパンにやってきた」

「天皇陛下」という言葉を口にした際、少尉は直立不動の姿勢を取った。

「貴様らの命は、この少尉が預かった。一人でも多くの敵を撃ち殺し、天壌無窮《てんじょうむきゅう》（永遠に続くこと）

の皇運を扶翼《ふよく》（力をそえ助ける）すべし」

そして権力の象徴である日本刀を抜き、

「天皇陛下万歳」

を叫んだ。

補充兵たちは疲れ切っており、この訓示を上の空で聞いていた。学校出の戦争体験のない指揮官に期待しない私は、補充兵たちに心を寄せながら、眼下に広がる緑滴る密林をぼんやりと眺めていた。

すると、灼熱の太陽が燦々《さんさん》と降り注ぐ彼方の密林から、一筋の煙がたなびくのが見えた。

「あの白い煙の下では、原住民が日々の暮らしを営んでいるのだろうな」

と思いを馳せると、毎日懸命に働く母の姿が浮かんだ。トラックに揺られながら、郷愁の中でいつしか私はまどろんでいた。

急なブレーキで、はっと気がつくと、トラックは山腹のジグザグなゴム林をガタゴトと走っている。樹間を抜けた途端、視界が一変し、紺碧の海が大きく前面に拡がった。一斉に兵隊たちから、

「ウォー」

と歓声が上がった。澄み切った青海原に目を奪われる一方、小高い丘の中腹では、半裸になった陸軍の兵士が、ツルハシを振り上げて横壕を懸命に掘っていた。

補充兵の哀訴《あいそ》

海の景色にトラック内の空気が和むと、最初に言葉を交わした年配の兵隊が口を開いた。

「私らは岐阜連隊の補充兵で、三カ月前に一銭五厘（はがき一枚の値段）の赤紙で召集されました。ろくな訓練も受けずに宇品港で病院船に乗せられ、昼間は暗い船倉の蚕棚のようなところに押し込められ、日没と同時に甲板に出て休息をとる毎日。そのうえ、船倉内では汗とペンキの臭いで、皆、船酔いし、吐くわ垂れ流すわで、家畜同様の生活を強いられ、やっとたどり着いたところが、最前線のサイパン島ですわ」

隣の補充兵も、

「わしの息子ほどの小隊長は、鉄砲の撃ち方も知らない我々に何を期待しているのかねえ。とにかく戦争はごめんだ。一日も早く妻や子どものところに帰してほしい」

と嘆き訴えるが、私はひたすら同情することしかできなかった。

突然、年配の兵隊が、私に話すことでこれまでのうっ憤を晴らしたのか、軍服のボタンを外して汗と埃にまみれた浅黒い胸をはだけると、サイパン島の乾いた風を懐一杯に誘い込み、気持ちよさそうに、にっこり笑った。

今も感じるサイパンの風

おそらく、あの素朴な兵隊たちは、米軍の激しい艦砲射撃の中、一発の銃弾も撃つことなく、上陸してきた米軍の火炎放射器によって焼き殺されたに違いない。想像を絶するほど悲惨で無念な最期であったと思う。

今、サイパン島に遊びに行く人が多いが、緑滴る樹木の下には、七十数年前の戦争で戦死した多くの兵隊の屍が累々と埋もれ、樹木はその血肉を吸って大きく育っているのである。そのことを思うと、私にはとうてい彼の地へ旅する気にはなれない。歳月を経た今でも、乾いた風がサッと首筋の後ろを通り過ぎると、

「あっ、サイパンの風だ」

と感じることがある。そして、あのときにっこりと素朴に笑った補充兵のことを思い出す。ただただご冥福をお祈りするのみである。

八　人間魚雷「回天」の試験発射訓練

戦況が厳しくなる中、窮余の一策として、当時、倉庫に大量に眠っていた九三式酸素魚雷に人間を搭乗させて敵艦に体当たりさせる特攻兵器「回天」が登場する。昭和十九年二月に試作機の開発が開始され、同年八月に正式な兵器として採用される。マリアナ沖海戦に大敗し、レイテ沖海戦を前にした時期である。「回天」という命名には、「天を回《めぐ》らし戦局を逆転する」という願いが込められていた。

「回天」は、日本海軍が世界最高と誇り、航続距離が長く隠密性に優れていた九三式酸素魚雷の中央部に操縦席を取り付け、大量の爆薬を積み込めるようにされたものである。全長一四・七五メートル、直径一メートル、重量八・三トン、最高速力三〇ノット、炸薬量一・五五トン。戦艦も一撃で沈没させる威力があると言われていた。操縦席の広さは人ひとりがようやく座れる程度で、目の位置に取り付けられていた潜望鏡一つであらゆる判断が求められた。脱出装置はなかった。「回天」には、一型・二型・四型・十型などのタイプがあり、実戦に投入されたのは、九三式酸素魚雷を用いた一型のみで、約四二〇基が製造された。

昭和十九年九月一日、山口県大津島《おおづしま》に回天訓練基地が開設されて訓練が始まる。その後、さらに三基地が開隊し、終戦までに訓練を受けた搭乗員は一三七五名に及ぶ。全国から志願した十七歳から二十八歳の青年たちだった。

「回天」による特攻作戦は、四基から六基の「回天」を潜水艦に乗せ、敵の最前線基地まで近づき、航空母艦など目標艦船を攻撃するというものだった。昭和十九年十一月八日、初めて菊水隊が潜水艦に乗り込んで出撃し、以後、終戦まで計十隊による二十八回の出撃が行われた。なお、通常の魚雷による攻撃か、「回天」を発進させるかを選択するのは、潜水艦長の判断次第であった。延べ一四五名が出撃し、八十名の搭乗員が戦死した。

さらに昭和二十年春になると、本土決戦のための準備が進められ、敵が上陸してきそうな海岸線に穴を掘って「回天」を隠しておき、敵の艦艇が近づいてきたら出撃するという基地回天隊が計画された。最初の基地回天隊は、沖縄に計画されたが、昭和二十年三月に、搭乗員たちが乗船していた輸送船が米軍の潜水艦攻撃により沈没してしまう。その後、十一地点に八十八基の「回天」が配備されたが、実際に出撃することはなかった。

「回天」作戦の戦没者総数は一四五名。この数には、戦死した搭乗員八十名のほか、訓練中に殉職した搭乗員、戦後に自決した搭乗員、未帰還の潜水艦とともに沈んだ整備員（回天一基ごとに担当の整備員一名が配属されていた）、基地で空襲被弾した基地員、そして沖縄に向かう輸送船に乗っていた軍医も含まれる。

悲壮な面持ちで配置につく

昭和二十年一月八日、呉軍港から山口県徳山沖の大津島基地に到着した「雪風」に、早速、試験発射訓練に関係する指揮官をはじめ、搭乗予定の予科練習生八十余名が乗り込んできた。

とにかく、試験発射とはいえ、人命にかかわる訓練だけに、皆、悲壮な面持ちで配置についた。試験発射では、標的艦「雪風」の船底通過が命中となる。私たち水雷科員は、万が一、「回天」が誤って「雪風」の船腹に突き刺さって穴があいた場合を想定して、その穴をふさぐための幅一五〇センチ、長さ一八〇センチの特大の防水具を準備した。後方では行方不明艇が出た場合に備え、二隻の掃海艇が待機するなど、万全の態勢が取られた。

訓練要領は、標的艦の速力は一八ノット。一方、「回天」四本を搭載したイ号潜水艦は距離三千メートル付近で、「回天」を切り離し、標的艦との距離二千メートルで潜望鏡を引っ込め、後は独自の

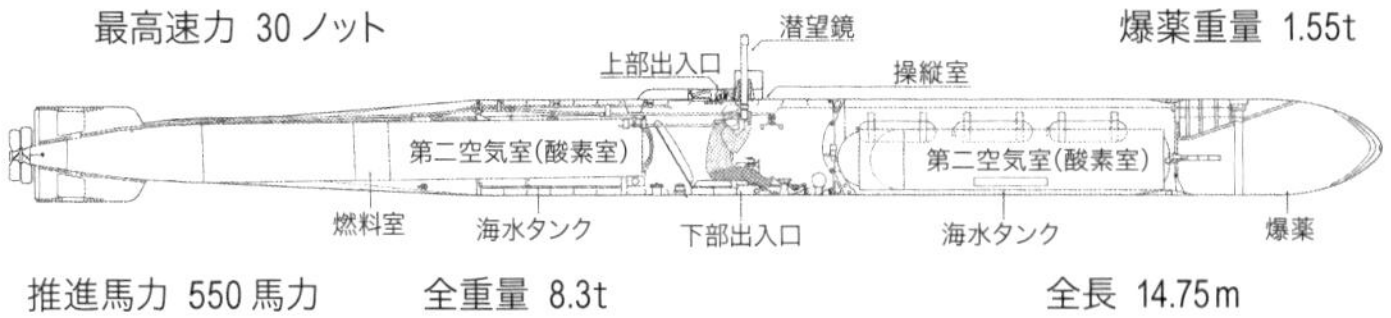

回天断面図（回天記念館パンフレットより転載）

感覚で標的艦に体当たり、すなわち船底通過を行う訓練である。

行方不明となった一号艇、二号艇

午前十時、日本晴れの空に号砲一発、白煙筒が打ち上げられると、それを合図に、北東約三千メートルに潜航するイ号潜水艦から「回天」の一号艇が発進した。後方に高速の追尾艇がつき、上空は、小型飛行機が比翼を左右に揺さぶりながら艇の潜航位置を知らせた。一号艇の潜望鏡が白波を蹴立てて二千メートル付近まで来ると、突如、白波が消え、飛行機と追尾艇が反転した。すると一気に艦内が緊張し、艦橋付近にいた予科練習生が、一斉に左舷中央に駆け寄り、舷側から体を乗り出して、ゆらゆらと揺れる海中を真剣な面持ちで見守った。一方、水雷科員は、特大の防水具の四カ所を各自で持ち、一号艇の到達時刻を計測した。

依然として、標的艦の「雪風」は一八ノットで疾走するなか、一号艇の到達時刻が刻一刻と迫っていた。あと五秒、三秒と秒読みが続く中、全員が必死になって海中を見つめるが、一号艇はなかなか到達しない。焦りとイライラが高じるなか、ついに一号艇は行方不明となった。艦内が悲痛な空気に包まれたが、指揮官は、引き続き二号艇の発射を命じた。

しかし、二号艇も失敗し、試験発射訓練は中止になると思われたが、指揮官は、三号艇の発進を命じたのである。班長は、

「むごいことをする、何人殺せば気が済むのか」

と激怒し、我々は、ただひたすら三号艇の成功を祈るしかなかった。

三号艇成功に沸く

定刻、小さな波しぶきを切り裂き、突進してきた三号艇の潜望鏡が波間に消えると、左舷側に集まった予科練習生たちと我々は、身を乗り出し、固唾をのんで三号艇の船底通過を祈りながら、揺らめく海底を必死に見つめ続けた。

待つこと数分、海中でキラキラと光の影を遮るように現れた三号艇は、一気に船底を潜っていった。

「やった！」

と絶叫する予科練習生らは、直ちに右舷側へ駆け出し、三号艇の浮上を待った。不安と焦りが錯綜するなか、北西八百メートル付近に、三号艇がポカリと浮上した。皆、

「わーっ」

と歓声を上げるとともに、一斉に、

「万歳！　万歳！」

を叫んで喜び合った。この時ばかりは、行方不明になった二艇の悲劇を忘れ、成功に沸きに沸いた。

回天1型（昭和19年、大津島）
（資料提供：大和ミュージアム）

三号艇は浮上したものの、搭乗員は独自で外に出ることはできず、一キロ離れた徳山の燃料廠の岸壁で大型クレーンによって陸揚げされ、ようやくハッチが開けられて救助されたという。「回天」は、まさに人間無視の特攻兵器であった。

逃げても地獄、突っ込んでも地獄、これが特攻ですよ

「試験発射訓練中止」の艦内放送で、不要になった防水具を片付けていると、数人の予科練習生に囲まれて、会話をする機会があった。八名くらいだったが私と同年代で、何か無性に話したがっている様子がうかがえた。彼らは、昭和十八年秋、土浦海軍航空隊に予科練習生として入隊したが、そのときすでに搭乗する飛

行機はなく、極限の新兵器に搭乗できると誘われて、この大津島基地に来た。そして初めて、人間魚雷「回天」という特攻兵器に搭乗することを聞かされたという。

彼らの中で一番年若い一人が、

「見事に突撃して、軍神となる」

と断言したが、ほとんどの者は、

「こんな馬鹿げた兵器に乗れたもんじゃない」

と、「回天」の特攻要員に組み込まれたことに不満をあらわにしていた。彼らは、出撃が今日か明日かと、毎日、重苦しい雰囲気で厳しい訓練に耐えてきたが、今日の試験発射の失敗を目の当たりにして、

「逃げても地獄、突っ込んでも地獄、これが特攻ですよ」

一人がそう言い切った。私には、皆、どこか迷っているように思えてならなかった。

彼らはただひたすら苦しんでいた

基地内では一切が秘密主義で、同期生との会話も外出もない。わびしく虚しい毎日の繰り返しで、気が狂いそうになり、裏山に登っては、木刀で草木を切り倒したり、絶叫して、焦りやイライラを癒したという。

「この気持ちは、到底、駆逐艦乗りにはわかるまい」

そう言い放つ者がいた。そうした彼らの心情を聞いて、こんな愚かな作戦を考え、実行させる軍

部に、私は言いようのない怒りを覚えた。

彼らは、我々駆逐艦乗りのように、狭い甲板や階段を機敏に臨機応変に立ち回る軽快さを持ち合わせていなかった。逃れることのできない狭い魚雷の中で、いかに大義を貫くかと、ただひたすら苦しんでいるようであった。そのためか、彼らの鼻持ちならない態度を、同じ世代の志願兵として不憫にさえ思った。

よく見ると、連日の厳しい訓練の疲れか、彼らの顔の皮膚は血の気がなくてカサカサに荒れ、どこかすさんだ表情をしている。軍服に半長靴を履き、軍帽をあみだに被り、首には白いマフラーを伊達に巻いたきざな恰好は、私からすれば、どこか軍人精神に欠け、野暮ったさを感じた。

彼らが様々な葛藤の末に、「死」を選んだ心情を思うと、私のように、「死」を恐れ、生きることだけを考え、何が何でも母との約束通り、

「生きて帰ってやる」

という志は、到底、理解されないだろうと思った。

参謀たちに私は問いただしたい

お国のために死ぬことを義務とも栄誉とも思って志願してきた彼らを待っていたものは、およそ兵器とは呼べない未完成な人間魚雷「回天」だった。「回天」の成果よりも、大和魂の神通的効果を狙って、純真な若者を無駄死にさせたとしか思えない。あまりにも理不尽の沙汰としかいいよう

伊370潜水艦に搭載された「回天」上で軍刀を振り別れを告げる「回天」特別攻撃隊「千早隊」員（光基地）昭和20年2月20日
（資料提供：大和ミュージアム）

のない悲劇である。前途ある多くの若者の命が奪われた事実に対し、軍令部の参謀たちに、私は問いただしたい。「死ぬ勇気」があるのなら、なぜ、自分の命と引き換えに特攻に反対し、腹を切らなかったのかと。

恐らく参謀たちは、特攻隊員を靖国の軍神として祀り上げることで、自分たちの責任を逃れ、自身の良心のけじめもつけられず、あの無謀な戦争を敗戦まで継続したのだと思う。あまりにも卑劣で義憤を禁じえない。この「回天」の試験発射訓練の頃から、あらゆることが無茶苦茶だった。

犠牲となった人間魚雷「回天」の特攻隊員に対し、心からご冥福を祈る。

日本海軍の命名基準

艦　種	命名基準	例
戦　艦	旧国名	「大和」「武蔵」「長門」「山城」「伊勢」「陸奥」
空　母	国名、山岳名	「天城」「葛城」「信濃」
	空を飛ぶ動物	「鳳翔」「蒼龍」「飛龍」「翔鶴」「瑞鶴」「大鳳」
重巡洋艦	山岳名	「妙高」「足柄」「愛宕」
軽巡洋艦	河川名	「北上」「五十鈴」「阿武隈」「川内」「矢矧」
駆逐艦	植物名	「松」「竹」「梅」「桃」「桑」「桐」「杉」「槙」
	天象気象	「雪風」「初霜」「磯風」「浜風」「涼月」「響」
潜水艦	番号	「伊400」「伊19」「伊180」「呂108」
潜水母艦	末尾に鯨	「長鯨」「迅鯨」「大鯨」
水雷艇	鳥名	「千鳥」「真鶴」「隼」「雉」
海防艦	島、岬名	「択捉」「天草」「奄美」（太平洋戦争末期に建造された艦は番号名）

海軍基礎知識 4

艦艇の名前の付け方

「雪風」、「初霜」、「磯風」、「浜風」、「涼月」、「冬月」、「天津風」……駆逐艦の名前は、日本人の美意識を象徴するかのような言葉が並び、歳時記を繰っている心持がする。魚雷、爆雷、機銃、砲塔など、重装備で武装している船には似つかわしくないような、繊細ではかなげな風情の名前が多い。艦艇の名前の付け方には、基準がある。人名については、「船が沈んだらその人に失礼になる」という明治天皇の御意思で、人名を使用しないことになったという（『図解　軍艦』新紀元社、参照）。

コラム〈西崎氏ゆかりの地を訪ねて 3〉

「回天」の島・大津島

航路からの眺め
（平成 30 年 12 月 1 日編者撮影）

新横浜駅から新幹線のぞみ号に乗って四時間、徳山駅に降り立つと、海側に林立するコンビナート群の圧倒的な風景が広がった。もとは海軍燃料廠が置かれ、戦後、出光興産がその跡地の払い下げを受けて、徳山製油所の建設に着手し、周南石油コンビナート形成の道を開くことになったという。沖縄水上特攻に出撃する戦艦「大和」たちが給油を受けたのが、ここ徳山だ。

徳山からさらに船で四十分、午後三時半近くに大津島の馬島港《うましまこう》に着いたときは、まさに、

隼人《はやひと》の薩摩の迫門《せと》を雲居《くもゐ》なす遠くもわれは今日みつるかも

（万葉集　長田王）

の感慨だった。西崎氏と関わった「回天」搭乗員の方々について書かせてもらうのだから、大津島で手を合わせ、ご挨拶しなければならないという思いに駆られ、本の刊行まで二カ月足らずと迫った十一月三十日、急遽、一泊二日の旅に出た。猫二匹が並んで出迎えてくれる長閑な船着き場の風景に、本当にはるばる来たものだという思いがこみあげてきた。

千々に色づいた葉の甘い香りに包まれながら、港から右に進み、全く人の気配のない山道を行く。回天記念館の閉館時間が午後四時半のため、歩を速める。右手にコンクリートの壁が続くのだが、壁の向こう側には、当時、回天の整備工場があったことから、秘密を保持するために、島の人々が

回天記念館への道
(平成30年11月30日編者撮影)

整備工場跡
(平成30年11月30日編者撮影)

回天記念館。右は回天のレプリカ
（平成30年12月1日編者撮影）

通る道と工場との間を仕切った壁だという。整備工場跡には大津島小学校（休校中）が建っており、敷地内には、変電所、危険物貯蔵庫及び点火試験場が当時のまま残っている。

鬣《たてがみ》山山頂付近の魚雷見張所へと道が分かれるところで、右に登れば、回天記念館に到着する。港から十分ほどだ。記念館には、「回天」の歴史や時代背景の説明のほか、搭乗員の遺書、手紙、軍服や、「回天」のハッチ（出入口）、潜望鏡などが展示されており、昭和二十年一月にウルシー湾に突入した塚本太郎海軍大尉（当時二十一歳、慶応義塾大学卒）の遺言の肉声録音を聞くこともできる。

そして記念館中央の壁一面には、犠牲者の遺影が並ぶ。その透き通るような若い芳容の連続の中に、西崎氏が言葉を交わした方々もいらっしゃるのだろうかと、頭を垂れ、手を合わせた。

館内には、映画「出口のない海」で使用された回天操縦席の模型、そして記念館の外には、回天一型の精巧なレプリカが展示されているが、この中に成人男性が座った状態で入るということの異常さに、足がすくんだ。

視聴覚コーナーでは、元搭乗員の方々の貴重な証言ビデオ「時代の証人」（二十五分）を視聴することができる。その中で、初めて実際に「回天」に乗ってこれが命の終末を迎える兵器であるのかとわかった日の夕食では、皆、私語なく、ただ黙々と食べていたという証言が忘れられない。

翌日、朝一番（徳山港七時四十分発）のフェリーで再び大津島を訪ね、まず回天訓練基地跡を目指した。「回天」は整備工場から訓練基地を結ぶ運搬用トンネルをトロッコで運ばれ、搭乗員と整備員は歩いて向かったという。そのトンネルを私も歩いた。路面以外は当時のままで、トロッコの二本のレール跡が生々しい。全長約二五〇メートル、高さ約四メートルのトンネルの出口付近には、「回天」関連のパネル写真が展示され、自動音声ガイドもある。だがそこに至るまでは、所々に蛍光灯が配されたのみで、「回天」と搭乗員、整備員らの姿と歩みを記憶している仄暗い天井、壁面に、私の靴音が響くだけだった。

回天運搬用トンネル
トロッコの二本のレール跡が見える。
（平成 30 年 12 月 1 日編者撮影）

トンネルを抜けると、やはり当時とほとんど変わらぬであろう訓練基地が現れた。もともとは、九三式酸素魚雷の発射訓練場として造られたという。トンネルをトロッコで運ばれてきた「回天」に、搭乗員が乗り込み、作動確認後、クレーンで海上に降ろされた。驚いたことに、基地左側の海上に突き出た部分に、フェリーで乗り合わせた釣り人達が集まり、格好の釣場になっていた。

「大和」、「雪風」ら特攻艦隊が沖縄を目指して出撃したのもこの海の先だ。私にとって生涯忘れえぬ海の景色である。
平成が終わり、新たな時代が織り上げられていこうとも、この「回天」の歴史が打ち捨てられることのないよう、たくさんの人に「回天」の島・大津島を訪ねてほしいと切に思う。

（徳山と大津島は日に七往復の航路で結ばれており、回天記念館は開館時間が午前八時半から午後四時半、休館日は毎週水曜日と年末年始）

回天訓練基地跡
（平成 30 年 12 月 1 日編者撮影）

第五章　沖縄水上特攻

昭和二十年三月二十六日、連合国軍が沖縄への攻撃を開始すると、連合艦隊司令部は天一号作戦（沖縄方面航空作戦）発動を下令した。そして四月一日、ついに連合国軍が沖縄に上陸すると、天一号作戦の一環として、第二艦隊に沖縄水上特攻が下令される。特攻艦隊の兵力は、戦艦「大和」、軽巡洋艦「矢矧」、第四十一駆逐隊「冬月《ふゆつき》」、「涼月《すずつき》」、第十七駆逐隊「磯風」、「浜風」、「雪風」、第二十一駆逐隊「朝霜」、「霞」、「初霜」の十隻だった。

この作戦で「大和」は、最終的には沖縄に突入して、そのまま陸に乗り上げて砲台として使われる予定であった。成功の見込みのないこの作戦に、「大和」を旗艦とする第二艦隊司令長官伊藤整一中将は反対したが、「一億総特攻の魁《さきがけ》になっていただきたい」との連合艦隊参謀長の言葉に、命令を受諾したのだった。

一　出撃前夜

片道燃料と聞かされて

私たちに告げられた連合艦隊最後の特攻とは、戦闘機の護衛はなく、燃料は片道しか積まず、弾丸を撃ち尽くした後は、敵艦に接近して爆雷を投下し、船もろとも玉砕するという作戦内容だった。もう覚悟を決めるしかなかった。なお燃料については、実際には連合艦隊機関参謀の小林儀作大佐らが奔走して全艦に往復分が給油されていたというが、私たちは知る由もなかった。田口砲術長の手記によれば、駆逐艦に搭載された燃料の一部には大豆油も入っていたという。

出撃前日の四月五日、午前六時の時鐘を合図に、出撃準備が開始された。朝靄に煙る徳山基地付近で待機していた艀船《はしけ》（貨物や乗客を本船に運ぶ小舟）が一斉に動き出し、燃料、食糧、弾薬、飲料水等が積み込まれた。

我々は可燃物一切を「雪風」から陸揚げし、ハンモックは防弾のために機銃台に取り付けるなどして、午後は総出で甲板掃除を行い、居住区はテーブルを畳んで広く開放して、溺れた者の収容所に変えた。一区切りつくと、水雷科員全員で艦内神社に参拝し、武運を祈願して出撃に備えた。戦艦や空母のような大艦から、潜水艦や駆逐艦など小型艦にいたるまで、すべての艦艇に神社が祀られていた。

軽巡「矢矧」で伝えられた伊藤司令長官の訓示

午後、私は公用で初めて軽巡「矢矧」へ出向した。排水量六六五二トン（基準）、全長一七四・五〇メートルの軽巡洋艦を「雪風」のランチから見上げると、頭上に覆いかぶさるような威容で、いかに駆逐艦が小さいかをあらためて実感する。舷梯を駆け上がり、当直将校に来意を告げて士官室に通じる薄暗い通路に入ると、十数名の少尉候補生が騒然としていた。何事かと尋ねると、先刻、伊藤整一司令長官の訓示が伝えられ、候補生らがそれに納得せず、抗議しているところだという。

伊藤整一・第二艦隊司令長官

彼らの話から、司令長官の訓示とは以下の内容であった。

「候補生諸君は、本艦に乗艦して日も浅く、日夜、勤務に精励し、今日あることを心して待っていたことだと思う。しかし、この決死の出撃にあたり、深く諸君らの将来を思うとき、若く有為な人材をむざむざと死地へ追いやることは、本官としては、はなはだ忍び難く、諸君らの心情を思うと断腸の極みである。よって、諸君らは直ちに本艦から退艦し、その若い力と能力で祖国日本の繁栄に努力されんことを心から願うものである」

抗議が受け入れられず、強制退艦となった少尉候補生らに対し、舷門で見送る「矢矧」の将兵らは、

「頑張れよ！」

「日本国を頼むぞ！」

と、声を張り上げ、送別の言葉を贈っていた。一方、退艦する少尉候補生らは、涙にむせびながら、迎えのランチに移乗すると、一斉に軍帽を高々と力強く振りながら、遠ざかっていった。私も自身の思いを彼らに託して、力強く手を振って見送った。特攻出撃を前にして、思いがけなくこの感動的な場面に立ち会った私は、

「この司令長官の下ならば、悔いなく死ねる」

と、覚悟を新たにして、「雪風」に帰艦した。

軽巡洋艦「矢矧」（昭和 18 年 12 月 19 日、佐世保）
（資料提供：大和ミュージアム）

出撃前夜の宴

「雪風」の艦内では、すでに出撃前の酒保《しゅほ》が開かれていた。酒保とは、艦内の売店で、時間を限定して、酒類、甘味品などの飲食物、手拭、歯ブラシ、ちり紙などの日用品を安価で販売していた。酒保の語源は、「酒を売る人」を表す中国語だといわれている。私が戻ると、仕切りのない居住区に、機関科、缶《かま》科、電機科、水雷科の下士官、兵等が車座になってどんちゃん騒ぎの最中であった。すると早速、「章持ちの兵長、十八番の『湖畔の宿』を歌ってくれ」と指名され、私は宴席の仲間入りをして、得意の歌を披露した。宴もたけなわになると、機関長と水雷長から酒の差し入れがあり、二人も輪に加わると、一層、無礼講の酒盛りとなった。

ふとテーブルの下を見ると、船のバランスを取るために積み込んだ酒とビールがぎっしり並べられ、そこから勝手に取り出しては酌に回った。酒に弱い私は、配給の酒を菓子に交換し、こっそり宴を抜け出して甲板に上がり、酔いを醒ました。

マストにかかる朧月を眺めながら、母や友達は今頃何をしているのだろうか、まもなく前川堤の桜の宵宮だろうかなど、故郷へ思いを繋ぐのだが、意識のどこかに死神がついているような気がしてならない。周囲を見渡すと、前甲板のここかしこに将兵らの姿があり、支柱にもたれて夜光虫に見入る者、砲身にまたがりマストにかかる朧月に思いを寄せる者、暮れ行く瀬戸内の山々を眺めている者など、皆それぞれが、限られた時間を静かに過ごしていた。

書かなかった「遺書」

四月六日、ついに、沖縄水上特攻出撃の朝が明けた。午前五時、第二艦隊は三田尻沖から徳山沖へ転錨し、集結した。

午前八時、艦内放送が流れた。

「本日、十時に最後の郵便が出る。郵便物を班長に届けよ」

それはすなわち、

「遺書を書け」

の命令である。

「ついに来るところまで来たか」

とさすがに覚悟を決めたのだが、出征の朝、

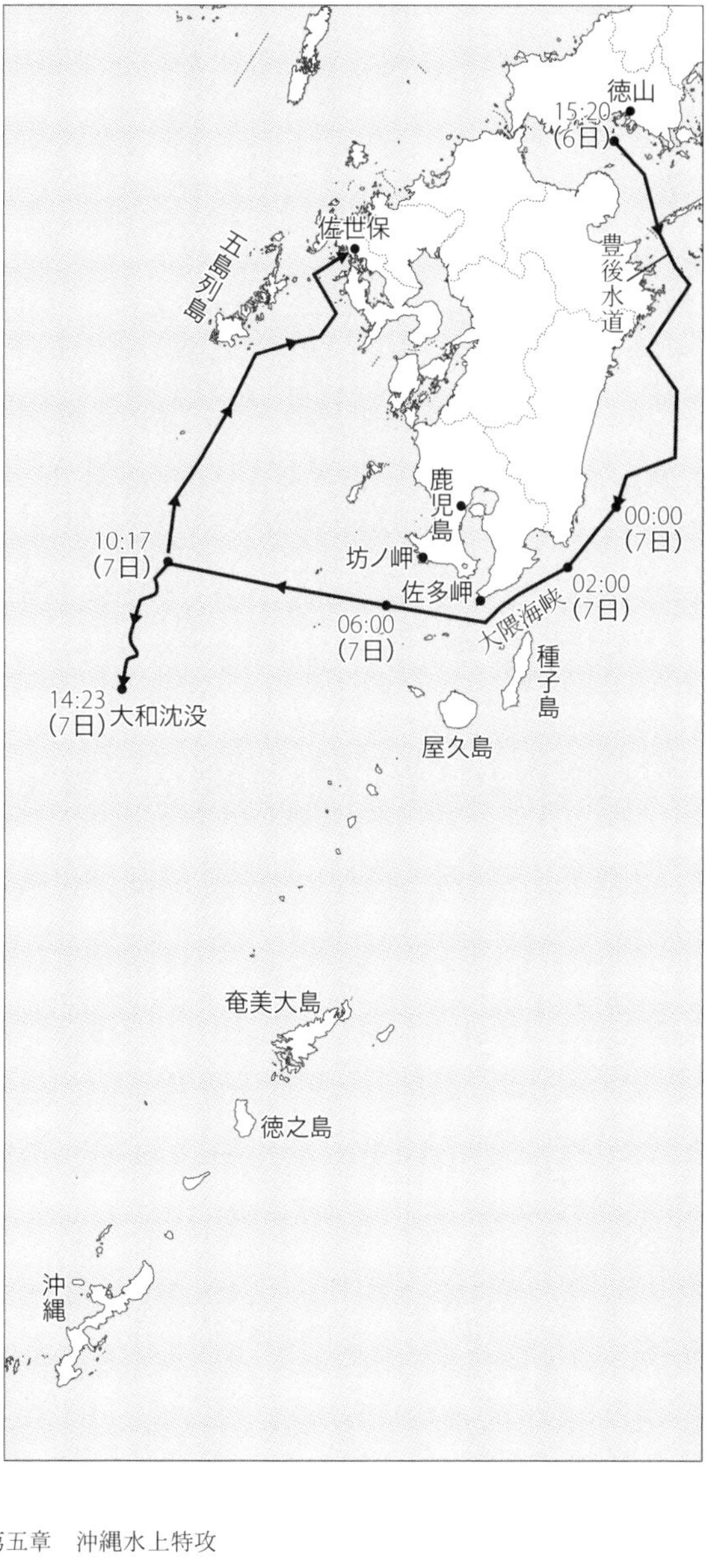
徳山
15:20
(6日)
佐世保
五島列島
豊後水道
鹿児島
00:00
(7日)
10:17
(7日)
坊ノ岬
佐多岬
02:00
(7日)
06:00
(7日)
大隅海峡
種子島
14:23
(7日)
大和沈没
屋久島
奄美大島
徳之島
沖縄

沖縄水上特攻行動図

「死んではなにもならない。生きて帰ってこそ名誉ある軍人さんだ。必ず生きて帰ってこい」と、母に厳しく言われたことから、遺書は絶対に書かないと心に誓っていた。このときでさえも、私はなんとしてでも生きて帰ることしか考えていなかったのだ。しかし、同年兵たちが真っ白な壁に向かい、背中を丸めて真剣に「遺書」を書く後ろ姿を見て、書こうか、書くまいか迷いに迷ったが、結局、母への最後の郵便物は出さなかった。

私の隣で身の回りの整理をしていた伊藤兵曹より、

「西崎、これを配ってくれ」

と、菊水の文様が描かれた晒し木綿の手ぬぐいを渡された。菊水は、流水に菊の花が半分浮かび上がる意匠で、楠木正成の旗印の紋である。その手ぬぐいを全員が頭に巻くと、死に装束のようで武者震いがした。

ともかく、私も今のうちに身の回りを片付けねばと思い、下着を新しいものに取り換え、母からもらったお守りを首に掛け、父の形見の腕時計を左腕につけ、海兵団時代から日々の出来事をしたためてきた手帳一冊を残して、私物一切を海に捨てる。そうしたら、少しすっきりした気分になった。

腕時計の音が命を刻む

出撃時刻が午後三時二十分と放送されると、急に動悸が激しくなって喉が渇き、何度も唾を呑み込む。誰かにせわしく追い立てられているようで落ち着かない。横になって瞑想すると、母と、幼馴染の顔がちらっと浮かんだが、大きく目の前に現れたのは、私が十一歳のときに亡くなった父の死に顔と、友人たちの不安そうな顔だった。腕枕をしていたが、父の形見の腕時計がカチカチと時を刻み、その微かな音が、自分の命を刻んでいくように身に迫って聞こえてならなかった。

突然、隣で寝ていた下士官が大いびきをかき始める。特攻出撃を前に大胆不敵な下士官の様子に、自分自身の小心を見透かされているようで、恥ずかしくなった。

不安な様子の私を見かねたのか、山口兵曹長がこう言ってくれた。

「特攻といっても死にに行くのではない。敵を殲滅《せんめつ》するための出撃だ」

その言葉に、心が少しだけ救われた。

親友との誓い「家族のために戦おう」

甲板に上がると、すでに多くの将兵らが瀬戸内の山々をじっと眺め、物思いにふけっていた。皆それぞれに故郷に別れを告げているような光景だった。

私と同じく三重県出身で親友の野間兵長（水測科）が寄ってくると、こう言った。

「おう、西崎、いよいよだな。これで内地も見納めか。今度会うのは靖国神社か」

私は、「絶対生きて帰る」と心に誓っていたが、彼からそう面と向かって言われると、

「生きては帰れまい」

と一瞬思った。私が黙ったまま四月の穏やかな潮風に吹かれていると、再び、野間が口を開き、

「俺たちは青春の真っただ中だぞ。酒も煙草も女も知らずに死ぬのかよう」

と、名古屋弁で嘆いた。私は苦笑しながら、

「もし生きて帰れたら、四月八日のお釈迦様の誕生日に間に合うなあ」

とその場をつくろった。すると野間は、非常に真面目な顔で向き直り、こう言ったのだった。

「とにかく西崎、家族のために戦おう」

私はその言葉にはっとした。当時は、まず何よりもお国のために戦うということが全てであったが、野間という男も、私と同じことを考えていたのだ。胸に熱いものがこみあげ、私は覚悟を決めた。そして野間と無言でがっしりと最後の握手をして目と目で互いの決意を語り合い、私たちはそれぞれの持ち場へと別れた。

二　出撃

「大和」にZ旗が揚がり、銅鑼を合図に出撃

午後一時二十分、出撃準備が完了。午後三時二十分、戦艦「大和」のマストにZ旗が揚がったのが見張り用の望遠鏡を通して見えた。

Z旗は、国際的にはZの意味を持つ信号旗だが、日露戦争の日本海海戦において、

「皇国の興廃此の一戦に在り、各員一層奮励努力せよ」

の意味をもたせて、旗艦の戦艦「三笠」に掲げられた。そのときと同じように、沖縄水上特攻に向かう戦艦「大和」にもZ旗が揚がったのである。「大和」が出撃の銅鑼《どら》をボーボーボーと三回鳴らし、それに対して、九隻がボーボーボーと呼応し、その勝どきのような雄叫びが徳山沖にこだまする中、第二水雷戦隊旗艦の軽巡「矢矧」を先頭に八隻の駆逐艦が続き、そして最後部に戦艦「大和」がついて、十隻の特攻艦隊は沖縄を目指して出撃した。

右舷側に居並ぶ将兵らとともに、特別に水雷長から渡された双眼鏡を順に回して、瀬戸内の山々にほころぶ桜をしっかりと目に焼き付け、

「内地よ、さようなら」

Z旗

と、別れを惜しんだ。

瀬戸内海一帯は、航行規制が敷かれ、一隻の船舶とも出会わなかった。しかし、左舷遠くに、釣り船が木の葉のように揺れ、漁をしていた夫婦が懸命に手を振って、私たちを見送ってくれた。この漁師夫婦が、連合艦隊の最後の出撃を見届けてくれた生き証人だという思いがこみあげ、私たちも懸命に手を振って別れを告げた。

午後四時十分、伊藤司令長官から全艦に、以下の訓示が信号で送られた。

「神機将《まさ》に動かんとす。皇国の隆替《りゅうたい》繫《かか》りて此の一挙に存す。各員奮戦激闘、会敵を必滅し以て海上特攻隊の本領を発揮せよ」

「大和」を中心とした輪形陣で進撃

豊後水道に入ると、海と空が鉛色に溶け合う潮目に変わる。非番で前甲板に立ち、襲ってくる潮目に呼吸を合わせていると、このまま波間に呑み込まれていきたい気持ちになった。

午後七時五十分、豊後水道を抜けると、艦隊は、対潜水艦戦闘用の第一警戒航行序列となり、「大和」の前方六キロに「磯風」、その右に「浜風」「雪風」、「磯風」の左に「朝霜」、「霞」、「大和」の右前方に「冬月」、右側方に「涼月」、「大和」の左前方に「矢矧」、左側方に「初霜」がついた。

敵の潜水艦からの魚雷攻撃を避けるために、ジグザグに航行する之字運動を開始する。すでにこんなところまで敵の潜水艦が侵入していることに、内地は大丈夫だろうかと皆で心配した。

翌七日午前二時に艦隊は大隅海峡に入る。午前三時四十五分、針路を二百八十度として、大隅海峡を通過して外洋に出た艦隊は、午前六時、対空警戒の第三警戒航行序列をとった。これは、戦艦「大和」を中心にした輪形陣で、「大和」前方に巡洋艦「矢矧」が占位し、「矢矧」から右回りに駆逐艦「磯風」、「浜風」、「雪風」、「冬月」、「涼月」、「初霜」、「霞」、「朝霜」が、それぞれ四十度の角度をとり、「大和」と千五百メートルの距離をとって円を描き、西に進んだ。

沖縄の天気は「曇り」との予報に、古参兵らは、

「低い雲では、『大和』の主砲は役立たずだ。そのうえ、護衛機のない裸の艦隊では勝負は決まったも同然だ。あとは玉砕のみだ」

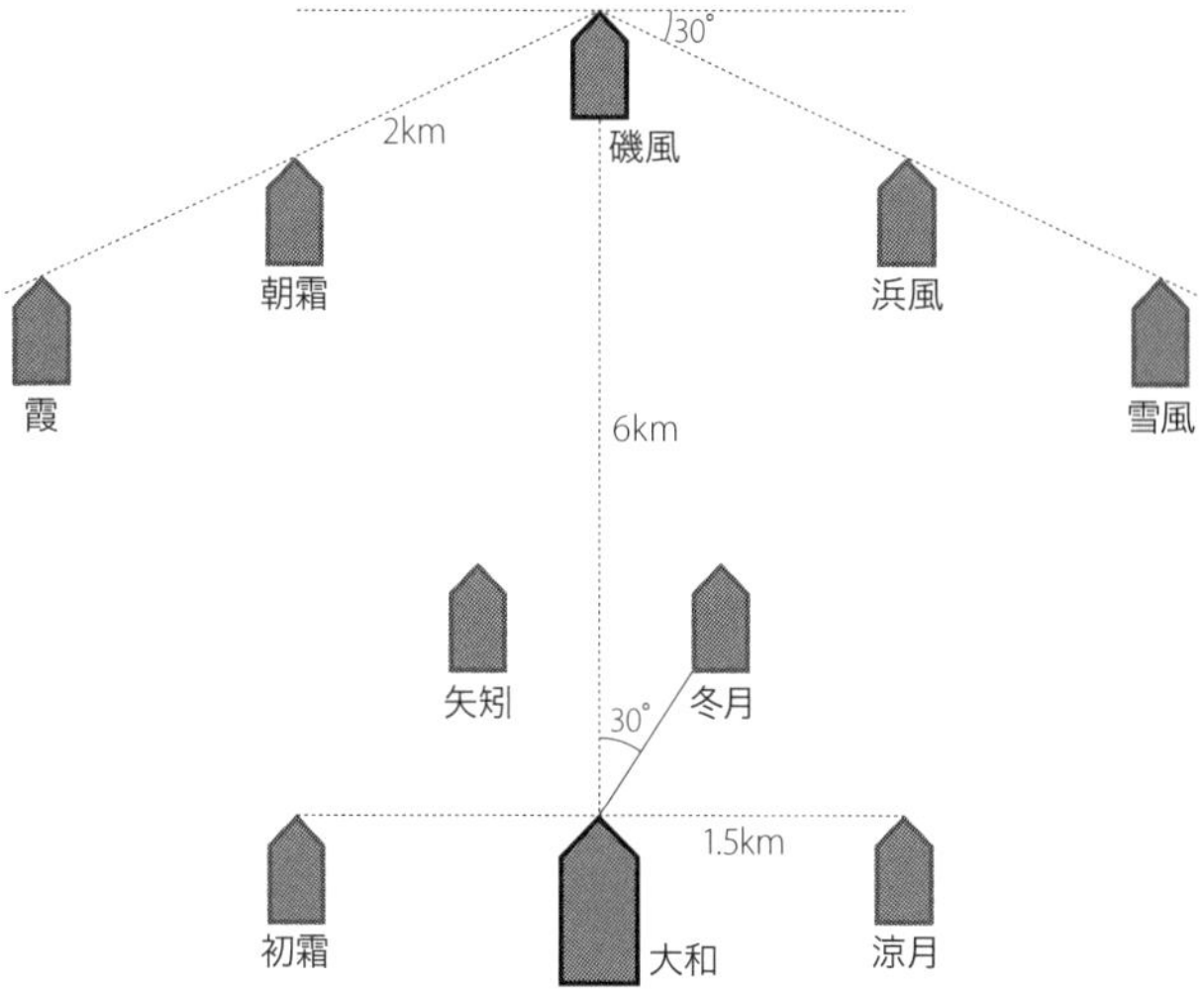

第一警戒航行序列

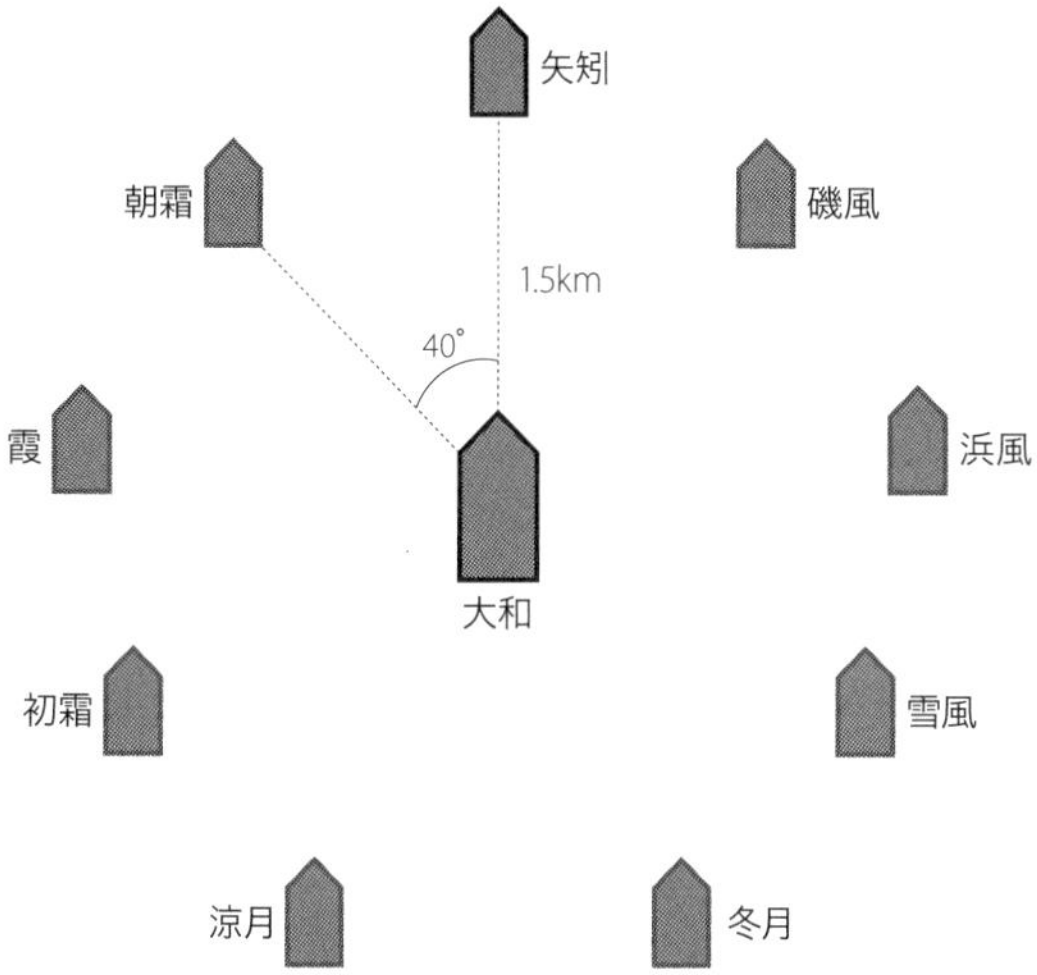

第三警戒航行序列
（共に、「第二水雷戦隊戦時日誌・戦闘詳報」（防衛庁防衛研究所図書館所蔵）を参照）

と言った。

朝飯になり、戦闘食の握り飯と大根の漬物二切れが配られ、班長が私たちにこう声をかけた。

「もう今のうちに食べられるだけ食べておけ」

だがまさに砂を噛むとはこのことで、握り飯を噛んでも何も味がしない。気持ちが高揚しているから全く味覚がないのだ。これが人生最後の朝飯になるのではという思いがよぎった。

六時五十七分、「朝霜」が機関故障のため落伍し、その後、消息を絶つ。

三　負傷

内田兵長とともに撃たれる

十二時三十二分、曇天の中、約二百機に及ぶ敵の真っ黒い大編隊が現れた。水平線上に急浮上した大編隊は、銀翼をキラキラと輝かせて二派に分かれ、太陽を背にすると、一気に攻撃を開始した。

全部で七回の攻撃があったが、一番激しかったのは三回目と五回目の攻撃で、三回目に「雪風」は後ろから威嚇射撃をやられた。二回目の攻撃が終わり、三回目が始まるまでの約二十分間で、水雷科員は魚雷の投棄の再点検と整備などを行って備えた。万が一、敵弾が船に当たった場合、私たちは搭載魚雷を海に捨て、後で回収することになっていた。「戦闘開始」のブザーが鳴って配置につき、魚雷発射の追尾盤を確認。

「準備よし」

と、聯管長に報告後、横にある八〇センチ四方の窓を見ると、約八十機の敵機が、低い雲間をキラキラと比翼を輝かせ、攻撃態勢に入ったところであった。緊張で心臓が破裂しそうになって身構えると、頭上でキーンと神経を逆なでする異様な金属音と弾丸の破裂音が降りかかり、後方から、ガンガンガーンと鉄板をはぎ取るような音が襲ってきた。弾丸は、陸上だとプシュプシュという鋭い音がするが、船の場合は、船体に当たって、ガンガンガーンというすさまじい破裂音が響くのだ。飛行機の衝撃波も、海上では全身にブワッと、より強く迫ってくる。鋼鉄で覆われた魚雷発射管の中で、敵が直接見えないという恐怖がどんどん高まり、

「敵機近い！」

伝声管からの甲高い声に緊張した刹那、私の前にいた内田兵長が

「ウッ」

と呻き、私の方に倒れこんできた。

「兵長！」

と叫んだその時であった。目の前がキラッと光ったと思ったとたん、めまいがして、左太腿に焼け火箸三本を「ブスッ」と突き刺された衝撃が走る。

「やられた！」

と、その場にドッと倒れこんだ。おそらく私の左横にあった小窓から、弾丸が撃ち込まれたのだろ

う。激痛が脳天を貫き、意識が朦朧とする中、脳裏に浮かんだのは、大阪の震災で片足をなくして松葉杖で歩いていた近所の床屋さんの姿だった。

「もしかして俺も……」

内田兵長との別れ

私に覆いかぶさる内田兵長は胸部を撃ち抜かれて肋骨が白く浮き上がり、船がバウンドするたびに鮮血がドクドクと流れるが、どうすることもできない。身動きするたびに太腿に激痛が走り、恐る恐るズボンの上から左太腿を抑えると、じわっと左太腿全体に生温かい血が広がるのがわかった。どうなっているのか確かめようと、硝煙の臭いが残るズボンの裂け目に指を突っ込み、引き裂こうとするがなかなか破れない。まずは止血だと思いなおし、海兵団で教えられたとおり、頭に巻いていた菊水の手ぬぐいで太腿の上部をきつく縛り、看護兵を待った。

内田兵長に何もしてあげられない苛立ちと、負傷の激痛に耐えていると、三回目の攻撃が終わり、内田兵長は担架に乗せられて運び出された。

「内田兵長、頑張ってください！」

と、精いっぱいの声で励ましたが、それが内田兵長との最後の別れになってしまった。内田兵長は本当に気立ての良い方で、私は大変お世話になった。戦争は、あんな良い人の命を一瞬のうちに奪っていくのだ。

血の臭いと叫び声に満ちた診療所

一方、私は装置に挟まれて身動きができず、激痛に耐えていると、聯管長が来て、

「貴様、大丈夫か！」

と、引っ張り出してくれた。

「立って歩いてみろ」

と言われ、左足が複雑骨折しているだろうに歩けとは無体なことだと思ったが、言われるまま支柱につかまり、なんとか立ってみると、足が地に着いた。尚も、恐る恐る左足を一歩踏み出すと、激痛が走ったが歩けそうである。

「もしかして助かったのでは」

と思ったら、急に勇気が湧いてきた。

部下の森上等水兵の肩を借りて診療所へと向かう。甲板上をガラガラと転げまわる空薬莢を避けながら、二十畳足らずの士官食堂だった診療所の重い扉を開けると、生々しい血の臭いがした。すでに十数名の負傷者が運び込まれ、騒然としていた。

「看護兵はまだか！」

「殺す気か！」

と怒鳴る者、

「お母さん！」

と苦痛に耐えて叫ぶ若者や、妻子の名前を呼ぶ者がいたが、

「天皇陛下万歳！」

を叫ぶ兵士は一人もいなかった。死に瀕した人間にとっては、天皇陛下ではなく、家族だということだけは、はっきりと言える。

同年兵の荒療治

私は自分の死に場所は戦闘部署と決めていたので、一刻も早く治療を終えて持ち場に戻りたい一心だった。診療所の裏口扉前に身を置ける場所を見つけ、そこまで血の海のデッキを進もうとした。まずは目の前に澱む血を避けようと両手で掬い上げると、血の表面がパクッと割れる。

「これが古参兵から聞かされていた人間の生血か」

と、ぞっとした。仕方なく尻の下がぬるりとするデッキをいざりながら扉の前にたどりつき、看護兵を待った。激痛と焦りでイライラしていると、

「おい西崎どうした」

と知った声がする。振り向くと、同年兵で主計科の丸山兵長が、「臨時看護兵」の腕章をつけて立っているではないか。丸山兵長の顔が女神のように神々しく見えた。

「やられた」

と、左太腿を指すと、丸山兵長は診療箱から荒々しく消毒ガーゼと鋭利なメスを取り出し、血がにじんだズボンを切り裂くと、ピンセットでつまんだガーゼをいきなり傷に突っ込んできた。

「あっ！」

と叫んだが後の祭りで、脂汗が出るほどの激痛に全身が硬直した。

「おい、丸山、大丈夫か？」

と、ハア、ハア荒い息をして、同年兵の荒療治を虚ろな目で眺めていた。すると、

「骨に異常はないが、傷口のまわりに四個の弾片が突き刺さっているから、ガーゼをこまめに取り換えよ」

そう言い残して、丸山はスタコラと重傷者の方へ行ってしまった。

自分で弾片を抜く

応急処置は終わったが、身動きをするたびに激痛が走る。ともかく次の攻撃が来るまでに持ち場に戻らねばと思い、傷の程度を自分で確かめることにした。血のにじむ包帯を取り除くと、ザクロの実がはじけたような傷口の周囲に、弾片が突き刺さっている。

巡回してきた丸山に、

「痛くてたまらないから、弾片を抜いてくれ」

と頼むと、

「重傷者が大勢いるんだ。このくらいなら自分で抜け」

と言って、救急箱から鈍く光ったカンシとピンセット、それに消毒したガーゼ数枚を取り出し、

「これを使え。抜いた後は、ガーゼを取り換えないと、蛆虫《うじ》がわくぞ」

とおどかして、裏口から出ていった。

「自分で抜け」

と言われても、その勇気が出ない。しかしこのままでは、時間が経つだけだ。戦闘部署に戻りたい一心から、意を決して、ずっしりと重みのあるカンシを手にした。呼吸を整え、震える左手に持ったピンセットで傷口を開け、恐る恐るカンシで弾片を挟むが、焼けつくような痛さに手を放してしまった。こんな小さな弾片に戸惑う自分が情けなく、気を取り直して傷口を消毒した後、深呼吸を二、三回し、肛門を締め、被っていた戦闘帽を口にくわえる。そしてピンセットで広げた傷口にカンシを深く差し込み、弾片をがっちりと挟み、顔を背けて、一、二、三と渾身の力で引っ張った。

すると、

「スポッ」

と音がして、目の前に弾片がポロッと落ちた。息を大きく吐き出すと、全身の力が抜けてしまい、残りの弾片を抜く気力はもうなくなってしまった。

四　戦闘

まさかの配置換え

診療所の重い扉を開き外に出ると、厚く垂れこめた雲の下限を突っ切って急降下してきた爆撃機が、目の前に爆弾を投下したと思った瞬間、敵機は頭上を急上昇して飛び去った。爆発で船が激しく揺れ、甲板上の空薬莢がガラガラと転げまわる中、烹炊所《ほうすい》（調理室）にあった大しゃもじを杖にして、舷側に張られた命綱を頼りに戦闘部署へ戻った。

聯管内は負傷者を一切受け入れない張り詰めた空気が漂っており、私は小さくなって聯管長に負傷の程度を報告し、持ち場に復帰した。

しばらくすると、頭上の爆撃音が止み、四回目の攻撃が中断したことを知らされた。早速、右窓を開けて、緊張した空気を外へ逃がす。敵機が引き返して空母で爆弾を搭載し、再攻撃までの二十数分間、こちらは弾薬の補給をはじめ武器の整備を行う。聯管外で一服して部署に戻ると、艦橋の水雷長より、

「西崎兵長は、後部機銃台の射手として直ちに任務につけ」

との命令が下る。

「へぇっ!?」

と、青天の霹靂《へきれき》だった。後部機銃台の射手が戦死したため、その交代射手に任ぜられたのである。私は水雷専門で、機銃の操作は海兵団時代に習っただけで、しかも実弾を撃った経験はない。しかし上官の命令は絶対服従の軍隊である。私はこのとき、もはや魚雷戦では戦えない戦況であることを知った。聯管長や古参兵より、

「章持ちの兵長さん、頑張れ！」

と激励され、不安と複雑な気持ちで後部機銃台へ急いだ。

青天井の後部機銃台にスタンバイ

途中、中部機銃台で指揮を執る同年兵の足立兵長が、硝煙が漂う機銃台で、真っ赤に焼けた銃身に海水をかけて冷却しながら、部下と高笑いして戯れていた。彼の余裕ある態度に意欲をかきたてられ、

「俺も負けてたまるか」

と気を取り直し、最後部に備えられた二五ミリ単装機銃台で機銃助手の敬礼を受けた。

新たな戦闘部署となった機銃台は、なんと防弾壁が小さくて薄く、一八〇度見晴らしの良い青天井で危険極まりない。こちらは薄っぺらい防弾チョッキを身に着けているだけだ。

「いよいよここが俺の死に場所か」

と思ったら、首の後ろを冷たい風がスーッと抜けるのを感じた。

機銃助手の岩谷《いわたに》上等水兵は、島根県出雲市の出身で、私より一つ年下の十七歳。上官の戦死にもめげず、言語明瞭で精悍な感じのする好青年で、「雪風」に乗り組んで四カ月になるという。とにかく次の攻撃が来る前に機銃をマスターしなければと、戦死者の無念の温もりが残る機銃台に腰を下ろし、引き金を両足で静かに踏むと、

「カチッ」

と、空砲が鳴る。

「俺は章持ちだ」

と自分を鼓舞し、威厳をもって、岩谷助手から機銃の取り扱いを一通り聞いた後、実弾の装塡を命じた。

安全装置を外すと、一気に不安と恐怖が襲ってきて震えが止まらない。

「落ち着け、今まで何人も殺してきたではないか」

と自分に言い聞かせるが、逆に動悸が激しくなり、息苦しくなった。再度、鉄兜の紐を締め直し、防弾チョッキを改め、深呼吸をして遥かなる水平線上を睨んで待機した。

敵の編隊急浮上

一方、「大和」はと見ると、右舷四千メートル付近で黒煙を出し、やや左舷に傾くも、依然として威容を誇っていた。突然、急激な転舵で私も助手の岩谷上水も波しぶきにずぶ濡れになり、銃器

をふき取っていたところに、突然、「戦闘配置につけ」のブザーが鳴り渡った。

水平線上に急浮上した敵の編隊は、太陽を背にすると攻撃態勢に入った。

「いよいよ来たか」

と覚悟を決めると、一気に血の気が引く。

「敵はどの方向から攻めてくるのか」

と、神経を研ぎ澄まし、雲間を横切る黒い飛影を追っていると、重苦しさに押しつぶされそうになる。

「敵より一瞬早く、引き金を引かねば殺される」

と、海兵団時代に教えられたが、現実は、引き金に乗せた両足がガクガク震え、奥歯がカチカチと音を立てている状態だから、ひたすら、敵を撃ち殺す執念に燃えるしかない。


撃ち方はじめ！


「撃ち方はじめ！」

の号令で全艦一斉に発砲した。「雪風」の主砲のすさまじい発射音で鼓膜が破裂しそうだ。突如、雲間から飛び出してきた黒い影が前面に迫ったと思った瞬間、ダーダーと威嚇照射を浴びせると、一瞬の速さで飛び去った。間髪を入れず、左右からキーンと異様な爆音を轟かせ、前面で爆弾を投下すると、その惰性で、「雪風」のマストすれすれに急降下し、一気に機首を上げ、反転していく。

これが航空戦だ。

一瞬、ハゲタカの如く向かってきた敵機に対し、私は
「撃て！」
と大声をあげて無我夢中で引き金を引いた。すると弾丸が海面をパシャパシャと撃ち砕いていき、慌てて銃身を戻すと、今度は上空へ弾丸が飛び出す始末である。見かねた岩谷助手が照準器を修正すると、弾は狙い通りの方向へ飛ぶようになる。
敵の雷撃機（魚雷を攻撃手段とする軍用機）は、「大和」の左舷側を護衛する「雪風」のマストすれすれに急降下すると、次々と低空から魚雷を発射し、その気泡が幾筋も「大和」の左舷へ集約されていった。

恐怖が殺意にかわるとき

「敵機後方！」

の甲高い声に銃身を振り向けると、F6Fヘルキャット（グラマン社が開発した米国海軍の艦上戦闘機）が一直線に突っ込んできた。プロペラの間から撃ち出される弾丸の火花の風圧がピュン、ピュンと顔の皮膚を削るようにかすめる。恐怖のために、そのピュン、ピュン以外の音は一切耳に入ってこない。魚雷発射管内での敵が見えない恐怖とは対極をなす恐怖だった。おののいていると、敵の弾が全て自分に当たってくるような気になる。

だが、私は水兵長であり、これでは部下に示しがつかないと思い、自分にはっぱをかけ、反撃したときだった。突然、私は開き直ったのだ。人間は開き直ると恐ろしい。その瞬間、それまでの恐

F6F ヘルキャット

怖が殺意にかわり、弾を撃つことに快感さえ覚えるようになった。死神が私から離れると同時に、私は人間でなくなっていた。

現在、残忍な事件が連日のように報じられるが、私はそのたびに、「雪風」の機銃台でのあの感情の変化を思い出し、氷柱に心臓を貫かれるような心持ちになる。人間とは、つくづく恐ろしいものだと。

若いパイロットと目と目が合う

覆いかぶさるように迫ってきた衝撃波に押され、負けるものかと撃ち合う。その時だった。飛行眼鏡をかけ、真剣な眼差しで操縦桿《かん》を握った若いパイロットと目と目が合った。ガチガチになって操縦桿を握っているのがわかる。一瞬、

「この野郎！」

と大声で叫び、自身を奮い立たせて、撃ちまくった。このときの私に、相手への憎しみが本当にあったのか。いや、そうではない。撃ち殺してやるという執念に燃えるしかな

かったのだ。それは相手も同じだったに違いない。

秒速一五〇メートル以上の速さの敵機は、速射砲でダッダッダーと撃ってくるのに対し、我が方の単装機銃はタンタンタンと気抜けしており、到底、まともには撃ち合えない。もう運を天に任せて撃ちまくるしかなかった。それは狂気以外のなにものでもなかった。


ようやく五回目の攻撃が終わり、配られた握り飯で腹を満たすと、幾分、気持ちが落ち着いた。真っ赤に焼けた銃身に海水をかけて冷却し、弾倉の交換を命じた時だった。ふと、右舷を見て身がすくんだ。なんと、長さ四メートルほど、直径五〇センチ弱の敵の魚雷が、わずか七、八メートルの距離をノラリクラリと浮流しているではないか！　頭部が黒くグロテスクな敵の魚雷は、水面下三メートルのところを上下動し、獲物を探し求めながら離れていった。

「もし、あの魚雷が『雪風』に当たっていたら……」

と思ったら、身の毛がよだった。

雷撃機による魚雷攻撃で失神

硝煙と波しぶきに濡れた岩谷助手の顔は真っ黒で、目と歯のみが白く光っている。おそらく自分も同じ顔だろうと思ったら笑うに笑えず、何も言わずそのまま銃の整備をしていた。突然、

「左四十五度、雷撃機！」

雷撃機アベンジャー

助手の奇声に振り向くと、敵の雷撃機アベンジャー（復讐者の意味）四機が「雪風」に向かって、海面すれすれに直進してきた。慌てて銃身を向けた時、左端のアベンジャー一番機から二番、三番、四番機と順次、魚雷を発射した。

「これはまさしく、『雪風』が標的だ！」

と直感し、絶体絶命と判断した私は、

「逃げろ！」

と叫んで、岩谷助手のベルトをひっつかむと、爆雷投射機の下に引きずり込んだ。ずぶ濡れの岩谷助手の背中に覆いかぶさると、彼の激しい動悸が伝わる。

「魚雷がいつ当たるのか」

と恐怖におののいている間の一秒、一秒がひどく長く感じた。この戦慄の長くて短い時間ほど恐ろしいものはない。母親の顔が浮かんでは消え、そしてこんなことが次々と頭に浮かんだ。

「死とは一瞬なのか」

「爆発と同時に肉体が木っ端微塵に砕けて死ぬのか」

「爆発した破片が体に突き刺さり、悶え苦しんで死ぬのか」

魚雷が爆発する瞬間の恐怖にぶるぶる震えているうちに、私は失神した……。

間一髪、幸運の女神に助けられる

背中に冷水を感じ、

「ハッ」

として我に返ると、岩谷助手が、

「西崎兵長」

と、私の右手を引っ張って立っていた。とっさに、

「魚雷は？」

と尋ねながら、

「俺は助かったんだ、生きているんだ」

と思った。ふと周囲を見回すと、私の体半分が海上にはみ出ている。後に詳しい状況を聞いたところによると、寺内艦長が魚雷回避のために、とっさに舵を切って二本の魚雷の間に船を回避させ、危機を脱した。その際、急激な操舵でスクリューから吹き上がった大量の海水に私はさらわれたのだが、海上に投げ出される寸前に、運よく舷側の支柱に引っ掛かり、間一髪で命拾いをした。私はここでも奇跡的に幸運の女神に助けられたのである。

五　戦艦「大和」の最期

「大和」は誇りと期待と悔恨と屈辱の全てを含む敗戦のトラウマ

私が「大和」を初めて見たのは、大竹海兵団での訓練中、呉の海軍施設を見学した際のことだった。呉軍港内で、黒山のごとく浮かぶ巨艦を前に、

「これが噂の戦艦『大和』だ。砲弾が世界一遠くまで飛ぶ不沈艦だ」

と、教班長から聞かされ、血のたぎる思いがした。

その後、駆逐艦「雪風」の乗組員となり、前線基地で「大和」から燃料補給を受けた際、入浴を兼ねて艦内見学をしたときは、想像を絶するその大きさと近代設備に驚愕し、戦争の勝利を確信した。

排水量（基準）六万五〇〇〇トン（「雪風」の排水量（基準）は二〇〇〇トン）、全長二六三・〇メートル（参考・東京都庁の第一本庁舎の高さが二四三メートル）、最大幅三八・九メートル、最大速力二七・四六ノット（時速約五一キロ）、主砲・四五口径四六センチ三連装三基九門、主砲射程距離四万二〇〇〇メートル（参考・東京駅―豊田駅［中央線］の距離が約四三キロ）、主砲塔（一機あたり）重量二七七九トン、乗員数（竣工時）二五〇〇人、（最終時）三三三二人。建造費は一億三七八〇万二〇〇〇円（起工前年の昭和十一年における見積額）で、当時の日本の国家予算の約六％にも及んでいた。

艦橋までの昇降はエレベーターを使用。浴場は二十畳余りの広さがあり、海水を沸かして真水桶

最終艤装中の戦艦「大和」
（昭和 16 年 9 月 20 日、呉工廠）（資料提供：大和ミュージアム）

「大和」を建造したドック跡
（呉市の歴史の見える丘より）（平成 29 年 10 月編者撮影）

四杯で体を洗う。シャワー室、洗濯機、冷蔵庫が完備され、自家製のアイスクリーム、サイダー、ラムネ、和菓子など珍しい物があふれていた。私にとって初めてのアイスクリームは、まさにこの「大和」製だった。

私が知る限り、「大和」の主砲の発射音を聞いたのはレイテ沖海戦の一回のみで、古参兵たちは「大和ホテル」と非難していたが、それでも最後の決戦は、「大和」が必ず勝負をつけてくれると確信していた。しかし、「一億総特攻の魁」になるべく出陣した「大和」は、敵機の猛攻に防御一点張りの醜態で不甲斐なく、その結果、多数の乗組員の命を巻き添えにして沈没した。私にとって戦艦「大和」は、誇りと期待と屈辱と悔恨の全てを含む、敗戦のトラウマであるように思う。

「大和」の左舷を集中攻撃

敵は目標を「大和」に絞って激しく攻め立てた。「大和」の左舷約一五〇〇メートルで護衛する「雪風」のマストすれすれに急降下してきた雷撃機が、目の前で魚雷を投下すると、白い航跡を残して「大和」へ直進していく。一回目の攻撃で「大和」の後部主砲付近に爆弾が破裂し黒煙が上がった。早速、聯管長に報告すると、

「その程度なら屁の河童だ、これからが激戦よ」

と、うそぶいた。

戦闘中の「大和」は、その巨体のため急な舵が効かない。敵は「大和」の姉妹艦の「武蔵」の際

全力公試中の戦艦「大和」
（昭和 16 年 10 月 30 日、宿毛沖）（資料提供：大和ミュージアム）

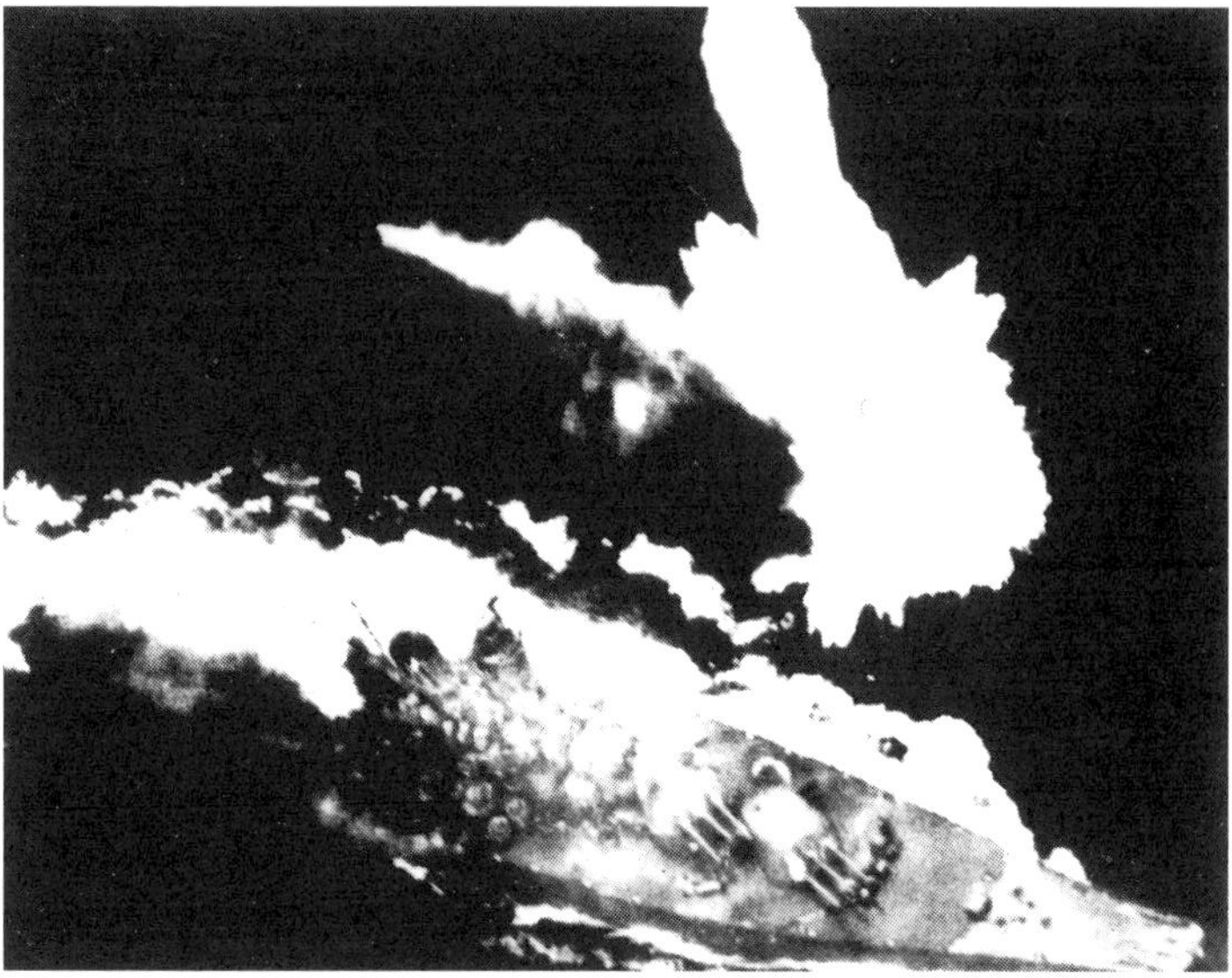

戦艦「大和」の戦闘。左舷側には至近弾の水柱が立ち上がっている。
（資料提供：大和ミュージアム）

に経験を積んでいるため、非常に合理的な攻め方だった。「武蔵」の場合は、大量の魚雷や爆弾を受けたが両舷からの攻撃だったために、平均して浸水し、耐久力を持続した。そこで「大和」に対しては、徹底して左舷を集中的に攻撃してきたのである。結局、十本の魚雷が左舷を中心に命中し、この他、中型爆弾計五発が命中した。

このときすでに、軽巡「矢矧」をはじめ他の駆逐艦は沈没、航行不能となり、残った「雪風」、「初霜」、「冬月」の三隻で「大和」を護衛していた。「大和」の船体は、三十度にまで傾き、艦首は海面すれすれまで沈み、前甲板に波しぶきが打ち寄せ、ここかしこと火花と硝煙が舞う満身創痍の状態であった。

懸命に救助を求める兵士たち

間もなく、「大和」の乗組員が、一斉に海中へ飛び込んだ。恐らく、「大和」の有賀《あるが》艦長は、

「総員退去」

の命令を下したのだろう。

敵機の攻撃は止んだが、海底には敵の潜水艦が尾行して機会を狙っているため、警戒が解かれない。「大和」の泳ぐことのできない大勢の乗組員が、傾斜した高所で懸命に救助を求めていた。しかし、「大和」の沈没で起きる大渦巻を警戒して、駆逐艦は近づくことができないため、約三百メートル離れたところから、手旗や発光信号で、

「危険だ、離れよ」

と力の限り呼びかけるが、なかなか通じない。

大きく傾斜した船体に荒波が激しく襲い掛かり、「大和」の転覆が刻々と迫っていた。私は艦橋に見張り当番として立ったが、潜水艦の見張りよりも、「大和」が気がかりで仕方がない。波しぶきの中、高所にしがみつく兵士らが必死に手を振って助けを求め、大波が襲い掛かるたびに、幾人もが波にさらわれ、海上に投げ出されていくが、どうすることもできない。

「大和」転覆――望遠鏡を通じて迫る叫び声

「雪風」が距離を取ろうとした矢先、「大和」は巨鯨が反転するようにゆっくりと横転した。すると高所の乗組員らは、一気に急な斜面を滑り落ち、海上へ投げ出された。転覆した「大和」は、盥《たらい》を伏せたような形で、船腹に塗られた真っ赤な錆止めが海上に映え、巨艦の悲運を象徴しているかのようだった。連合艦隊のシンボル的な不沈戦艦のこのような姿を誰が予想したであろうか。海に投げ出された者たちは、再び、赤い船腹に駆け上がり、救助を求めた。

頻繁に起きる小さな爆発音に誘爆（一つの爆発がきっかけとなり、次々と別の爆発を引き起こすこと）の危機が迫っているが、それすら知らずに懸命に助けを求める生存者の叫び声が、望遠鏡を通じてあまりにも悲しく伝わってくる。しかし助ける術がない。生き残った三隻の駆逐艦は、空母「信濃」が沈没したときと同じように、「大和」の誘爆と大渦巻を恐れて近づくことができないのだ。

「大和」大爆発——真っ二つに折れた船体が聳え立つ

艦橋での見張り当番を終え、甲板に降り立ったときだった。突然、フワーッと熱風を感じた途端、

「ズシン」

と腹の底から突き上げる轟音に、「大和」の爆発を見た。激しい火柱が上がると同時に、火の粉とともに千メートル近くまでむくむくと黒煙が上る。その中から、真っ二つに折れた「大和」の船体が並列して聳《そび》え立ち、

「アッ」

と思った瞬間、今度は二つに折れた船体がキラキラと光る無数の破片とともに、轟々《ごうごう》たるしぶきを巻き上げて落下した。その破片が直撃して亡くなった人も多い。そして最後に大渦巻を引き起こし、死体や生存者、浮流する一切合切を呑み込んで海底へ引きずり込んでいった。

昭和二十（一九四五）年四月七日午後二時二十三分、北緯三〇度四三分一七秒、東経一二八度〇四分〇〇秒、鹿児島県坊ノ岬沖で、世界最大の戦艦「大和」は沈没した。日本海軍の終焉を彩るような、「大和」の派手な最期であった。

「大和」よ、安らかに眠れ

「大和」の沈没で生じたキノコ雲が、高さ八〇〇メートル余りまで上昇し、寂寞とした上空は、

戦艦「大和」の最期
（資料提供：大和ミュージアム）

空を埋めつくす砲煙で暗雲に閉ざされ、海上は、「大和」が吐き出した泥糊のような重油に死体や浮流物が絡み、重油に燃え移った火が、死者の無念の魂のようにポカポカと波間に漂っていた。そして風に乗ってヒューヒューという音が浮遊し、それは海女が海底から浮上したときに息を吐き出す磯笛に似ていた。

「あれは『大和』の無念のため息だ。そう簡単には死にきれないんだよ」

振り向くと、機関科の古参兵が立っている。無口な者が多い機関科の中でも特に口数が少なく、辛抱強い古参兵だった。そして、

『大和』よ、よく戦った、安らかに眠れ」

彼はそう言って合掌したのだった。その姿は、とても気高く威厳があり、私は真の軍人の姿を見た思いがした。私はといえば、どうやったら生きて帰れるのか、とにかく終始、生きることだけを必死に考えていたものだから、正直なところ、その歴戦の古参兵のような

心の余裕はなかった。私もはっとして古参兵に倣い、「大和」に手を合わせて最後の別れをした。

沖縄水上特攻の終焉

約二時間にわたった沖縄水上特攻は、「大和」の沈没をもって終わった。「大和」座乗の伊藤整一司令長官と「大和」の有賀幸作艦長は「大和」と運命を共にし、第二水雷戦隊旗艦である軽巡「矢矧」座乗の古村啓蔵《こむらけいぞう》司令官は、撃沈されて漂流。古村司令官は後に「初霜」に救助され、それまでの間の指揮は、駆逐艦「冬月」座乗の第四十一駆逐隊司令吉田正義大佐が執った。吉田司令に対し、「雪風」の寺内艦長は、残った駆逐艦三隻で、「沖縄殴り込み」を具申したが受け入れられず、

「魚雷が残っているのに何事か!」

と駆逐艦乗りの勇者として、憤懣《ふんまん》やるかたない思いで矛を収めたという逸話がある。

未曾有の犠牲者

「大和」の乗員数三三三二名のうち、生存者はわずか二七六名という未曾有の犠牲者を出した。一、二回ほど実際に「大和」に乗った経験から感じることは、「大和」の内部は迷路のようになっており、乗艦して自分のポジションを把握するのに約一カ月はかかるのではと思うほどだった。「大和」沈没の際、そうした複雑な内部から出ることのできなかった人がたくさんいたのだろう。

「大和」を護衛した第二水雷戦隊は九隻のうち五隻が沈没し、九八一名が戦死した。沖縄水上特攻

はあまりにも無謀な暴挙であった。米軍側の損害は、航空機一〇機を損失、戦死者は一二名であった。「雪風」の戦死者数は三名。私と同時に機銃掃射で撃たれ、私に覆いかぶさるように倒れこんできた内田茂吉水兵長。後部機銃台の射手で、戦死後、私が交代射手となった井上杉義水兵長。そして三人目は、中部機銃台で指揮を執り、その余裕ある態度に、不安な私が鼓舞された同年兵の足立貫一水兵長。このように、亡くなった三名は、不思議なことにいずれも私と深く繋がっている。そして私は生かされた。ただひたすらご冥福を祈るのみである。

「第二水雷戦隊戦時日誌・戦闘詳報」によれば、「大和」以外の九艦の被害状況は以下のとおりである（乗員数は、『大和ミュージアム常設展示図録』を参照）。

巡洋艦「矢矧」……魚雷七本命中、直撃弾一二発被弾、七日午後二時五分沈没。
乗員数　九四九名
戦死者数　四四六名
戦傷者数　一三三名

駆逐艦「冬月」……ロケット弾二発命中するも不発。主砲発令所、第一缶室に被害。帰還
乗員数約　四五〇名

戦死者数　　一二名
戦傷者数　　一二名

駆逐艦「涼月」……一五〇キロ爆弾一発の命中により、一、二番砲塔は大破、火災が発生し、
前部が浸水。単艦で佐世保に帰還。
乗員数約　四五〇名
戦死者数　　五七名
戦傷者数　　三四名

駆逐艦「磯風」……至近弾により機械室が満水となって航行不能となり、「雪風」に乗員を移し、
七日午後十時四十分砲撃処分、沈没。
乗員数　　三六四名
戦死者数　　二〇名
戦傷者数　　五四名

駆逐艦「浜風」……直撃弾により航行不能となり、魚雷一発が命中して七日十二時四十八分船
体は切断、沈没。

乗員数　　三五七名
戦死者数　一〇〇名
戦傷者数　四五名

駆逐艦「雪風」……至近弾及び機銃掃射により機銃一機が大破。帰還。
乗員数約　三五〇名
戦死者数　　三名
戦傷者数　一五名

駆逐艦「朝霜」……機関故障のため落伍し、敵機と交戦中と発信後、消息不明となり沈没。乗員三二六名、全員戦死とみられる。

駆逐艦「霞」………直撃弾及び至近弾により缶室が浸水し、乗員を「冬月」に移し、七日午後四時五十七分処分、沈没。
乗員数　　三三一名
戦死者数　一七名
戦傷者数　四七名

駆逐艦「初霜」……戦傷者二名のほか被害なし。帰還。
乗員数　三二七名

六　生存者の救助

「大和」沈没後の重油の海に見た地獄絵

左舷遠くの波間に、西瓜のような頭の群れが見え隠れし、ヒューヒューと磯笛に似た声が聞こえてくる。戦いが終わった荒涼とした風景を眺めていると、怒りがふつふつと腹の底から湧き上がってきた。

「俺たちをここまで追いつめたのは、艦艇による戦争の実際というものを知らない若いエリート参謀らの仕業に違いない」

私は幼い頃から小作人と地主との関係をまざまざと見てきたせいか、権力者に対する反抗心が身体にしみついているのだが、このとき、軍参謀らのあまりに無謀な暴挙に対する怒りが頂点に達した。

突如、二機の敵機が生存者に向かって攻撃してきた。

「この野郎！」

と叫んで、私は戦闘部署につき、怒りの機銃射撃をしたが、敵は二回攻撃をして飛び去った。

「雪風」、「初霜」、「冬月」の三隻が総力を挙げて生存者の救助にあたった。救助の手順は、まず風上でエンジンを止める。スクリューに生存者を巻き込まないためだ。そして波に流されながら、生存者の群れに近づく。その間、乗組員は軍手をはめ、ズック靴に滑り止めの手ぬぐいを巻き、四メートル余のロープに足掛け用のこぶを作る。ロープ一本でひとりひとりを引き上げるのだ。さらに竹竿、浮輪などを用意し、舷側に縄梯子をたらす。最後に自分自身を命綱で固定するなどして救助の準備を整えた。

船が停止したので、切り立った甲板上から海面をのぞくと、そこは阿鼻叫喚の地獄絵であった。それまで私は何回も救助に携わっているが、重油の海での救助は初めての経験だ。泥の糊をしきつめたような中、生存者が目と歯のみを白く光らせ、眼光鋭く、まるで雛鳥が親鳥から餌をもらうときのように絶叫していた。

「早くロープを投げろ！」

「殺す気か！」

「ここまで来て死ねるか！」

と、必死に立ち泳ぎをしている者、うつ伏せになり、静かに海底に沈んでいく者、群れをなして軍歌を歌って時を待つ者など、重油の海は混乱と喧騒で錯綜していた。

ロープ一本による救助顚末——階級問わず往復ビンタ

舷側に重油の混ざった波しぶきがパシャ、パシャと音を立てる中、

「救助開始！」

の号令が下り、一斉にロープを投げると、しぶきをあげて必死の争奪戦が始まった。最初にロープを摑んで上がってきた下士官は、重油で滑る舷側を一気に甲板に上がり、勝手に衣服を脱ぎ捨てて体を蒸気で洗い、下着と毛布の支給を受けると、スタコラと後部の居住区へ消えた。その勝手知ったる様子から、何度も遭難経験のある歴戦の強者だろう。

戦線が広範囲にわたったため、救助には、約二時間を要した。海水は生存者の体温を奪って消耗させるため、海に投げ出された者の生存可能時間は水温が大きく左右する。救命胴衣を着けず軽装の場合は、一般的に水温十度で三時間が限度と教えられていたから、救助はひたすら時間との戦いだった。

ロープの引き上げ方には、こつがあり、波で船が押し上げられたときにタイミングよく引き上げなければならない。引き上げると、皆、重油まみれの水鳥のようで、寒さで唇が白く震えている。すぐに衣服をジャックナイフで裂き、全部脱がせて海に捨てる。重油で目をやられているから、目薬を注《さ》し、肺炎を起こさないように、喉に指を突っ込んで重油を吐かせ、風呂場で蒸気を当てて油を落とし、あとは下着と毛布を支給して、後部居住区に収容する。死体の置き場所も風呂場だったから、死体と一緒に生存者の油を落としていたことになる。

中には、甲板に引き上げた途端、「助かった」の安堵感から気力を失くして気絶し、ぽっと亡くなっ

てしまう人もいるため、引き上げた人には、階級を問わず、往復ビンタを張った。危機的状況において生き残るために大切なのは気力しかない。「必ず助かる」と気力を持ち続け、息長く救助を待つこと、それに尽きる。

地獄の中の現実

誰もが我先に助かりたいと必死になるなか、材木を抱えて浮いていたベテランらしき下士官が、若い兵士がもがき苦しんでいるのを見て、抱えていた材木を譲っているという光景もあった。あのような極限の状態でなかなかできることではない。

また、救助した生存者からは、信じられないような強運の話を聞いた。一人は、片足の太腿から下を失ったが、傷口に重油の膜ができてそれが血止めになり助かったという。別の者は、流木にまたがっていたために、肛門から入る爆圧を防ぐことができた。「大和」沈没の大渦に巻き込まれたが、海面に浮いてきた際に浮流物で頭を打って意識が戻り、助かった者もいる。

救助の基本はロープであり、敵の攻撃に備えてランチやカッターの使用は禁止されていた。しかし、その基本は私の目の前で覆される。何か浮流物につかまり、浮き沈みしている士官が私の視界に入ってきた。あおむけだったが、重油の波間に、金糸の襟章がやけに金ぴかで目立っていた。すると直ちに、

「内火艇《ないかてい》(内燃機関で走る小船)用意」

の命令が下ったのである。

「無茶なことをする」

と、鶴田兵曹があざ笑った。内火艇が降ろされると、たちまち生存者らに取り囲まれて転覆の危機となり、慌てたクルーたちは、しがみつく生存者らの腕を爪竿で片端から強打し、やっとの思いで「大和」副長を救助した。重油の海に残された生存者たちの眼差しは怒り狂っていた。救助は階級の上下なく公平に行うという教育を受けてきたが、このような極限状態において、兵と士官との格差待遇を見せつけられたのだった。

十八歳の火事場の馬鹿力

油に濡れたロープを投げては引き寄せていると、頭上で、

「元気な奴から拾い上げろ！」

と怒鳴り声がする。若い予備士官だ。私の隣にいた八木兵長が、

「元気な奴を引き上げて、沖縄へ再突入するのかよー」

と名古屋弁で野次る。私も、

「暇なら一人でも引き上げろ」

と言い返したかったが言えず、憤懣やるかたない思いで、引き上げた兵士の喉に指を突っ込んで重油を吐かせていた。

「眠るな！」

「海水を飲むな！」

「ここまで来い、生きろ！」

と声を限りに叫びながら、一人でも多くの生存者を助けようと気張っていると、十八歳の火事場の馬鹿力が出て、太腿の傷の痛さも忘れていた。

片手をあげて誰かにすがるようにして沈んでいく者。せっかくロープをつかんだのに波にさらわれていった者。

「母ちゃん！」

と叫んで落ちていった同年代の者。助けられなかった命を目の前にしながら、

「申し訳ない、なんとかならなかったか」

という思いが、私の体にさらに力を呼び起こし、必死にロープを引き上げ続けた。

怨恨の眼差しの如き白いシャツ

印象的だったのは、浮かんでいた遺体はほとんどの場合がうつ伏せで、外見には、傷を負っていなかった。古参兵によると、誘爆の爆圧が肛門から入り、内臓がやられているのだろうということだった。私も海兵団の訓練で、船が沈没した場合には、流木など浮流物にまたがって肛門をふさぐようにと教えこまれていた。また、重油が流出した海に飛び込む際には、重油を飲まないように、

両手両足を開いて、両手で海面をバシャッと叩くようにして飛び込めという訓練を受けていた。

それは若い兵士を引き上げようとしていたときだった。ロープがなぜか異様に重くなかなか上がらない。よく見ると、右腕をなくして左腕一本で必死にロープにしがみつく若い兵士の足を、太った下士官が摑んで放そうとしない。いくら火事場の馬鹿力でも二人一緒には無理だ。戦場では、強さと優しさは両立しない。

「放せ！　放せ！」

と私は怒鳴ったが、太った下士官は絶対に放さない。思い余って、先が曲がった鉤棒《かぎぼう》で下士官の腕を強打すると、もんどりうって波間に沈み、片腕の若い兵士だけを助け上げた。

その後、海水が背中から白いシャツに入り、プーッと膨らんだうつ伏せの遺体が私の前に来たとき、先ほど鉤棒で落とした太った下士官のように思えて仕方がなかった。その膨らんだ白いシャツが、私に対する怨恨の眼差しのように見えて脳裏に焼き付き、それから七十四年、忘れた日は一日たりとてない。


「大和」生存者救助の二時間は、命との格闘だった。「雪風」が救助した「大和」生存者は、一〇五名。目の前にある一つの命を一本のロープでどう助けるか、それが全てであり、その時の私には、過去も未来もなかった。

駆逐艦「磯風」
（資料提供：大和ミュージアム）

「磯風」乗組員の救助

「大和」に続いて、「矢矧《やはぎ》」の生存者救助を行った「雪風」を待っていたのは、航行不能となった僚艦「磯風」の乗組員救助であった。「磯風」には、大竹海兵団で共に学んだ同期の井上理二《りじ》君らが乗っていた。同氏の著書『駆逐艦磯風と三人の特年兵』（光人社）によれば、猛攻を受けていた「矢矧」から近寄れと信号命令を受けた「磯風」は、速度を落として接近を試みる。第二水雷戦隊司令官の移乗のためだ。ところが、「磯風」は至近弾により右舷側後部が損傷し、その結果、機関室が浸水して、艦内が真っ暗になったまま漂流という状態になってしまった。操舵員だった井上君が甲板に上がると、敵機が機銃の雨を降らせていたという。

真っ暗闇の彼方に「磯風」を発見すると、寺内艦長は直ちに、

「横付け用意」

の命令を下した。「雪風」は徐々に「磯風」に近づき、双方の舷側がギシギシと音をたてて船が停止した。「磯風」からは煙が出ていたように記憶している。

作業員が手早く、長さ三メートル余り、幅三〇センチの渡板《といた》二枚を「磯風」に渡すと、待ち構えていた第十七駆逐隊司令新谷喜一大佐ほか乗組員三四四名が次々と乗り移り、全員無事に「雪風」に収容した。

新谷大佐は、「磯風」を機密保持のために沈めることを命じる。「雪風」の一番聯管から魚雷を発射したが失敗し、二回目の砲撃で沈めた。命中した際、強烈な誘爆で真っ暗闇の海上が、一瞬、真っ赤に染まると、約千メートル離れて見ていた我々の頭上に、無数の破片がガラガラと音を立てて降ってきて、

「危ない！」

と一斉に退避した。「第二水雷戦隊戦時日誌・戦闘詳報」は、「磯風」の沈没は午後十時四十分と記している。

それから七十三年後の平成三十（二〇一八）年、鹿児島県沖の水深約四四〇メートルの海底で見つかった船体が、「磯風」の可能性が高いと報じられた。

七　佐世保へ

収容者の世話係として見た光景

「磯風」の処分が終わり、「初霜」、「冬月」に合流すると、一路、佐世保を目指した。この沖縄水

上特攻で、「雪風」に収容した生存者数は六六〇名。私は佐世保入港までの間、この収容者の監督官を命ぜられ、各居住区をまわって収容者の世話をすることになった。スチームが効いた狭い所に、収容者らは折り重なるようにうずくまり、

「無事帰れるのか」

「今どのあたりか」

「大丈夫なのか」

などと、不安げに尋ねる姿は、これが先ほどまで敵と戦っていた兵士なのかと疑いたくなるほど、衰弱しきっていた。

後部居住区を見回っていたときのことだった。立ち入り禁止の水雷科倉庫のハッチから灯りが漏れている。不思議に思って懐中電灯で倉庫内を照らして仰天した。体の大きな下士官がこちらに背中を向け、前に置いた戸板一杯に、一円札や十円札など濡れた紙幣を並べているではないか。私は呆れ果て、彼を甲板に引き立てて官氏名を名乗らすと、戦艦「大和」の下士官で、沈没のどさくさに、部下の貴重品を自分の腹に巻いて海中に飛び込み、「雪風」に助け上げられたという。あまりに不埒《ふらち》な下士官に私は震えるほどの怒りを覚え、身柄を甲板の責任者に引き渡した。

こうしたことは決して他人ごとではなく、残念ながら「雪風」の古参兵の中にもいた。生存者を引き上げた際、時計を外しては自分の懐に入れ、それをアルコール漬けにして持ち帰り、内地で売りさばいて遊興費にあてていた者がいた。誇り高い「雪風」にあって、これは悲しい限りである。

人間の最も醜い部分をわしづかみにして引っ張り出すもの、それが戦争である。

四月八日の満開の桜――母との約束を果たす

一時間足らずの仮眠をとると、四月八日の朝が明けた。雀躍《じゃくやく》の思いで甲板に上がると、船は長崎県西岸をひた走っていた。春の柔らかな陽が目に沁み、うららかな内地の満開の桜が匂うようであった。その爽快な眺めを前に、乗組員と収容者らが抱き合い、「雪風」は歓喜に満ち溢れていた。すると八木兵長が私の方へ寄ってきて、

「内田兵長と一緒に帰りたかった」

の一言に、生き残った者として、申し訳なさに胸がいっぱいになった。

思えば三日前、「一億総特攻の魁になれ」と、玉砕覚悟の特攻に参加したが、幸運にも生き残り、私は桜が満開のお釈迦様の誕生日に帰還することができたのである。出征の朝、

「必ず生きて帰ってこい」

と、私を送り出した母との約束を果たせたことが何より嬉しかった。

八日午前に「冬月」、「初霜」、「雪風」が、そして午後、前部が大破した「涼月」がそれぞれ佐世保に帰投した。

太腿の傷が大変なことに

「雪風」は、佐世保に帰投し、修理を受けた。私は強制下船の命令を恐れて、太腿の負傷を申告せずに隠していたのだが、とうとう傷が化膿して高熱に冒されるようになり、ついに、軍医長の診察を受けた。看護兵曹からいきなり怒られ、垢と埃にまみれた太腿の包帯を解いていくと、膿の嫌な臭いが鼻をつく。最後のガーゼを取り除くと、なんと白くただれた五センチ四方の傷口に蛆虫がうようよとわいており、身の毛がよだって震えがきた。白日の下にさらされた蛆虫たちは、驚いたのかゴソゴソとうごめきだし、自分の体に巣くう生き物に、私は何とも言えない変な気分になった。

「なぜもっと早くに診察をうけなかったのか！」

と、看護兵曹は怒りながら、消毒液の入ったスポイトで丁寧に蛆虫を駆除してくれた。白くただれた傷に群がる蛆虫がポロポロと受け皿に落ちるのを見ていると、目の前にあるのは他人の太腿のような気がした。傷の周囲に突き刺さった三個の弾片もこの際抜いてほしいと頼んだが、不機嫌な看護兵曹は、

「しばらく様子を見てからだ」

と言って、練り薬をつけ、真新しい包帯を巻いて治療が終わる。三個の弾片はここでも、私の体から離れることを拒んだのだった。

コラム〈西崎氏ゆかりの地を訪ねて 4〉

呉海軍墓地

呉海軍墓地

広島県呉の駅前からバスで十五分ほど北東へ上ると、高台の斜面に無数の碑が立ち、呉の街並みと港を見守っている。明治二十三（一八九〇）年に開設された呉海軍墓地だ。西崎氏の足跡を辿り、平成二十九年十月初旬に呉、大竹などを旅した際、手を合わせに訪ねた。現在は、長迫《ながさこ》公園として整備されており、墓地の下の広場では、お年寄りがゲートボールを楽しんでいたが、平日の午前中ということもあり、墓地を見学しているのは私のみだった。お年寄りの話では、昔はとても淋しい場所だったという。

「戦艦大和戦死者之碑」をはじめ合祀碑九十一基、個人墓碑一五七基、英国水兵墓碑一基が急勾配の斜面にびっしりと建立されている。「大和」の碑はもちろんのこと、一度も戦

写真は全て呉海軍墓地
（平成 29 年 10 月編者撮影）

場で活躍することなく竣工直後に沈没した幻の航空母艦「信濃」の戦没者の墓、「雪風」の戦友であり、「大和」とともに沖縄水上特攻で沈没した駆逐艦「浜風」の戦没者慰霊碑、そして「雪風」、「浜風」らの第十七駆逐隊の碑を前にすると、旧知の人の墓に出会ったような万感胸に迫るものがあった。分け入っても分け入っても現れる石碑の数々は、戦争のむごさ、悲しさを訴え、森閑とした空気の中、慟哭がまざまざと聞こえるようであった。軽々しい気持ちでは訪れることのできない鎮魂の場である。

見えない力に圧せられて階段を下り広場に出ると、幼稚園児たちが清掃に励んでいた。その明るい声にほっと緊張がほぐれ、同時に、数多の犠牲の上にある今の世の平和が、いかに尊く悲しいものであるかをあらためて思った。

第六章　丹後の「雪風」

一　落下傘機雷の恐怖

晴れて下士官に昇進

私は五月一日付で海軍二等兵曹に特進し、古参兵たちから祝福と激励を受けた。海軍では、上等兵曹、一等兵曹、二等兵曹が下士官であり、兵の直接統率者として、士官と兵の仲介の役割を果たす。「雪風」に乗り組んだ当初は、古参兵たちから「章持ちの若造」と侮られ、ひどい扱いを受けたことも度々あった。しかし、一日も早く中堅幹部にならねばとの思いから、経験豊富な古参兵たちから多くを学び、鍛えられた結果だと思った。

それからまもなく「雪風」は「初霜」とともに、ソ連軍の本土上陸を阻止するために、北方警備艦として、舞鶴を経て、天橋立で有名な宮津で任務に就いた。下士官に昇進して興奮冷めやらぬ私は、ある日、意気揚々と、「二度と行くまい丹後の宮津、縞の財布が空になる」と唄われた宮津の町を闊歩していた。初夏の風を受けながら、目に入る全てのものが私を祝福しているように輝いて見えた。

道行く人の視線を感じ、得意になって歩いていたが、ふと、右足のズボンに違和感を覚えた。足元を見ると、何やら白いものが出ている。店先のガラス窓に目をやると、ズボンからだらしなく白い布をひきずった私が映っているではないか。なんとそれは、いつの間にかほどけて落ちたふんど

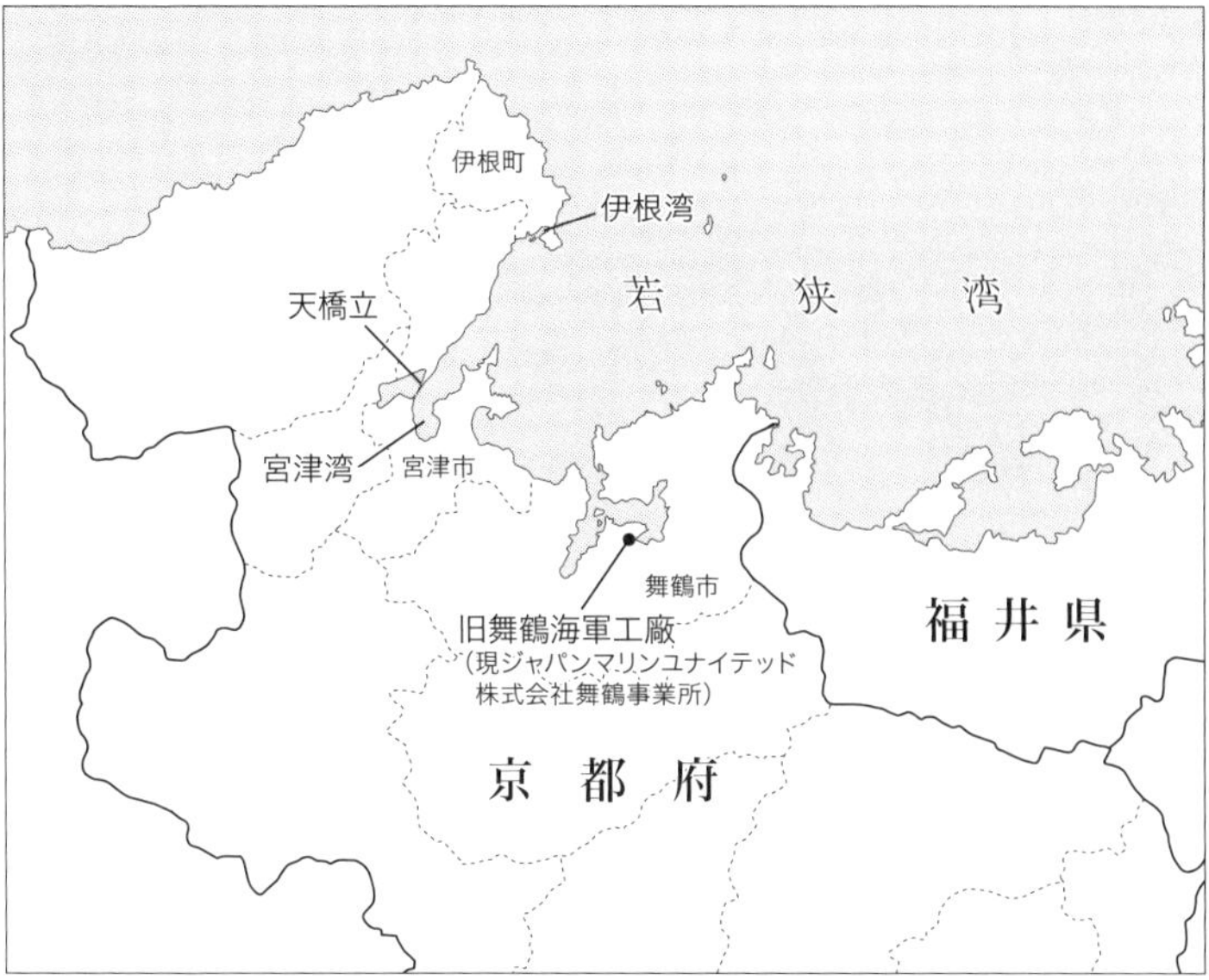

舞鶴・宮津・伊根関連地図

しだった。慌てて、その店で便所を借りて直したが、顔から火が出る思いだった。懐かしい笑い話である。

機雷原を突破して舞鶴へ

私は昇進の喜びもつかの間、水雷長より、沖縄水上特攻で破損した測距儀《そっきょぎ》（目標までの距離を測定する装置）を舞鶴工廠で修理してくるようにとの命令を受け、内火艇の艇長として、舞鶴に行くことになった。

艇長として初めての遠出となるこの舞鶴行は、時間にして三時間余り。途中の若狭湾には、敵によって無数の落下傘機雷が敷設されており、大変危険な行程なのだ。機雷は海中に設置され、船が接触または接近すると爆発する。海中でじっと沈黙を続け、不気味に獲物を待つ兵器だ。敵は大型爆撃

「雪風」が停泊していた宮津湾の栗田《くんだ》半島（滝上山からの風景）（増田精一氏提供）

海軍二等兵曹に特進した著者（18歳）

機B29で夜間に飛来して、落下傘をつけた機雷を若狭湾や宮津湾に投下していった。第二次世界大戦で、英国の重爆撃機はドイツ沿海に五万個以上、米国のB29は日本の周囲に一万個以上の機雷を投下している。

不安を抱えながら、部下四名とともに、午後二時に宮津港を出港した。新緑が映える伊根村の舟屋を左舷に見て、面舵を切り海図で位置を確かめると、すでに我々は落下傘機雷原に入っていた。それまでは、艇長として部下の命と任務遂行の責任を担う緊張感でいっぱいだったが、それが一気に恐怖に変わって舵を握った手が震えだし、声も震わせて機関長に、

「前進全速」

と命じた。けたたましいエンジン音に煽られた波しぶきが前進をはばむ中、機雷原を無我夢中で突っ走った。不思議なもので、恐怖心が高まるほど、艇が機雷原に吸い込まれていくような感覚になる。ガチガチの身体で舵棒を握り、神経を集中させて「全速」で十数分突進すると、

前面に舞鶴軍港の電波塔が目に入った。

「よしゃ！」

と自分に言い聞かせ、「機雷原突破」を宣言した。張り詰めていた息を吐きだすと同時に、部下も一斉に
「やった！」

と叫び、私たちは手を取り合って喜んだ。

舞鶴軍港に落下傘機雷投下

舞鶴軍港は、その広い港内には二等駆逐艦二隻が係留されているのみで、あまりに閑散とした様子に驚いてしまった。対照的に、工廠の岸壁にはたくさんの艦艇がギッシリと繋がれ、艦首を海側に向けて、修理の火花が飛び散っていた。

落下傘機雷

「艇長、こんな状況で本土決戦が戦えるのでしょうか」
という突然の部下の質問に答えることができず、戦争の事態が緊迫していることを私は実感した。
私たちは測距儀を修理に出し、その後、艇を小高い丘に囲まれた湾内の岸壁に繋ぎ留めた。そこには鰹船がぎっし

りと係留されており、その鰹船の間に艇を留めたのである。鰹船は海上輸送などのために民間から徴用されたものであり、船員たちは軍属となっていた。

その夜、丘の上の広場に無造作におかれていた大砲の砲身にまたがり、工廠からはじき出る溶接の火花を眺めながら、夕食の弁当を食べてくつろいでいたときのことだった。突然、空襲警報が鳴りわたり、

「全員、防空壕に避難せよ」

と繰り返し放送が流れた。

「俺たちは特攻帰りだぞ」

と、不遜な態度で爆撃機の爆音に耳をそばだてていたその時だった。首の後ろを怪しい風がスーッと抜けたと思った途端、真っ暗闇の上空から、竹藪をなぎ倒すような激しい風音がザーザーと鳴り、見上げた途端、頭上から投網を広げたような黒い怪物が襲い掛かってきたのだ。とっさに、

「落下傘機雷だ！」

と直感した私は、

「伏せろ！」

と大声で叫んで、全員を砲身の下に潜らせた。うなり声をあげて急降下してきた落下傘機雷は目の前の狭い湾内に落下した。

「爆発か」

と、両耳をふさいで構えたが、なかなか爆発しそうにない。恐る恐る砲身の下から抜け出し、機雷の落下点を確かめると、なんと先ほど係留した我々の艇から十数メートルしか離れていないところで渦を巻いている。あまりのことに私は気が動転して、いかに対処するか迷っていたが、機関長に促され、艇の移動にとりかかった。

震える手で艇を移動

岸壁の下に降り立つと、落下傘機雷の衝撃波で、鰹船がギシギシと軋み、カンテラが大きく上下動していた。鰹船から飛び出してきた船員から、

「何事か」

と尋ねられ、

「落下傘機雷が落ちた」

と注意を促したが、船員は胡散臭《うさんくさ》そうな顔をして、船内に消えた。

私たちは機雷に全神経を集中し、海水を含んだ重いロープを震える手で操りながら、鰹船のひしめく中を抜けて、一〇〇メートルほど離れた岸壁の桟橋下に艇を繋ぎ留めるのに成功した。

「いつ爆発するか生きた心地がしなかった」

と、みんな口々に言いながら、桟橋の上で倒れこみ、お互いの無事を確かめ合った。その夜は下宿で機雷の爆発を心配しながら、まんじりともせずに夜が明けた。

目の当たりにした惨状

翌朝、出港準備をしているときのことだった。岸壁に登った機関長が叫ぶので、後に続いて岸壁から反対側の湾内を見下ろすと、なんと、落下傘機雷が爆発して、係留中の鰹船の大半は木っ端微塵に砕かれ、大量の残骸が狭い湾内にぎっしりと浮かんでいる。あれだけたくさんあった鰹船が一隻も原形をとどめていないのだ。見るも無残な光景に、

「もし昨夜、艇を移動せずに外泊していたら」

と思うと背筋が凍った。昇進後、最初のこの任務をしっかり無事に果たさねばと気負っていただけに、この落下傘機雷の爆発は衝撃的だった。

堤防に降りると、木造の鰹船の焼け焦げた臭いがあたり一面に漂い、浮流する無数の船板に衣類やロープが絡み、落下傘機雷の爆発の大きさを物語っていた。被害を受けた船員が呆然と岸壁に立ち、鰹船の残骸を見つめていた姿が忘れられない。

あまりの惨事に、誰も口を開かず、修理を終えた測距儀を艇に積み込み、出港準備をしていたところ、舳先の海面に、ターコイズブルーの鮮やかな布切れが浮いていた。竿で引き上げると、幅一メートルあまりの軽くて強い人絹のようなもので、よく見ると、布の端が焼け焦げている。まさしく落下傘機雷の切れ端だと思い、戦利品として持ち帰ることにした。

帰りは、敵の攻撃を避けるために、日没を待って舞鶴軍港を出港し、同じ航路をとって、午後七

時過ぎに「雪風」に帰還した。

さて、持ち帰った落下傘の布切れだが、復員後、ランニングシャツを作り、勇者のシンボルとして、それを着て青年団活動に精を出した。その後、繊維会社に就職した際に、あの落下傘生地が、米国が開発した「ナイロン」という化学繊維でできており、ナイロンは戦時中にロープや電線などあらゆる分野に多用されていた事実を知り、呆然としてしまった。なぜ軍部は、あれだけの大国を相手に戦争を始めて継続し、多くの犠牲者を出したのかと思うと、元軍人として、あらためて憤懣やるかたない思いであった。

二　宮津決戦

寺内艦長との別れ

宮津では、乗組員に半舷上陸が許可された。半舷上陸とは、乗組員を半分に分け、一方が当直に残り、他方が陸に上がることで、軍指定の下宿で休養を取り、沖縄水上特攻の傷を癒した。私は縁あって、蒲鉾を商う老舗の「吉野家」にお世話になり、三人の子どもたちに囲まれて楽しい時間を過ごした。当直の際の日課は、魚雷の整備のほか、水泳訓練、成相山《なりあいさん》への強行登山で体力を鍛え、夕食後は食糧補給にとサワラ釣りに興じた。

このひとときの穏やかな時間の中にも、事件が起きた。一つは、水測室の一等水兵が深夜に脱走。そしてもう一つ、乗組員全員にとって衝撃的な出来事だったのが、「雪風」の守護神である寺内艦長が五月に舞鶴で転任され、新たに古要桂次《こようけいじ》中佐が着任したのである。これまで「雪風」の数々の幸運を呼び寄せてきた寺内艦長の退艦は、私たち乗組員にとって悲劇であり、

「これで『雪風』の強運もつきたか」

と、皆、嘆きながらお見送りした。

宮津湾に空襲

守護神を失った不安がまもなく現実のものとなり、「雪風」は再び絶体絶命の危機に直面する。七月三十日午前六時、敵の艦載機が、北陸に残存する艦艇を掃討するため宮津方面に向かったとの知らせに、「雪風」と「初霜」は臨戦態勢をとった。私は、後部機銃台で待機し、待つこと二十数分のことだった。敵機が南側の大江山の方からあらわれたかと思うやいなや、山の斜面に沿って十数機が急降下して爆撃を開始した。敵機が低く湾を目がけてきた理由には、次のような説がある。大江山付近には民家が多く、駆逐艦からの艦砲射撃が低く応戦すれば民家に被害が出る。そのため限られた仰角《ぎょうかく》（上方へ向かう線と水平面との間にできる角）でしか応戦することができないことを敵は狙ったという。

空襲開始の模様を宮津市内の妙照寺に集団疎開していた当時小学校六年生の少年はこう記憶して

いる。

だれもが眼を覚まして間なしのこととて、はやく食事になればよいのに……と思いながら、みんながお寺の縁側から眼下の宮津湾の駆逐艦を見ていた。と、その駆逐艦の艦上から突然、すさまじい光の帯が連続して吹き上がるのをみた。一瞬何ごとがおこったのかも分からなかった。だが、ほとんど同時に激しい銃砲火の発射音がきかれ、駆逐艦が空に向けて対空砲火の弾幕をはるのをみた。その直後だった。裏手の山の斜面沿いに、逆落としのようなかたちで艦載

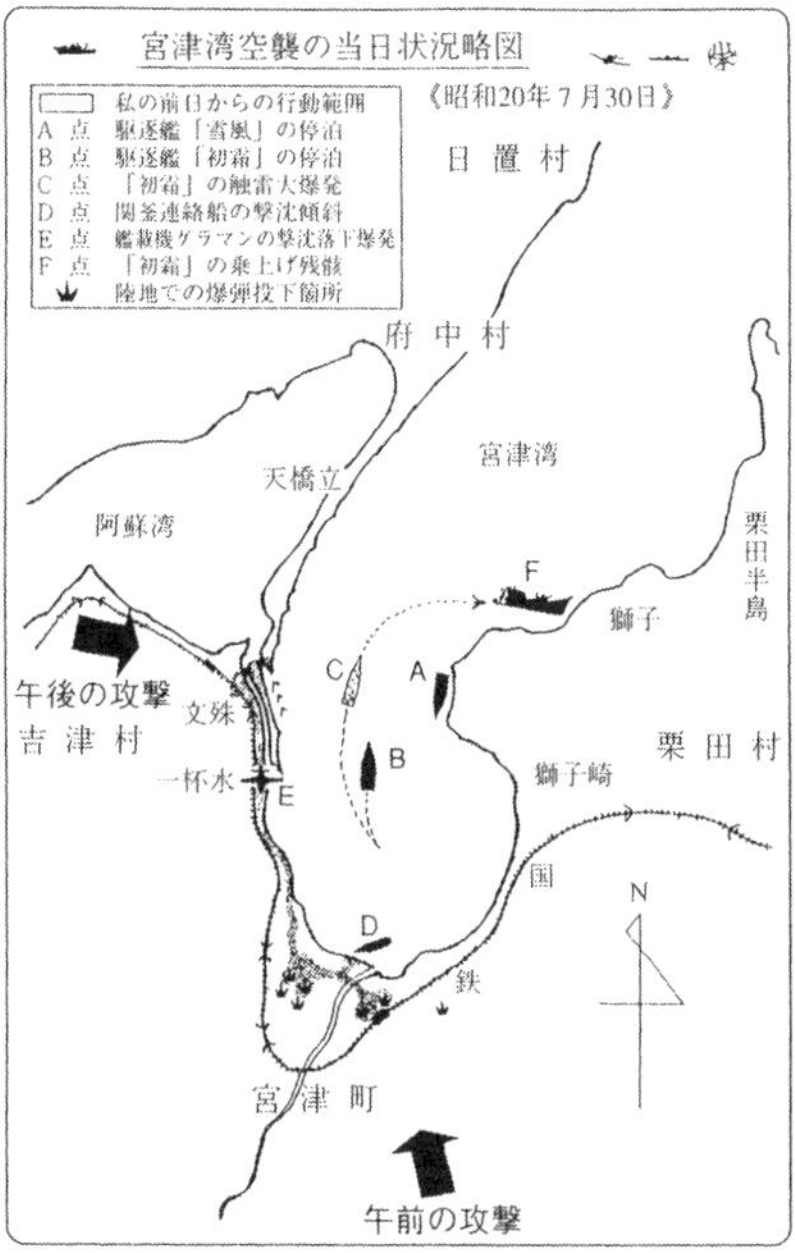

宮津湾空襲図
（『宮津市史　下巻』870頁、図28〔山本正昭「激烈だった宮津湾空襲の一日」から転載〕より）

機の編隊が急降下するのをみた。(中略)ニュース映画や少年雑誌の口絵などで戦闘の場面は知っていた。だが、今目の前にするのは本物の戦争であった。本物をみるのは、だれしも初めてのことだった。

(「妙照寺報」(平成十六年七月発行)に転載されていた『京都新聞』掲載「防人の詩」より)

「撃ち方はじめ!」

の号令の下、「雪風」と「初霜」が一斉に迎え撃つ。その轟音とともに、それまで静寂に沈んでいた宮津の街は一気に戦場と化した。

「雪風」と「初霜」は狭い湾内を必死に逃げ回りながら応戦したが、実は大変な悪条件の下にあった。それは、七月初めごろから、B29が数回、夜間に低空で飛来しては、宮津湾の入り口に機雷を投下していったのだ。目的は宮津湾の海上封鎖である。湾の入り口に機雷があるため、船は湾の外に逃げることができない。完全に袋のネズミだった。フラスコ状の狭い湾内を陸地に乗り上げないようにグルグルまわりながら、我々は狂ったように迎撃を続けた。それにしても、帝国海軍が内地のこんなに陸地に近いところで敵と戦う異常さに、職業軍人として情けなく、亡き戦友に申し訳ない思いでたまらなかった。

下宿先のおばさんが見ていた「雪風」の奮闘ぶり

これは下宿先の蒲鉾屋のおばさんの証言である。早朝の空襲警報で取るものもとりあえず、おば

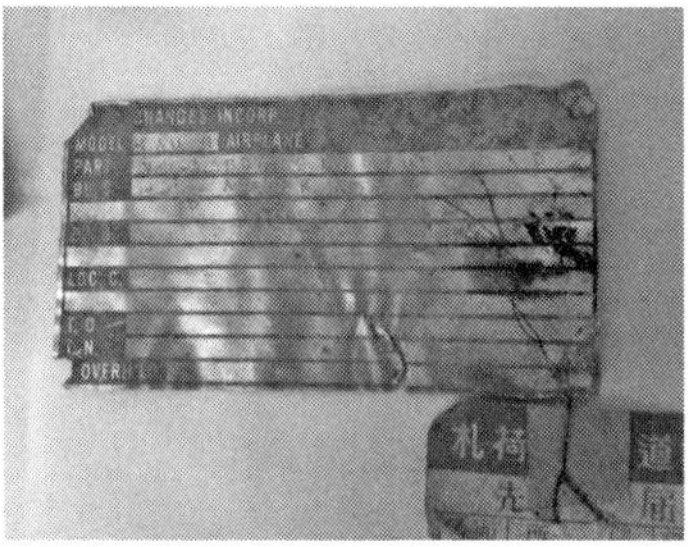

「雪風」が撃墜した艦載機のプレート
（増田精一氏提供）

滝上山から天橋立を望む
（増田精一氏提供）

さんは急いで子どもたちに防空頭巾を被らせ、宮津市街地を取り囲む山々の一つ滝上山《たきがみやま》に登った。滝上山からは宮津湾が一望できて、「雪風」の悪戦苦闘ぶりが手に取るように見えたという。皆、身を震わせ、子どもを抱きしめながら、激戦の行方を見守った。キーンと異様な爆音を轟かせ、垂直に急降下した敵機は、「雪風」に爆撃の雨を降らせ、あわや「雪風」に突っ込むのかと息をのんだ瞬間、機首を上げて、翼を翻して飛び去った。一方、「雪風」が撃ちあげる無数の弾丸の火花がキラキラと敵機へ集められ、まさに食うか食われるかの決戦にハラハラ、ドキドキしながら、「雪風」の武運を一心に祈ったという。「雪風」が撃墜した敵機一機が、黒煙を引きながら天橋立方面へ墜落していくのを見て、皆、一斉に、

「万歳！　万歳！」

と叫んで、喜び合ったそうだ。

三回目の攻撃が最も激しく、「雪風」の艦影が水柱の中に見えなくなり、

「あっ、だめか、沈没か……」

と、心臓が張り裂けんばかりの思いで見守っていると、「雪風」が

水柱をかき分けて颯爽と現れ、皆、我が事のように、

「よかった！　助かった！」

と、喜んでくれたという。

重傷の電測士に注射を打つ

持ち場は後部機銃だったが、戦闘の合間には、救護などにも駆り出された。診療所に負傷者を運び、さあ、急いで戦闘部署に戻らねばと歩き出したときのことである。沖縄水上特攻で私の左腿に荒療治をした丸山に呼び止められた。

「奥のソファーに重傷の予備少尉がいるから、背中にこの注射を打ってくれ」

と、無理矢理に注射器とガーゼを渡された。早く持ち場に戻らねばと気が焦ってはいたが、断り切れず引き受け、苦しむ負傷者の間を縫って、予備少尉のところへ行った。少尉はうつ伏せになってウーウーと呻き、背中から胸部にかけて深い傷があり、背骨が白く浮き上がって見える状態だった。海兵団で応急処置法を習ったが、実際に苦しむ人間を前にすると状況は全く異なる。ただ、不安と精神的な重圧の中で、

「少尉、大丈夫ですか」

と声をかけるのが精いっぱいだった。血に染まった顔をよく見ると、着任間もない電測士で、船が揺れるたびに、ドクドクと血が噴き出し、もだえ苦しんでいた。鮮血に濡れた少尉の背中を抑え込

み、丸山の指示通り、患部を消毒し、船の上下運動に合わせて注射針を打つタイミングを計った。

船が下降し始めたときを狙って、背中に、

「ブスッ」

と太い注射針を刺した途端、

「ドーン」

と至近弾が破裂し、その反動で注射針が根元から、ポキンと折れたのである。

「しまった！」

と慌てて折れた注射針を抜き取ろうとするが、針は体内へどんどん入っていく。焦りと不安が錯綜し、ただ、おろおろしていると、

「戦闘配置につけ」

のブザーがけたたましく鳴り渡った。診療所は騒然となったが、そのとき軍医長も看護兵もおらず、茫然自失の私は、

「少尉を見守るか、見殺しにするか」

の二者択一を迫られた。結局、私は少尉をそのままにして、戦闘部署に戻った。

生存者名簿に発見した名前

それからというもの、少尉を見殺しにしたことが脳裏から離れず、ずっと、良心の呵責に苛まれ

てきた。

終戦から四年後の昭和二十四（一九四九）年春、「東京雪風会」から生存者名簿が送られてきた。懐かしい戦友を思い浮かべ見入っていたところ、戦死したはずの少尉の名前が記載されているではないか。

「まさか」

と名前をもう一度よく確かめると、まさしく彼だ。

「生きていたのだ！」

天にも昇る思いがして、そのときが私にとっての本当の終戦だった。

戦争という極限の殺し合い行為の中で、自身の意思に反して戦友をも死地に追いやってしまう場面がある。その重い十字架を生涯背負い、寡黙に生きていかねばならない元兵士が大勢いるという事実を、今を生きる人たちに知ってほしいと願ってやまない。

「雪風」にもロケット弾

午後四時過ぎ、敵は一斉に引き上げていった。戦いが終わった宮津湾の上空は、砲煙が黒く散り、天橋立は硝煙で霞んでいた。岩谷助手と真っ赤に焼けた機銃の銃身を海水で冷やし、空薬莢を片付けていると、小舟に乗った漁師たちが船に近づき、爆弾で海面一杯に浮かび上がった魚を必死に掬い取っていた。

「危ない、近づくな！」

と、再三注意したが、彼らも必死で、離れようとしなかった。

一方的に不利な戦いであったから、船の各所に無数の破口ができたが、幸い大事にはいたらなかった。実は、「雪風」の前部の食糧庫にロケット弾が命中した。ところがこれが不発弾で、「雪風」はここでも奇跡的に幸運の女神に助けられた。だがこの決戦で機銃の福田兵曹が戦死し、重軽傷者は二十数名にのぼった。他方、「初霜」は機雷に触れて大爆発を起こし、獅子崎《ししざき》の浅瀬に乗り上げた。第十七駆逐隊で生き残ったのは、とうとう「雪風」一隻となってしまった。


この米軍の艦載機による宮津湾への爆撃は、湾内だけでなく宮津市内にも及び、宮津駅とその周囲が爆撃されたほか、市内の桜山公園の丘の上に建設中だった大防空壕の周囲に爆弾が落ち、防空壕の一部が落盤した結果、子ども四人が犠牲となり、宮津空襲によって十五人の一般市民が亡くなった。また、舞鶴では二十九日の空襲で海軍工廠を爆弾が直撃し、学徒らを含む九十七人が死亡し、更に三十日にも攻撃を受け八十三人が亡くなったという。

機雷原を突破して伊根へ

宮津決戦はこうして終わったが、ほっとする間もなく、さらなる恐怖が待っていた。握り飯にかぶりついていると、突然、新任の古要艦長から艦内放送があった。

「我々は明日以降、敵と戦う燃料がない。よって今夜のうちに機雷原を突破し、伊根村岸壁に船を偽装したうえ、本土決戦に備えることにした」

このあまりに唐突で意外な命令に唖然とする中、「雪風」は宮津湾を出港した。下宿先で子どもたちと過ごした楽しい思い出と、惨憺たる戦闘が繰り広げられた宮津の灯がどんどん遠ざかっていった。

途中、獅子崎の浅瀬で座礁した「初霜」が、艦首を海岸に突き出して黒々と横たわっていた。沖縄水上特攻から無傷で生還した「初霜」の最期の姿である。静かに小波が打ち寄せる艦影を月光が照らしていた。私たちは、「初霜」に最後の別れを告げ、機雷原を目指した。「初霜」は、戦後しばらく宮津湾に擱座《かくざ》した姿をさらし、『日本海軍史』第七巻によれば、「初霜」が引き揚げ、解体されたのは、昭和二十三〜四年のことだった。

艦長は、機雷原突破を前にして、

「全員上甲板に集合」

の命令を下した。不安を胸に戦闘部署を離れた乗組員たちが上甲板に集合し、万が一の機雷爆発に備え、砲台や機銃台などの高い所に登って待機した。灯火管制で真っ暗闇、咳一つ聞こえない静けさの中、ただ、かすかに聞こえるのは、パシャ、パシャと砕ける波しぶきと、足元でコットン、コットンと心地よく回転するタービンの音のみ。すると、

「おい、西崎、大丈夫だろうなあ」

宮津湾で座礁した駆逐艦「初霜」
（資料提供：大和ミュージアム）

という声がして、ディーゼル発電機室の責任者で私と同じ三重県出身の佐波《さわ》兵曹が、不安顔でいつのまにか横に立っていた。

「そっちこそ大丈夫か？」

「まあ、十分くらいなら」

本来、発電機の責任者が持ち場を放棄したら懲罰ものだ。つまり、艦長は人命を第一に、前代未聞の盲目航行を決行したのだった。私は佐波以上に不安で、「機雷が爆発したらどのように脱出するか」ばかりを考えながら、暗闇の海面をじっと睨んで待機していた。

突然、後部甲板に波しぶきが舞い上がり、「全速」のエンジンがかかると、「雪風」は機雷原へ突入した。

「いよいよ突破か」

と思うと、心臓が高鳴り不安が重くのしかかってくる。静かな暗闇の海を船はしぶきをあげて突進する。私は船の支柱につかまり、一方の手で、出征するときに母が首にかけてくれたお守りを握りしめ、一心に機雷原の無事突破を祈った。

それから十数分後、

「機雷原突破」

の知らせに、張り詰めていた緊張の糸が切れて大きく息を吐きだした。隣にいた佐波兵曹がいきなり油まみれのごつい手で握手を求めてきて、

「いやあ、怖かった」

とお互いの無事を喜びあった。

平成二十五（二〇一三）年の春、私は家族と共に宮津と舞鶴を旅した。その際、私は自分の爪を少し切って小瓶に入れ、宮津の海に流してきた。マリアナ沖海戦、レイテ沖海戦など太平洋での海戦を生き抜き、沖縄水上特攻からも生還した私だが、風光明媚な丹後の海で私はいつ死んでもおかしくない状況にあった。本来ならば、宮津の水底に沈んでいる運命にあったのではという思いがずっとあり、それに区切りをつけるための私なりの儀式であった。そして、「雪風」で戦死した戦友、それぞれの海で亡くなった「海軍特別年少兵」に対し、申し訳なさと、いつも心は共にあるという気持ちを表したかったという意味合いもある。

三　伊根で終戦を迎える

偽装作業開始

船は伊根村の接岸場所に近づいていた。接岸の準備をしていると、暗闇の彼方から甘酸っぱい若葉の匂いがしてきたなと思ったら、突然、前面に岸壁が立ちはだかり、船は大きく面舵を切った。すると、暗闇の中から、微かな灯りが左右に振られ、船を接岸場所へと誘導した。おそらく村役場の職員だったのだろう。船は樹木をなぎ倒しながらゆっくりと接岸すると、休む間もなく偽装作業が一斉に行われた。

事前に申し合わせたとおり、砲術科は樹木の伐採、水雷科は漁網の買い付けというように、科毎に役割を分担して、翌朝までに、全長一一八・五メートルの「雪風」を枝葉で偽装する徹夜の作業が行われた。

漁網買い付け班の私は、岸壁の中腹で班員と合流すると、真っ暗闇の山道を降り、伊根村の漁業組合長さん宅を訪ねた。途中、坂道の中腹で、大八車に家財を山積みにした一団と遭遇し、

「この深夜に何事か」

と尋ねた。すると、

「こんな田舎に軍艦を横付けするから、明日には必ずB29がやってきて爆撃される。だから今夜

「雪風」が接岸した場所
（平成 30 年 9 月　日出地区より編者撮影）

のうちに隣村の親戚へ引っ越しするんだ」
と先頭の老人が言うと、
「そうだ、そうだ、お前らのせいだ！」
と、すごい剣幕で別の男が叫んだ。国のために命を懸けて戦っている軍人にとって、あまりにも意外な罵声だったが、釈明の余地はなく、肩身の狭い思いでその場を通り過ごした。

伊根村の舟屋は森閑と寝静まっていた。狭い裏道を通り抜け、漁業組合長さん宅に伺うと、深夜にもかかわらず、ご厚意で必要な量の漁網を買い付けることができた。帰り道、民家の軒下をのぞくと、破れ障子の向こうには、家財が散乱し、慌ただしく引っ越していった様子がうかがわれた。時局とはいえ、「雪風」の接岸で漁民に多大な迷惑をかけていることに、とても心が痛んだ。

帰艦すると、すでに砲術科が伐採した樹木が山積みされており、さっそく買い付けた漁網を船全体に被せて全員で枝葉を網目に刺し、船と岸壁の間には、孟宗竹を植えるなどして、完全に偽装を終えたのは朝の四時を過ぎていた。

思えば、早朝に敵の空襲にあい、狭い宮津湾内をグルグル回って交戦したあと、湾口の機雷原を突破して伊根村岸壁に接岸、ただちに船を偽装するなど、実に二十時間以上に及ぶ悪戦苦闘の長い

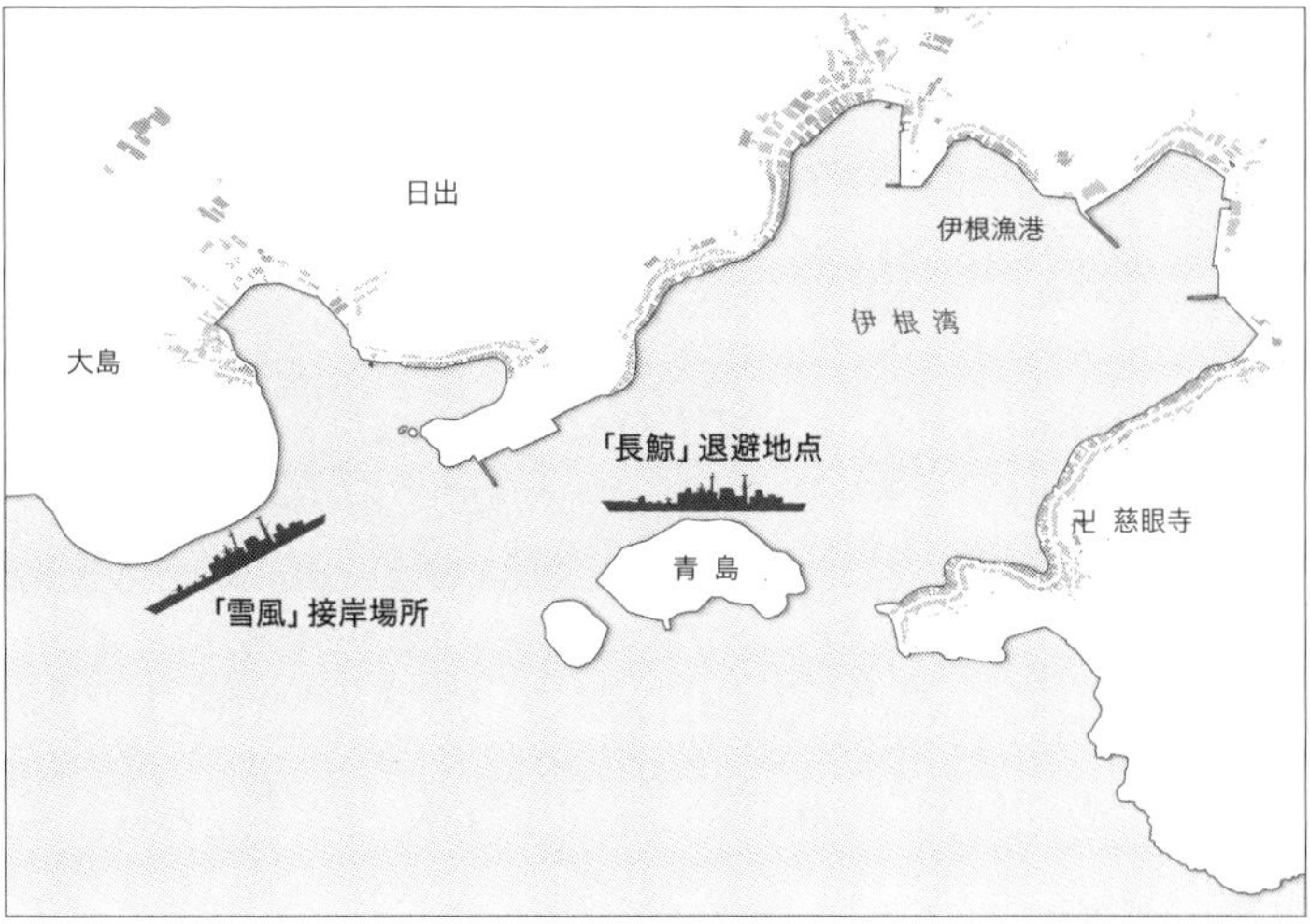

伊根関連地図

一日であった。夜食に好物の汁粉が出たが、あまり食べられず、朝露に濡れた甲板で死んだように眠った。

重苦しい空気を破った機関科班長の檄

朝の冷気で目覚めると、そこはジャングルの中だった。漁網にさした枝葉の間からキラキラと金色に輝く外海をのぞくと、目と鼻の先に潜水母艦「長鯨」が停泊しているのに驚いた。不思議なことに人影はなく、幽霊船のようであった。「長鯨」は、七月二十九日に舞鶴から伊根に回航して投錨していた。そして翌三十日、伊根湾も空襲に遭う。「長鯨」は艦橋に爆弾が命中し、繰り返された爆撃や機銃掃射で多数の犠牲者を出し、その後、伊根湾に浮かぶ青島の湾内側で樹木などによって偽装された。「雪風」も同じ運命である。開戦以来、太平洋を機略縦横に戦いながら、燃料不足から伊

「雪風」の接岸場所から青島方面を望む
（平成30年9月編者撮影）

根の岸壁で偽装し、陸上砲台を構築して本土決戦に備えるという異常さだ。

　ともあれ、陸戦隊員として屈辱的な艦内生活が始まった。朝食前に貴重な真水一リットルを洗面器にもらい、歯を磨き、吐き出す汚水で歯ブラシを洗い、石鹸で洗顔した後、甲板上に散らばる枝葉を踏みしめて居住区に戻ると、すでに朝食がはじまっていた。機関科、電機科、水雷科などの歴戦の勇士たちが、苦虫を噛み潰したような顔で朝食をとっていた。麦飯は砂を噛むようで味気なく、寡黙に呑み込んでいると、重苦しい空気を破って、機関科の班長が口を切った。

「俺たちは、今日から陸に上がったカッパ同然だ。あれほど、米海軍から、『海の狼』と恐れられていた『雪風』がこのていたらくだ」

と嘆き、

「あとは本土決戦で結末をつけよう！」

と、全員の士気を鼓舞した。機関科班長の言葉であるだけに、それは全身に響くものがあった。

　ここで機関科の仕事について、ぜひ記しておきたい。機関科は、船の心臓部である缶《かま》、機械、電機を担当する部署だ。戦闘中も直接に敵と戦うことなく、ひたすら裏方として、太陽の光が届かない水面下の船底で船を支える。当時、日本海軍の艦艇のほとんどが蒸気タービンを原動力としていた。艦の前進後進はもちろんのこと、魚雷発射管や大砲の旋回、発光信号や探照灯などあらゆる電源が蒸気であり、この蒸気を作り出しているのが、機関科の缶部であった。重油を焚いて高圧高温の蒸気を作るのだから、室温は四十度近くになる。ただひたすら船底の高温の部屋で缶を焚いて作りだされた蒸気は、機関科の総指揮所がある主機械室に送られる。ここで蒸気はタービン翼に吹き付けられて一分間に数千回タービン軸が回転し、推進器が回転する。

主機械室の後部には、補機電機室があり、舵取機械、発電機、冷凍機、蒸留器等が設置されている。発電機に何かあれば、艦内は真っ暗闇になり、砲塔や魚雷発射管の旋回もできなくなってしまうのだ。戦闘中も戦況はわからず、どこの海面を走っているかさえも詳細には知らされない。艦上で繰り広げられる戦闘を黙々と船底で支えるのが機関科の任務である。敵の攻撃を受けた際に脱出することは困難を極め、高温の蒸気が通うパイプが破損でもすれば、即死はまぬがれない。いかなる状況においても、汗と油にまみれながら、ただ黙々と自分たちの任務を全身全霊で遂行していたのが機関科だった。

機関科と居住区が同じだったこともあり、無口な彼らの忍耐力と横の絆に結ばれた戦友愛に、私は日頃から敬意を払っていた。男が男に惚れるとはまさにこういうことをいうのだろう。縁の下の力持ちとして船を支え続けてきた機関科班長の檄に、彼らとともに本土決戦を戦い抜こうと私は心に誓った。

「抵抗はやめろ、船は丸見えだ」

重油が不足して電気がつかず、近くの神社の電線から電気をひっぱってきて当座をしのいだ。肝心の偽装に使った枝葉は、炎天のため一日で茶褐色に変色してしまい、毎日駆り出されては小枝を差し替える始末であった。

伊根村に接岸して三日目から、山頂に砲台を築く作業が始まった。皆、シャベルを手にして、半裸になって力仕事をしていると、空襲警報が鳴り、敵機の急襲に艦内は騒然となった。戦う武器はなく、身を守ることが精一杯の有様で、幹部たちは右往左往と逃げ回り、退避の命令さえ出ない混乱ぶりである。

「雪風」と共に戦うことを信条とする私は、急いで戻って魚雷発射管の持ち場から上空を見上げると、小型飛行機が翼を左右に揺すりながら、宣伝ビラを撒いて飛んで行った。ビラを拾うと、わら半紙にたどたどしい字でこう書かれていた。

「抵抗はやめろ、船は丸見えだ」

その悔しさといったら、まさに切歯扼腕《せっしやくわん》だったが、もはや抵抗する術はない。三日前に徹夜で偽装した労苦がすべて無駄だったことに、激しい憤りを感じた。だがそれでもなお、「本土決戦」には神風が吹き、最後の勝利は我が軍にあると私は信じていた。

真空の長い一日――八月十五日

私は昭和天皇を一度だけ間近に拝したことがある。それは小学生のときのことだ。昭和天皇が伊勢神宮をご参拝の際に、先生の引率のもと、私たちも徒歩で、南志摩と伊勢を結ぶ古道を行く逢坂越えで伊勢神宮まで赴き、行幸を拝観したのである。当時は鹵簿《ろぼ》拝観といった。行列を前に、皆、むしろにひれ伏していたのだが、

「現人神《あらひとがみ》とはどんな顔をしているのだろう」

という恐れ多い好奇心を抑えられなくなった私は、ひょこっと顔を上げてしまった。現人神のお顔はよくわからなかったが、勲章をたくさんつけた軍服姿が通り過ぎて行った。その後、私は先生にこっぴどく怒られてしまった。

真夏の太陽がじりじりと照りつける昭和二十年八月十五日の正午、全員が前甲板に整列して、天皇陛下の玉音放送を聞いた。初めて耳にする天皇陛下の声は、雑音が多くてよく聞き取れなかったが、要は、

「終戦を告げる詔書だ」

と説明があった。

日本軍が無条件で降伏するなど到底考えられない私は、天皇陛下が、

「一億国民が一丸となって本土決戦に備えよ」

と、激励のお言葉を述べられたものと解釈した。そう解釈することしかできなかったのである。居住区に戻ると、そこは敗戦の真偽で騒然としていた。「玉砕」は知っているが、「全面降伏」がどのようなものか全くわからない。

「神州不滅（神国である日本は不滅の意味で、軍部のスローガンにされていた）が負けて、何が不滅だ！」

ど怒鳴る者、

「悔しい……」

と、嗚咽する同年兵。収拾のつかない混乱の中、私は、全身の毛孔がそそり立つ思いだった。

アジアを解放するための聖戦だと信じて敵と戦ってきたことが、一瞬にして崩れ去ったのである。「海軍特別年少兵」として海軍に入り、天皇陛下の命令でこれまで敵と戦ってきた。本土決戦の最後まで戦えと命じながら、突然の無条件降伏である。私はこのとき、天皇陛下に裏切られたと思った。私は自らの命をかけて守るべきは、家族であり故郷であると純粋に信じて敵と戦ってきただけに、何の前触れもない一方的な無条件降伏は、あまりにも理不尽で、亡き戦友や亡き父、そして苦労を重ねている母に申し開きができないと思った。

「本当のところはどうなんですか」

と部下に詰め寄られ、暗号長に電報を見せてもらいながら説明を受けた。広島と長崎に新型爆弾が落とされて多くの市民が亡くなり、東京をはじめ主要都市のほとんどがB29の焼夷弾で焼き尽くされ、人々は火の海に追われて河川に逃れ、多数の死体がマグロのようにゴロゴロと浮かんでいるという。

海の上で戦っていた私たちは、陸上で何が起こっていたのか知らなかったのだ。私は敗戦を確信した。

あのとき、頭の中が真っ白になり、明日から何をどのようにして生きていけばよいのか、全くわからず、昭和二十（一九四五）年八月十五日は、息詰まるように長い、真空の一日であった。ただ印象的であったのは、抜けるような青空と、明日から戦争がないという解放感であった。

終戦から二日後、「雪風」の偽装は取り壊され、再びその雄姿をあらわしたが、私はさほど感情はわかず、むしろ、凄まじい爆撃の嵐の中、血まみれになって戦っている自身の悲壮な姿を幻想していた。何もすることがなく空虚な生活が続く中、艦内には流言が飛び交った。軍の将官等は戦争犯罪人として絞首刑にされ、下士官以下は去勢、婦女子は占領軍に暴行されるなどと噂され、私は舞鶴の山奥に脱走しようと真剣に考えた。また、「雪風」が日本海軍唯一の優秀艦として米国で一般公開されるなどの話に、官費で米国に行ければと期待したが、これも敗戦のどさくさ話に終わった。

機密書類の焼却を任される

徴募兵から順番に復員が始まる。復員兵には班長から些少の餞別金が支給され、「駆逐艦『雪風』と共に戦った名誉と誇りを忘れるな」と言い交わし、固い握手をして別れた。ところが、大半の乗組員が復員しても、私には何の沙汰もない。流言に浮足立ち、早く家に帰りたいとイライラしていたところ、水雷長からこう命じられた。

「おい、西崎、残務整理を手伝え。船にある機密書類を一切焼却せよ。おまえに任すから一人でやれ」

私はまだ軍籍にある身だから、命令に逆らうわけにいかない。風呂敷包みを担いで、「雪風」が接岸していた場所の裏山に入り、山頂の窪地を焼却場所に定めた。ここなら村の方から煙が見えないだろう。機密書類はとても一度で運びきれる量ではなく、「雪風」と裏山を何度も往復した。

著者が書類を焼却した伊根の接岸場所の裏山
（平成30年9月編者撮影）

作戦指令に暗号の解読書、そして乗組員の人事関係の記録などを焼くということは、「雪風」の歴史、私たちの生きた証を灰にするということだ。穴を掘り、「軍秘」、「人秘」の朱印が押された書類の一切合切を入れて火をつけると、ぱちぱちとはじける音を出しながら、めらめらと燃え上がる。それは亡き戦友たちの無念の炎のようであり、

「お前はこの期に及んでもまだ軍部に協力するのか」

と、私を問い詰めていた。

全て焼き終わるまでに半日ぐらいかかっただろうか。最後にまだ熱を持った灰の山に水をかけ、跡が絶対にわからないように土を戻し入れて足で踏み固め、その場を後にした。

告白すれば、ただ一つ、どうしても焼却処分することができなかったものがある。書類の中に、私は自分の考課調査票を発見したのだ。考課調査票には、海兵団と水雷学校での成績から、家族構成、勤務評定などが細かく記載されている。私は自分自身を火に投じることはできず、そっと懐に忍ばせた。

終戦後、様々な場所で様々な公文書が燃やされたという。それから七十年以上を経た現在でも、公文書を巡るいわゆる不祥事が世間を騒がせている。

あの夏、伊根の山の中で、私は焼却処分ということの意味を深く考える余裕もなく、一人黙々と命令を遂行していた。

「雪風」時代は生涯の誇り

その後、「雪風」と潜水母艦「長鯨」は、舞鶴軍港で武装解除された。舞鶴に回航途中、機雷の危険区域を突破する先行艦に「雪風」が決まり、機雷が爆発しないかと、ひやひやしながら突破した途端、後続の「長鯨」の舳先で機雷が爆発し、間一髪で難を逃れるということがあった。最後の最後まで、「雪風」は、幸運に恵まれていた。艦隊型駆逐艦の完成形といわれた陽炎型駆逐艦十九隻（昭和十四年〜十六年竣工）、そしてその改良型である夕雲型駆逐艦十九隻（昭和十六年〜十九年竣工）のうち、終戦まで生き残ったのは「雪風」のみである。昭和十八年十一月三十日の朝に「雪風」に乗り組んで以来、最後まで、護衛の飛行機がつくことはなく、陸、海、空の横の連携は皆無であった。

戦争には負けたが、「雪風」とともに幾多の海戦に参加して、私は最後まで生き残ることができた。「雪風」の稀有な強運をもたらしたものは、寺内艦長の優れた操艦術と、それぞれの持ち場で使命を全うする乗組員の気概と豊富な戦歴、そして固い戦友愛であると思っている。さらにもう一度ここで強調したいのは、「雪風」の強運は、太陽の光が届かない船底において、室温四十度の部屋で黙々と蒸気をつくり、機械を動かし、電気をつくる機関科員のチームワークのとれた働きによって支えられていたということである。縁の下の力持ちである機関科の任務について、表に華々しく語られることはほとんどない。だが、居住区を同じくして、彼らと身近に接してきた者として、寡黙に、懸命に、己の使命を全うしていた機関科員の働きを私は声を大にして讃えたい。

幸運にも「雪風」に乗艦し、よき上官に恵まれ、乗組員一丸となって思う存分、任務を遂行できたことを私は生涯の誇りとしている。

コラム〈西崎氏ゆかりの地を訪ねて 5〉

宮津市民の目から見た宮津空襲

平成三十年九月に宮津を訪ねた。三回目の宮津だったが、この地に立つといつも安堵感に包まれ、心身の凝りがすっとほぐれる心持ちになる。「平和」を体現しているような宮津湾の穏やかな眺めの中に、艦載機の襲撃に二千トン級の駆逐艦が右往左往する戦いを想像することは難しい。

思いがけなく、宮津空襲について地元の方のお話を伺う機会に恵まれた。真心のこもったおもてなしの宿・高島屋さんにお世話になったが、若女将・中井やよいさんに、今回の旅の目的をお話ししたところ、長年にわたって宮津空襲について研究しておられる古川輝夫さんと増田精一さんにアポイントを取ってくださったのである。

古川さんは昭和二十年当時、六歳。両親と兄弟五人の七人家族で、お父様は栗田《くんだ》の航空廠に勤務していた。空襲はまだまだと思われていた宮津でも、空襲警報が度々聞かれるようになり、空を見上げると、爆音が聞こえない高いところを飛行機がキラキラ光りながら飛び、その光景は怖いというより綺麗だったと古川さんは振り返る。それは初めて見たB29だったという。

昭和二十年七月二十九日の夜中にサイレンが鳴る。増田さんが体験者から聞き取った話によれば、その夜、何か「パン」と弾ける音がしている。それは落下傘機雷が投下されてパラシュートが空中で開く音だったという。B29による機雷投下により、「雪風」らは湾内に封じ込められたのである。

翌三十日の朝から、飛行機の大きな爆音が、

「ガラガラガラガラ」

と、古川さんの家を揺らし、

「タタタタ、ダダダ、バリバリ」

と、機銃掃射の物凄い音に家族皆、耳を塞いでいたという。いつもと違うサイレンの音が鳴り響き、鉄兜を被った警防団のおじさんがメガホンを片手に、

「空襲！　空襲！　空襲！」

と大声で町内に触れ回っていた。古川さんのお母様がこう言った。

「今日は桜山の防空壕は満員やから、家にいよう」

家にも防空壕があったが、二人用で家族全員が入ることはできない。

「死ぬときはみんな一緒や。布団の中に潜れ！」

と、お母さんが大きな声で子どもたちに言い聞かせると、部屋の真ん中に大きな布団を出してくれて、一斉に皆その布団に潜り込んだそうだ。

しばらくして、古川さんは用足しに行く。部屋に戻ってくるとき、突然、

「ギューンガラガラガラ」

と、米国の戦闘機が家の真上を急旋回しながら飛んできた。そのとき、戦闘機の操縦席に、飛行帽を被り大きな飛行眼鏡をかけた操縦士を古川さんははっきりと見た。戦闘機は両隣の屋根の空間を塞ぐくらいに大きく、六歳の古川さんはなぜか怖さが吹っ飛び、その光景に釘付けになっていたという。

「輝夫！　何しとる！　早う布団に戻れ！」

と、お母さんが大きな声で怒鳴り、はっと我に返った。

戦闘機が暴れまくっているとき、屋根の上で

「カラカラコロコロ」

という音が盛んにしていたそうだ。空襲警報解除になって外に出てみると、五センチほどの鉄がちぎれたような破片やら、銃弾の薬莢が道路のあちこちに散乱していた。

「今日は桜山の防空壕は満員やから、家にいよう」

古川さんは、この母の一言で命拾いをしたとしみじみと語ってくれた。完成間近だった桜山の防空壕付近に爆弾が投下され、防空壕の一部が落盤して子ども四人が犠牲になっている。増田さんによれば、桜山はもともと江戸時代から埋め立て用の土取り場に利用されたところで、地盤が柔らかく、爆弾の振動で壕の天井が落盤したのだろう。犠牲になった四名の中には、東京から疎開していた少年、少女も含まれていた。桜山防空壕近くでも爆弾の直撃で二名が亡くなっている。犠牲者の肉片が遠くまで飛び散り、電線に一部がぶら下がっていたという話を六歳の古川さんは耳にして、

食事が喉を通らなくなったそうだ。三十日の夜、古川さん一家は近くの寺に避難して、さらなる空襲で宮津の街が焼かれてしまうのではと戦々恐々としていたが、その夜は何事もなく過ぎた。

市内のお寺には、都会などから子どもたちが集団疎開していたが、六十余人の学童が宿泊していた妙照寺には、機雷に触れて爆発した「初霜」の犠牲者十五人の遺体が運び込まれ、棺が本堂の縁側に並べられた。この時の様子が、「妙照寺報」（平成十六年七月発行）に転載されている「防人の詩」（『京都新聞』掲載）に詳しく記されている。三十一日の朝、遺体はお寺から運び出され、そのあとの縁側の掃除が子どもたちに任された。雑巾で拭いたが、棺からにじみ出ていた血のりのようなものが縁側の板にしみ込んでおり、拭いても拭いても取れなかったそうだ。そのシミは、今も消えることなく残っている。子どもたちの目撃談によれば、棺は山側の道路わきの小さな平地で井桁状に組み上げられ、茶毘に付されたという。その後、お寺で葬儀が行われた。

戦闘中の駆逐艦の兵士の姿を宮津の市民はしっかりと目に留めている。増田さんの聞き取りによれば、執拗に急降下爆撃と射撃を繰り返す艦載機に対し、撃たれて射手が負傷しても、艦上の機銃は誰かが撃ち続け、艦載機が飛び去るまで鳴りやむことがなかったという。そして、駆逐艦の水兵が、米軍の機銃掃射を受けながらも、船の舳先にて手旗信号で他艦へ連絡をとっていた様子も目撃されている。

また、古川さん、増田さんのお話によれば、この早朝から夕方まで繰り返された空襲は、「ランチタイム」といわんばかりにお昼の時間帯にぴったり止んだという。

古川さん、増田さんとお別れしてから、どうしても滝上山から宮津湾を一望したくなり、急遽予定を変更して歩きだしたのだが、途中、七月に西日本を襲った豪雨による落石のため、工事中で行き止まりになってしまった。お二人にお話をうかがったのは、宮津を離れる二時間前のことだった。それまで宮津空襲は、「雪風」の視点でとらえていたが、旅の最終になって、思いがけないことに、宮津空襲が突然私の前に立体的な姿を現したのだった。

コラム〈西崎氏ゆかりの地を訪ねて 6〉

「雪風」が終戦を迎えた伊根を歩く

日本の三大ブリ漁場の一つであり舟屋の風景で有名な伊根へは、宮津から丹後海陸交通バスに乗り、約一時間。途中、天橋立元伊勢《もといせ》籠神社《このじんじゃ》を過ぎてまもなく、バスは海岸線を走る。あれは舞鶴だろうか、遥かに靄の帯した青い山々が白い海面に浮かび、片や国道一七八号線の山側には豊穣の景色が明るい。

「常世《とこよ》の国に来たのでは……」

と、息をのむ風景が伊根へと続く。

伊根湾めぐり・日出《ひで》のバス停で降りると、「雪風」が停泊していた場所に近い。

「雪風」運用科所属だった豊田義雄氏が『激動の昭和　世界奇跡の駆逐艦雪風』に寄せた手記に、伊根で「雪風」が接岸した場所が手描きの地図で示されている。

日出地区の南側、伊根湾に半島のように張り出したところだ。ここには、天正年間に千賀氏の山城・大島城があったという。日出の遊覧船乗り場から深い緑色の湾を左手に徒歩で約十分、人の気配は全くなく、波が打ち寄せる音のみの静寂の中、右側に鬱蒼と迫る山に吸い込まれそうな心持ちになる。枝葉で偽装した「雪風」と西崎氏たち乗組員がここで終戦を迎えたのだと思うと、万感胸に迫るものがあった。

この場所の正面には、青島が浮かぶ。椎の原生林に深々と覆われ、蛭子《えびす》神社を頂く聖なる島だ。自由に立ち入ることは許されず、枯れ枝たりとも島から持ち出してはならないと言い伝えられている。湾南側にあるこの青島により、伊根湾は風波の影響を受けにくく、湾内は穏やかで、舟屋が守られているのだという。『伊根町誌』によれば、この聖なる青島には、昭和十八年、舞鶴軍港を防衛するために、南側沖に向けて魚雷発射場が建設され、島の頂上に監視所を設けて警備にあたったという。だが、この魚雷発射場は一度も使用されることなく敗戦を迎え、戦後に爆破されて、今は突堤のみがその名残をとどめている。

「雪風」の接岸場所（左の突端あたり）
（平成30年9月　日出地区より編者撮影）

西崎氏は、昭和二十年七月三十一日の朝、目覚めると目と鼻の先に潜水母艦「長鯨」が、幽霊船のような姿で停泊しているのに驚く。三十日の空襲で大打撃を受けた「長鯨」は青島の湾内側に避難していた。伊根大空襲の様子は、『伊根町誌』に詳しい。その部分を引用してみよう。

昭和二十年七月三十日午前六時すぎ、空襲警報とほとんど同時に、米軍艦載機グラマン三機が青島裏の南方上空より飛来し、伊根湾内の立石沖に停泊中の潜水母艦「長鯨」（五一六〇トン）に対し、三発の爆弾を投下し機銃掃射をあびせかけ、そのうちの一発の爆弾が司令塔に命中し、大爆音と共に司令塔がくずれおちた。

「長鯨」が伊根湾内に入港したのは、前日の七月二十九日夕刻、舞鶴より廻航し投錨していた。このときに湾内には潜水艦も一隻入港しており、後日「長鯨」乗組員の語るところによると、爆撃が行われたのは、この潜水艦からグラマン機に対し発砲したことが直接の動機となり、「長鯨」に対する攻撃が始まったといわれる。潜水艦は発砲すると海中に姿を消したが、「長鯨」に対するグラマン機の空襲は、その後約二時間ごとに六回襲来し、米軍艦載機グラマン四五機が一五機ごとの編隊を組んで、くりかえし攻撃を加え、午後五時過ぎごろまで延べ二〇〇機以上に及んだと数えられている。一番激しかったのは午後二時ごろから三時ごろの空襲で、グラマン機が低空で襲いかかり、爆弾と機銃掃射をあびせかけ、山は鳴り、家は揺れ、伊根湾内は機銃の嵐と爆弾の水柱が立った。それに反撃して「長鯨」からは、八センチメートル高角砲二基と、一四センチメートル連装砲二基により迎え打ち、激烈な戦闘がくりかえされたのである。

現在の伊根の風景に、このような戦闘を重ね合わせることはいくら想像力を働かせても難しい。「長鯨」の約四〇〇名の乗組員中、一〇五名が戦死し、約一〇〇名が負傷した。深い緑色をした湾が真っ赤に染まり、黒鯛、スズキ、コノシロなど無数の魚が海上一面に浮いたという。「長鯨」の犠牲者は数日間にわたって荼毘に付され、耳鼻《にび》地区の慈眼《じげん》寺に安置された。慈眼寺には、長鯨戦没者英霊之碑が立っている。

『伊根町誌』によれば、この伊根大空襲については、当時、軍の命令で秘匿された。唯一、当時の記録として、伊根小学校の七月三十日付の学校日誌に、日直の教員から校長への伝達事項として、「注意、艦ノ被害状況等ニ就テハ一切口外セザル様周知セシメラレタシ」とのみ書き残されている。

慈眼寺から青島と「雪風」の接岸場所を望む
（平成 30 年 9 月編者撮影）

慈眼寺へと向かう途中の伊根の町並み
（平成 30 年 9 月編者撮影）

伊根の舟屋の風景
（平成 30 年 9 月編者撮影）

私は何故かだいぶ以前から伊根の風景に憧れ、訪れたいと思いながらもなかなか叶わなかった。しかし今回、このような形で伊根を旅することができて、長年心にしまわれてきた感情がこうして繋がったということに不思議な感動を覚えている。小さな一つ一つの出来事、脈絡もなく湧き上がる思いにはしっかりと意味があり、あとで予想だにしない物語に続いているのである。人生は奇跡の連なりである。

第七章　別れと始まり

一　「雪風」は「復員輸送船」に

「雪風」に残る

戦後、「雪風」は「復員輸送船」として、海外からの引き揚げ業務を担うことになる。私は、「雪風」に残る道を選んだ。もちろん母の待つ故郷へ早く帰りたいという気持ちはあった。しかし、当時は、職業軍人はＧＨＱに嫌われているから就職先は見つからないといわれており、そして何より「雪風」の運命を見届けたいという思いが強かった。

引き揚げ輸送に携わった艦船は、興安丸、高砂丸ほか多数の船舶と、「雪風」ほか駆逐艦、海防艦、それに米軍から貸与されたリバティ型輸送船（第二次大戦中に米国が大量に建造した戦時標準船で、連合国の海上輸送に大きく貢献した）などで、約一年間にわたり東南アジアを中心に引き揚げが行われた。伊根で空襲を受けた潜水母艦「長鯨」も復員輸送に従事している。

私は「雪風」の甲板長を命じられ、引揚者を内地へ送還する統括責任者となる。主な兵器を撤去し、引揚者用のハウスを仮設した「雪風」は、昭和二十一年十二月まで約十カ月間、中国の汕頭《スワトウ》、胡蘆《ころ》島（五回）、パプアニューギニアのラバウル（二回）とポートモレスビー、バンコク、ゴーシチャン、沖縄（四回）から、十五回にわたって、軍人軍属と一般人、一万三〇五六名を内地へ送還した。ラバウルからの引き揚げの際には、絵がとても上手な人が乗っていると乗組員のあいだで話題になった。平成二十七（二〇一五）年に九十三歳で亡くなった漫画家の水木しげる氏である。後年、水木氏の作品が一世を風靡し、水木氏の戦争中のご苦労を思い、大変感慨深いものがあった。

真の勇者の友好

引き揚げ業務で心に刻まれた出来事は多々あるが、真の勇者の姿に感動したエピソードが二つある。一つは、汕頭から、陸軍将兵八二五名を受け取った際のことで、中国側より、米二十俵と野菜の缶詰などトラック一杯の食糧援助を受けたのである。その理由は、双方の軍司令官が日本の陸軍士官学校の同期生という偶然から、戦時中は一発の銃弾も撃たず、終戦を迎えたのだという。この日中双方の軍司令官の友愛と固い絆に、私は強く心を打たれた。

また、ポートモレスビーで連合国軍から、日本軍の義勇兵として戦った台湾の高砂族の将兵二四四名を受け取った際のこと。私と同年代の高砂族の隊長から、

「日本の国体護持は大丈夫ですか？」

「天皇陛下はお元気ですか？」

と尋ねられ、私は一瞬、戸惑いを覚えるほど驚いてしまった。彼らは戦いの最前線に送られながら、引き揚げは最後になってしまったにもかかわらず、敗戦後の日本の主権を思いやり、天皇陛下を心から案じているのだった。日本人以上に日本を思うその心遣いに、私はひどく感激した。彼らはオーストラリア軍の捕虜になっていたが、日本の敗戦により、戦勝国中国の兵隊として解放され、ラバ

ウルで、水木しげる氏をはじめとする日本の陸空軍の傷病者一〇三二名と交換となって下船する。彼らとの別れは、胸を熱くするものがあり、忘れ難い。彼らの一人が、拾った椰子の実でナイフを器用に使って煙草盆を作り、それを友好の記念にと別れ際に私に手渡してくれたのだった。

また、これはあとで聞いたことだが、ポートモレスビーで彼らは短波放送を通じて、日本国内の食糧事情が悪いことを知り、果物などの食糧を土蔵にためておき、「雪風」に乗り込む際に、それを日本の人たちに少しでも役立ててほしいと提供してくれたという。

これらの話は国境を越えた友好の美談として末永く語り継ぎたい。

悲惨を極めた満洲からの引き揚げ

他方、悲惨を極めたのは、葫蘆島からの引揚者であった。零下何十度という酷寒の中、満洲平野を彷徨し、幾日と屋根のない貨車に乗せられて、やっとの思いで「雪風」が横付けする葫蘆島の桟橋広場にたどり着いたものの、突然現れたソ連軍兵士と八路軍（中国の抗日運動期に華北で活動した中国共産党軍）兵士に女性が暴行されるという事件が起きた。甲板責任者として私は強く抗議したが、

「日本軍から受けた暴力の報いだ」

と反発され、引き下がらざるを得なかった。

子どもを背負った少女、栄養失調の少年、大きな風呂敷を持った老人、丸坊主の婦人など、疲れ果て、汗と埃にまみれた引揚者たちが次々と乗船手続きを取った。

「雪風」乗組員は、引揚者の心をなんとか慰めようと、「特別輸送艦ゆきかぜの歌」を作詞作曲し、「雪風楽団」を作るなどして慰労に努めた。しかし不安にさいなまれた引揚者たちは、乗船後も私たちを八路軍の兵士だと疑い、なかなか心を開かず、日本人だと信用されたのは、博多に入港後、ノミ駆除剤のＤＤＴを頭から散布し、引揚証明書を交付した時だった。

言い尽くせぬ苦難の道を乗り越えてきた引揚者たちを迎える故郷の風景は変わり果て、厳しい食糧事情や様々な苦労が待ち受けているだろう。せめて「雪風」の強運にあやかって、たくましく生き抜いてほしい、幸多かれと心の底から願って、船を下りる引揚者たちを見送ったものである。

このように辛い思い出の多い葫蘆島からの引き揚げだったが、希望の光が射した出来事もあった。葫蘆島から博多へ向かう途中、艦内で男の子が誕生し、艦長が名付け親となって「博雪」と命名された。また、葫蘆島に入港した際、偶然、郷里の親友の西尾利良君が乗り組む練習船「日本丸」が停泊しており、五年ぶりの再会に、手旗信号でお互いの健闘を称え合った。

引き揚げ当時の葫蘆島
（舞鶴引揚記念館所蔵）

再びのシンガポールで

「雪風」に乗艦して間もない頃、私は船団を護衛してシンガポールに赴いたが、引き揚げ業務で再び彼の地を訪れた際、変わり果てた二つの光景について記しておきたい。

シンガポールで陸軍の将兵二百余名を受け取ったところは、二年前に勝ち誇った気持ちで見物した日本軍の捕虜収容所だった。二年前は英国人とオーストラリア人の捕虜が収容されていた。

もう一つ、私の宗教観に大きな影響を与えた衝撃的な光景が、昭南神社だった。昭南神社は、シンガポールを占領した日本軍が建立した神社で、天照大神を祭神とする、それは立派な神社であった。恭しく参拝したその昭南神社が、二年後にはすっかり破壊され、ぺんぺん草が生え、子どもたちの遊び場となっていたのである。このあまりに変わり果てた光景を前にして、神様というのは、こんなことになってしまうのかという思いが湧き上がってきたのだった。

カルチャーショック——友好的だった連合国軍の将兵

捕虜引き渡しで立ち会った連合国の将兵らは、勝者としての驕《おご》りは微塵もなく、友好的だった。初めて接した進駐軍兵士は、背と鼻がバカ高く、目玉は青、毛むくじゃらの腕に入れ墨をして、パリッとアイロンの効いた軍服を着ていた。欲しがるものは、歌麿の浮世絵に北斎の富士山、そして芸者の絵葉書。その大きな体を仰ぎ見て、

「こんな連中を相手にして戦争に負けたのか」

と思ったら、情けなくて、屈辱感にさいなまれた。

しかし、通訳を介して深く接するにしたがい、実に陽気で、日本人とさほど変わらぬ人間性に気づき、疑心暗鬼が晴れていった。そして別れ際に、友好のしるしにと、キャメル煙草と携帯食を私に差し出し、毛むくじゃらの大きな手で握手を求めてきたときは、はじめて強いカルチャーショックを受けた。

十カ月間にわたる引き揚げ業務は、敗者としての屈辱感を味わわされたが、それ以上に学んだものは、真の勇者としての友情と絆、満洲引揚者らの忍耐力と前向きに生きようとする意志などである。そして、軍国主義に徹底的に洗脳されてきた私が、連合国軍の兵士たちの民主的な姿に接して受けたカルチャーショックは、復員後の生き方に大いに役立ったといえる。

二　「雪風」との別れ――戦時賠償艦として中華民国へ引き渡す

最優秀艦に選ばれる

復員輸送業務を終えた「雪風」は、昭和二十一年十二月三十日に特別保管艦に指定され、翌二十二年五月には、連合国武官の艦艇査察において、モデル・シップ（最優秀艦）に選ばれる。各国の査察官から、

「敗戦国の船でありながら、これほどまでに整備された船も珍しい」

昭和22年2～3月頃（浦賀）の駆逐艦「雪風」
（資料提供：大和ミュージアム）

と称賛され、まさに「雪風」の有終の美であった。

そして昭和二十二年六月、「雪風」は中華民国に引き渡されることが決まる。

私は、諸兵器の引継ぎ技官として、上海での引き渡し式典に参加することになった。

上海で兵士らの態度に驚く

昭和二十二年六月二十六日、横須賀港を出港した「雪風」は、佐世保を経て、七月三日に上海江南ドック埠頭に横付けする。ドック埠頭広場は、敗戦国の最優秀艦を一目見ようと騒然としていた。午後一時、軍楽隊が吹奏する中、上海市長はじめ軍関係者ほか来賓多数が、「雪風」に乗り込んで艦内をくまなく見物した。上海市長は、クーニャン（中国の若い女性）三人を同伴していた。来賓のなかには、ピカピカに磨き上げた甲板に唾を吐く者、土足であちこちを荒らす者など不埒者が多く、私は憤懣やるかたない思いで案内役を務めた。戦争には負けたが、「雪風」を心から愛し、その戦歴を誇る者にとって、あまりにやりきれなかった。
主砲の引継ぎの際も同様で、十数人の兵士らに通訳を介して、主砲の構造、取り扱いなどを説明するが、真面目に聞いてはもらえない。彼らの視線は、私が左腕に着けていた父の形見の腕時計に注がれ、値踏みをして架空売買している有様で、呆れ果ててしまった引継ぎだった。

対照的だったソ連兵士

対照的だったのがソ連兵士である。「雪風」の引き渡しの後、駆逐艦「春月《はるつき》」、「桐」をソ連の賠償艦としてナホトカ港で引き継いだ際のことだ。ナホトカの町は閑散としていて、野豚がごみ箱をあさっていた。共産圏は階級や搾取のない社会的に公平な国だと聞かされていたが、真の姿は甚だしい格差社会のように思えた。

ナホトカ湾口でソ連将校の水先案内人を待っていたところ、乗り込んできたソ連将校は、真新しい軍服に長靴を履き、胸にピカピカの勲章をたくさんぶら下げて、高慢な態度で案内をした。一方、実際に引継ぎを受ける兵士らの服装といえば、垢と油にまみれた軍帽に作業服、破れた靴から親指がはみ出ているほどの貧相な恰好であった。しかし引継ぎとなると、みすぼらしい服装の兵士たちは、納得がいくまで聞き直し、細い竹筒に刺した短い鉛筆を舐めながら、説明されたことを古新聞の余白にぎっしりと書き込んでいた。ソ連兵士の勤勉さに驚くとともに、戦勝国でありながら、戦争による経済的疲弊で、ソ連国内が混乱と困窮にあることを実感させられた。

「雪風」よ、永遠なれ！

さて、七月六日、上海の江南埠頭で行われた「雪風」の引き渡し式典は、上海市長をはじめ、来賓多数が参加するなか、厳粛に行われた。「君が代」が吹奏され、日の丸の旗がマストからするすると静かに降ろされていくのを仰ぎ見ながら、この旗の下で生き抜いてきた日々が次々と蘇り、

「『雪風』よ、永遠なれ！」

と、私は最後の別れの言葉を贈った。

賠償艦の引き渡しは四十八時間以内に完了しなければならない。各部署の引継ぎを終え、私たちは米軍のリバティ艇に乗り移った。その途端、中華民国側から、

「発電機が起動しない」

という信号があり、急遽、電機科の技官が「雪風」に戻り、電気を点灯するというハプニングが起きた。

「あとあと大丈夫だろうか……」

と、皆、心配しながら港を後にした。マストに青天白日旗（中華民国国旗）が翻る「雪風」は、徐々に遠ざかっていく。米軍のリバティ艇の艦橋から私たちはじっと見つめていたが、誰も言葉を発しなかった。「雪風」はその後、「丹陽《タンヤン》」（赤い太陽）と改名され、中華民国海軍の旗艦として活躍する。

太平洋戦争の数々の海戦、そして戦後の引き揚げ業務と、戦中戦後を通して「雪風」と共に戦い

抜いた私は、戦時賠償艦としての引き渡し業務を全うして、「雪風」の行く末を見届けることができた。男冥利に尽きる、これが「雪風」と私の物語である。

米軍艦艇の科学的装備に度肝を抜かれる

濃霧の東シナ海に出ると、リバティ艇の艦長から艦橋見学が許された。昨日までの敵に心臓部を公開する艦長の度量の大きさに敬服すると同時に、その画期的な科学的装備に度肝を抜かれた。濃霧の東シナ海を航行中だったが、艦橋にはわずか二人の兵士がレーダーを見ながら、接近する他艦の位置や方向をとらえ、事前に衝突を回避する操作をして、艦長に報告しているのである。これに対し、我が日本海軍の回避方法といえば、他艦が接近すると、鐘と銅鑼をガンガン打ち鳴らして、自分の位置を相手の船に知らせるという、日露戦争以来の旧態依然の方法だった。思えば大竹海兵団当時、

「これからの戦争は科学戦だ」

と教えられたが、すでに米軍は太平洋戦争で、科学戦を実践していたのだ。我々はまさに「井の中の蛙大海を知らず」であり、ひたすら大艦巨砲主義を信じ、最後は神風と精神力で勝利するものと洗脳されて戦ってきた結果が、無条件降伏という悲劇であったのだ。科学と物量を武器にした米国という大国を相手に戦争を始め、無謀な作戦を継続させて多くの犠牲者を出した日本の愚行を思い知らされた瞬間だった。

三　復員

復員服姿に浴びせられる罵声

駆逐艦「桐」をソ連へ引き渡して一連の戦後処理を終えたのを機に、私は船を下りることにした。船に残ってほしいと言われたが、早く故郷の母に会いたいという気持ちが募っていたので、浦賀から夜行列車で故郷を目指した。昭和二十二年、二十歳の秋のことである。

車内は食糧の買い出しの人と復員軍人でごった返していた。ただ、予想外に、乗客の顔は明るく、皆、戦争を忘れようとしていることがうかがえた。ところがその一方で、車窓の風景には、戦争の傷跡が至るところに見られた。空襲で崩れたままの建物、焼け野原に立ち並ぶバラック、そして駅前の闇市には大勢の戦災孤児たちが大勢たむろしており、白衣の傷痍軍人が道端に募金箱を置いて物乞いをする姿に、身につまされる思いがした。

復員服にリュックサックを背負い、車両の連結部分に新聞紙を敷いてうずくまっていると、乗客の一人から、こう罵倒された。

「お前ら軍人のせいで俺たちがどれだけ苦労させられたかわかるか！」

もちろん腹が立ったが、私は寝たふりをして耐えた。間違った戦争であっても、私は正しいと信じ、使命感をもって戦った。だが負けてしまったのだから、生き残った私は何と罵られようと仕方がない。それでも、運悪く亡くなってしまった戦友たちまでをも否定しては、人の道に反するという思いがあり、情けなさと悔しさに身体が震えたが、耐えるしかなかった。

翌朝、五年ぶりに故郷の鵜方駅に立つ。歓喜の声で見送られた駅舎は、空襲を受けて荒れ果ててしまっていたが、やはり感慨無量だった。

「敗戦を正面からしっかりと受け入れて、一から出直しだ！」

と、心に強く誓って、我が家へと一歩を踏み出した。

途中、すれ違いざまに不良少年から、

「特攻崩れが今頃帰ってきた」

と罵られたが、

「俺は敗残兵なんだから」

と自分に言い聞かせて我慢した。前を向くしかないと歩みを進めたが、道行く人たちから、声には出さずとも、冷たい視線を感じる家路だった。

母の言葉に救われる

五年ぶりの懐かしい我が家の玄関に立つ。

「ただいま帰ってまいりました！」

と、挙手の敬礼で力強く挨拶すると、母が裏口から怪訝そうな顔を出した。しばらく私の頭のてっ

ぺんから足の先までじろじろ見て、やっと、

「信夫か？」

と言った。

「そうであります」

と軍隊調に答えると、母は目に涙をためて、

「よう生きて帰った……」

と私の体をさすって迎えてくれた。十五歳で出征し、その後、幾多の戦場を経験してきた私である。人を殺すと人相が変わるというが、母にとって、五年ぶりの息子はすっかり別人の顔をしていたのだろう。

「負けてこのざまだ」

と私が言うと、

「なあに、生きて帰れたのだから、十分、お国のためにご奉公ができた。世間様に何も恥じることはない」

この母の言葉に私は救われ、生きて帰ってきたことをはじめて実感した。そして命ほど尊いものはないということを思い知らされた瞬間だった。

あらためて母を見つめると、戦場で一日たりとも思わぬことはなかった懐かしい顔一面に、戦争の労苦がにじみ出ていた。熱いものがこみあげて私はそれ以上言葉にならず、私の腕をさすり続け

る母の手を固く握り、心の中で何度もつぶやいた。

「五年前の約束、ちゃんと守ったよ」

さっそく座敷に上がって仏壇のご先祖様と神棚に帰還報告をし、その夜は、母が自慢の五目飯で復員祝いをしてくれた。二人の兄も無事に復員していた。兄たちと肩を並べて酒を酌み交わすということがなんとも嬉しく、

「ああ、俺は本当に生きて帰ってきたんだ。生きているというのは、なんて楽しいことなんだろう！」

と、高揚感が体の芯からわきだしてきたのを今もはっきりと覚えている。

「戦争の自慢話はしないように」

復員の翌日、母からこう釘をさされた。

「銃後（直接は戦闘に携わっていない一般国民）も戦地の兵隊さんと同じように敵と戦ったのだから、戦争の自慢話はしないように」

母は苦労人だったので、母の言葉には非常に重みがあった。私の身近にも、戦争未亡人になった者、一人息子が戦死した家、長男が戦死して次男が兄嫁と結婚した家があった。

私が出征する前は、戦死者が出ると盛大な村葬儀が行われていたように、戦時中は兵士の死は「名誉の戦死」として家族に伝えられ、戦死者の家は「誉の家」などとよばれた。しかし、私が復員した頃には、遺族が遺骨を役場の裏口で受け取り、身内でひっそりと葬儀を済ませるようになってお

り、いくら負けたとはいえ、戦争で亡くなった人たちを懇ろに追悼することもできないような世間の変わり身の早さは、私にはどうしても納得がいかなかった。

連日、ラジオの尋ね人の番組では、いまだ帰らぬ兵士や引揚者、離ればなれになった家族の消息について放送していた。

母の陰膳

五年ぶりの我が家には、懐かしい匂いと、つつましく丁寧な母の暮らしが変わらずにそのままあった。ただ、竈《かまど》の上に、見慣れない果物籠がかかっており、それがなんとも意味ありげな風情で気になった。見舞いに持っていく果物の盛り合わせを入れる持ち手の長い籠だ。

「これは、なんだい?」

と兄に尋ねると、こんな答えが返ってきた。

「母さんが俺たちのために、その籠に陰膳をすえていてくれたんだよ。お前が帰ってくる日まで、ずっと続いていたよ」

陰膳とは、出征した人や旅に出た人が、食べることに困らずに無事であることを祈って、留守宅で供える食膳のことである。母は、戦地に送り出した息子三人の無事を祈り、厳しい食糧事情の中、毎日の食事を取り分け、近所からもらい物があったときなどもその籠に入れていたという。そういえば出征中に受け取った姉からの手紙に、

「毎日、お母さんが陰膳をすえて、無事を祈っています」

と書いてあったことを思い出し、

「ああ、これがそうだったのか」

とあらためて母の深い愛情を思い知ったのだった。

若い時から苦労続きで、学校に通うこともままならなかったが、母は知恵を身に着けた人だった。母の知恵と愛情に私は育まれ、生かされたのだと、齢を重ねるごとに思いをあらたにする。私たち息子三人とも無事に復員したことが、母への何よりの親孝行になったと思う。

父と慕った長兄

ここで長兄のことについて記しておきたい。大正二（一九一三）年生まれの長兄は私より十五歳年上で、早くに父を亡くした私は、長兄を父親のように慕ってきた。徴兵検査に甲種合格し、昭和九（一九三四）年に満洲のチチハルで現地入隊。その後帰国するも、日中戦争が始まるとすぐに召集されて中国大陸を歴戦した。昭和十四（一九三九）年に帰国し、呉海軍工廠に勤めるが、昭和十九（一九四四）年一月に再召集されて再び中国大陸で戦い、モンゴルで終戦を迎える。次兄は終戦後まもなく復員したが、長兄の消息はわからず、もうだめなのではないかと家族はたいそう心配したそうだが、昭和二十一（一九四六）年の節分の日に突然帰ってきたという。その後は、農業と養豚に従事し、とにかくよく働いた。

長きにわたり、中国大陸の曠野を歩兵として戦ってきた長兄は、「生きる」ということに、人一倍強い執念をもっていた。

「あの無謀な戦争で死んでいった若い戦友たちの悔しさを思うと、一日でも多く長生きすることが、無事に帰ってきた者のせめてもの責務だ」

私にきっぱりとこう言ったことが忘れられない。七十三歳のときに脳梗塞を患い、晩年、私のところに遊びに来た際に、絆創膏をいっぱい貼った両足をさすりながら、

「中国大陸を何百里と歩いてきたのだから、少しぐらいではくじけない。九十歳までは生きるのだ」

と自分に言い聞かせるようにして、手押し車につかまりながら帰っていく後ろ姿に、何とも言えない兄の執念を感じた。

平成十二（二〇〇〇）年の春、

「桜が咲く頃、遊びに行く」

と、私に約束してから三日後、兄は心不全で突然逝ってしまった。死に目に会うこともできず、私は強い衝撃を受けたが、兄はあくまで健やかな面影を私たちにとどめておきたかったのだろう。最後まで強い意志を貫いて死んでいったように思う。享年八十七歳。脳梗塞で倒れてから十三年、長寿を全うすることができたのだから、戦友への償いは十分果たしきったと私は思う。

沁みついた海軍生活の習慣

宇賀多神社の鎮守の森をはじめ、故郷の風景に身を置くことは、戦争から戻った私にとっての禊だった。しかし、五年にわたって身に沁みついた海軍生活の習慣は、おいそれとは身体から離れなかった。例えば、家の階段だ。駆逐艦をはじめ艦艇の甲板をつなぐ階段であるラッタルはひどく急こう配で、海軍の生活は駆け足が基本であるから、かなりのスピードで上り下りしていた。駆逐艦乗りの私と潜水艦乗りの次兄はその癖が抜けず、我が家の二階に続く階段を「ダダダダッ、ダダダダッ」と、勢いよくラッタルの調子で駆けていたものだから、あるとき母に、

「そんな乱暴に階段を上り下りすると、階段が壊れるから、もっと静かにしなさい」

と、いい年をした青年二人が母に叱られてしまった。

また、海軍生活で何より貴重なのが水であり、真水のありがたさは骨身にしみている。毎日、洗顔と歯磨き用に一リットルの真水が配給されるのだが、歯磨きのとき、最後に歯ブラシを洗うのに真水は使わず、口をゆすいで吐き出した水で洗っていた。さて家に戻れば、真水に困ることなどないのだが、どうしてもこの習慣が抜けなかった。そしてやはり母に、

「ちゃんときれいな水で洗いなさい」

と注意される始末であった。さすがにこの歯磨きの際の癖はとれたが、今も水に対する特別な思いは変わらず、水の無駄遣いだけはどうしても許せない。

ある詐欺事件

留守中の積もる話を母や兄たちからいろいろ聞いたが、妙な事件が起こっていた。

ある日、私の上官だと名乗る男が突然訪ねてきたという。我が家は貧しいながらも下にも置かないもてなしで、特に潜水艦乗りだった次兄は大喜びして、海軍の話に花を咲かせた。そしてとっておきの布団を出して一晩泊めて、帰る際には、米、味噌などの食糧をもたせたそうだ。ところが、もう男が去った後だったが、母は何かピンとくるものがあり、男を泊めた部屋のタンスを調べてみた。すると、母がへそくりを入れていた財布がない。よくよく調べてみると、なんとタンスの裏側に空っぽの財布が放り込まれていたという。

その男は、終戦間近の宮津で脱走した一等水兵だった。実は私が故郷に帰る際、鳥羽の駅で偶然に彼を見かけている。彼は列車から降り、私は乗るところだった。確かに目が合ったのだが、彼はさっとそ知らぬ顔で足早に人混みに消えていった。後に戦友から聞いたところによると、詐欺にあったのは私の実家だけでなく、「雪風」乗組員宅の方々で同じようなことをしていたらしい。

誇り高い「雪風」乗組員として、本当に哀しい出来事である。戦後のどさくさに、このような詐欺は、少なからずあったのだろう。戦争によってぎりぎりのところまで追い詰められ、戦後は誰もが生きることに必死だった。まして彼は脱走兵だ。実は、母が「何かおかしい」とピンときた理由は、彼を寝かせた布団のシーツに、血が点々とついていたからだという。おそらく疥癬《かいせん》で皮膚を掻きむしった血だろう。相当ひどい生活をしていたと思われる。私の家族をまんまと騙し、母が苦労して貯めたものまで取っていったのだから、もちろん許しがたい所業である。しかし、あの海兵団時代の原村野外演習での出来事も頭によぎり、そして何より、共に「雪風」と戦い生き抜いた仲間である。怒りというよりも、私は彼が哀れでたまらなかった。

ある朝、MPに連行される

復員しても職はなく、毎日ぶらぶらしながら過ごしていた。生きて帰った喜びが、生き残ったことへの罪悪感にだんだんと蝕まれ、友人たちとメチルアルコールを飲んで憂さを晴らす日々が続いた。

そんなある朝、突然、玄関前にジープが止まる。白抜きで大きくMPと書かれた青い鉄兜を被った米国の憲兵が、どかどかと土足で座敷に上がり込み、私を有無をも言わせず強引に連行したのである。行先は三重県庁で、即刻、取り調べが始まった。理由は、私の小学校の同窓会名「黒潮会」が、旧海軍士官の結社名と同じであったことから、同窓会長の私が調べられたのだ。幸いすぐに疑いは晴れ、その日のうちに釈放された。だが、帰れといわれても、何も持たずに引っ張られたのだ。県庁がある津から鵜方まで歩いて帰れというのかと抗議して、電車賃だけはもらった。それにしても全く馬鹿げた話である。

また、こんな出来事もあった。友人がシベリア抑留から復員する際、友人の両親から、

「GHQの監視が厳しいから、二つ手前の磯部駅で下車させて、人目につかないように夜遅くに

家に連れてきてほしい」

と頼まれ、別の友人と二人で迎えに行き、無理矢理に磯部駅で下車させて、深夜に彼の実家に連れて帰った。

シベリア抑留者の帰国に関し、「共産主義者」の帰還を危惧したＧＨＱは、思想調査や身辺調査を徹底して行い、元抑留者たちは、ソ連からの帰還者であることを隠して就職するということが多々あったという。鵜方の田舎までも、ＧＨＱの監視の目は厳しかった。ＧＨＱは、戦後、職業軍人と左翼がかった学校の先生やインテリを徹底して嫌い、公職から追放したため、鵜方にも大学教授や高校の先生たちが蟄居していた。

四　新たな人生が動き出す

農業共済組合に就職

ＧＨＱの占領政策で唯一国民に歓迎されたのが、農地改革だろう。これにより、我が家が米相場に失敗して手放した田畑を、二十年ぶりに買い戻すことになった。

私は偶然、この農地改革に関わることになる。職もなく、兄の子どもたちの子守りと、読書三昧の日々を送っていたとき、友人から農地改革に伴う田畑の測量を手伝わないかと誘われた。国家の大事業である農地改革に、若い血がたぎり、その話に飛びついた。

翌日から、測量士の友人を中心に、農地委員会の古老が立ち会い、郷土の農地をくまなく測量し、雨の日は、測量図面を引くなど、貴重な経験を重ねた。古老からは、父祖伝来の土地にまつわる様々な歴史を聞き、郷土愛を深めることになった。

私がこの仕事を始めた背景には、こんな心境もある。幼い頃からの親友の森本隆治君は、少年戦車兵として陸軍にいたが、終戦後すぐに復員して青年団の団長になっていた。久しぶりに再会すると、彼の口からは、「民主主義」、「自由主義」、「カルチャーショック」などの言葉が次々と飛び出してくる。ついこのあいだまで海軍生活が続いていた私にはよく理解できず、隔世の感を禁じ得なかった。復員時期に二年のずれがある重みを痛感し、

「このままぶらぶらしていたら、置いてきぼりにされてしまう。しっかりしなければ」

という思いが湧き上がっていたところであったのだ。

この測量の仕事が縁で、私は鵜方町長に認められ、新たに設立される農業共済組合の初代書記に採用され、町役場で働くことになった。この就職に一番喜んでくれたのはもちろん母だ。

「くわえ煙草をして威張って歩いたりしないこと、公僕として働くこと」

など、細かく母から戒められ、新たな人生のスタートを切った。仕事は、会計事務からあらゆる分野を担当し、自転車で方々を駆け回る毎日となった。この自転車には、ちょっとしたエピソードがある。私の仕事用に職場で買ってもらったのだが、他の部署の人たちが勝手に乗り回すようになり、すっかり汚くなってしまった。しゃくにさわって一計を案じ、毎日ピカピカに磨き上げたところ、

誰も使わなくなった。

また、当時は青年団運動が全国的に盛んで、森本君が団長を務める青年団に私も副団長として入団し、戦争で廃れた青年団活動の再建と構築に励んだ。集落別対抗の運動会に道路の普請、地芝居（田舎芝居）の開催、植林事業、桜まつりに盆踊り大会、働きながら学ぶ青年学級の開校など、様々なことに力を尽くしたものだ。地芝居は連日熱心に練習を重ね、それにより青年団員の絆が一層強くなった。特に、鵜方に新しくできた劇場有楽館のこけら落としに、集落別で競演した芝居は大好評で、私は副団長として司会をつとめた上に、「金色夜叉」に女装で出演し、拍手喝さい、大爆笑を得た。

二十一歳の高校生

昭和二十三年、三重県で新制高等学校の発足により、我が町に高校の誘致が持ち上がり、私も率先して誘致活動に関わった。その甲斐あり、同年八月一日に三重県立鵜方高等学校（昼間定時制普通課程）が開校することになった。私は将来のため、高校卒業の資格だけは取っておきたいと思い、町長に相談したところ、入学を許可され、晴れて最年長二十一歳の高校生として二年生に編入学が叶った。

それからの生活は、朝七時から九時まで役場で勤務し、その後、高校で授業を受け、午後三時から九時まで再び役場で働き、夕食後すぐに就寝、朝四時に起床して授業の復習という日課が続く。

大竹海兵団で訓練中は、戦争に行くのにどうして普通学が必要なのかと疑問に思いながら学んでいたが、高校に入って数学、国語、理科、歴史、地理など、どの科目も新鮮な気持ちで向き合い、勉強は楽しかった。生徒の中には、私と同じように戦地から戻ってきた青年もいて、すぐに親しくなった。

地元出身であることと、最年長という理由から、私は生徒会長に選ばれ、県主催の諸行事に率先して参加した。なかでも思い出深いのは、三位に入賞した県の弁論大会だ。ふすまに障子張りの大日堂という建物を校舎として、鶉方高校がつましく開校した当時のことを話したように思う。また、終戦後、進駐軍によって紹介され急速に広まったスクエアダンスの講習会では、女性と手をつないでドキドキしたものだ。こうして久しぶりに仕事と勉強の充実した生活を送り、女性に心ときめき、ときめかれたりということもあり、カチカチの軍国主義者も、徐々に民主的なものの考え方を身につけることができるようになっていった。

それから

昭和二十六年春、高校卒業を機に、農業共済組合を退職して上京し、地元出身の代議士の私設秘書として働いた。終戦から六年経っていたが、横浜などはまだ焼け野原が広がっていた。この頃が、私のように一旗揚げようと地方から東京に出ていった人が一番多かったのではないだろうか。戦後の日本社会が様々に変化していく節目の時期だったと思う。

意気盛んに飛び込んだものの、政治の世界はどうしても肌に合わず、長居はしなかった。権力に対する根っからの反抗心に嘘はつけなかったのだ。繊維会社などでの勤務を経て、定年後は、いったん故郷に戻り、高齢者が生きがいをもって健康に社会参加することを目的にした「みえ長寿社会大学」の第八期生として、学ぶ喜びを再び味わった。

母との別れは、私が四十五歳のときに訪れた。母は鵜方の家で病の床に伏し、もう危ないかもしれないという連絡を受けて東京から故郷に急行した。一度は持ち直して、私はいったん東京に戻ったのだが、再び故郷から、早く帰るようにと連絡がくる。母は私の到着を待っていてくれた。

「信夫が帰るまでは死ねない」

と、病床で繰り返していたという。

母は最期に、

「これは、お前が使いなさい」

と、分厚い封筒を私に手渡した。東京に出てから二年ほど経った頃からだろうか。生活に少し余裕が出てきたので、私は毎月、母に仕送りを始めた。二十年くらい続いたことになる。ところが、母はそのお金を全く使うことなく、そっくりそのまままずっとタンスにしまっていたらしい。私が復員する前の例の詐欺事件で、へそくりをすっかり持っていかれてしまったあのタンスにである。

享年八十五歳。十四歳で嫁ぎ、様々な苦労の中、九人の子供を育てあげた母は、末っ子の私にひたすら深い愛情を注いでくれた。

かもめの水兵さん

みえ長寿社会大学を卒業してから、五年にわたって地元で様々なボランティア活動を行い、高齢者施設を手伝ったことがある。草むしりや庭木の剪定などをしていたのだが、あるとき、施設側から何か演芸をやってくれないかと頼まれた。その頃、私も七十五歳になっており、はてさて、何ができるだろうと頭を悩ませていたところ、ふと思い出したのが、海兵団時代の演芸会で、戦友が「かもめの水兵さん」を歌い踊っていた姿だった。さっそく、一緒にボランティアをしていた仲間に相談すると、即採用となり、器用な仲間が揃いの衣装を作り、振り付けは小学校の先生だった女性が考え、家内の留守をねらって練習を積んだ。その甲斐あって、施設に入所している方々が大いに笑ってくれて、私たちもとても楽しかった。人に喜んでもらうこと、それほど嬉しく張り合いのあることはない。

この日、思いがけない出来事があった。出し物が終わった途端、最前列で観ていた女性が、突然近寄ってきて私の手を両手で握り、ぽろぽろと涙を流したのである。私も面食らってしまい、一体どうしたのですかと尋ねると、

「夫が海軍だったもので、懐かしくて……」

と、涙が止まらなかった。結婚間もなかったご主人は戦死され、その後、再婚せず、ずっとお一人

「かもめの水兵さん」姿の著者（右から二人目）

だったという。女性は私と同年代で、認知症だということだったが、私たちの「かもめの水兵さん」に、心の裏側にしまわれていた記憶が、泉が湧き出るが如く蘇ってきたようだった。

実は、この出し物を選んだのには、ある思いがあった。「かもめの水兵さん」を踊った大竹海兵団の友人は、戦死してしまった。私たちはまさに「かもめの水兵さん」のように幼い顔で海兵団に入団し、厳しい訓練を乗り越えて、希望と使命感に満ちて太平洋戦争の第一線にそれぞれ配属された。幸運にも私は「雪風」と共に生き抜き、母のもとに復員した。そして新たな人生を踏み出し、学ぶ喜び、働く喜び、人を愛する喜び、親となる喜びを味わい、

「生きていて本当に良かった」

と心から思う瞬間を積み重ねてくることができた。だが、「かもめの水兵さん」の友人をはじめ、私の同期生の数多くが戦争によって全てを絶たれた。彼

らに申し訳ないと思わぬ日はない。彼らが必死に生きていた頃の姿を私の中にしっかりと留め、決して忘れないこと、それで少しでも供養ができればと願いながら、十五歳の心に戻って、白いセーラー姿で私は踊った。

私の手を握って泣いていた女性のご主人の魂も、夫人と共に私たちの出し物をしばし楽しんでくれたであろうか。そうであってほしいと今も思う。

この日の出来事は、私が戦争体験の語り部活動を始める原点となった。実はそれまで、私はあの戦争で何があったのかを語ることを躊躇していた。しかし、「かもめの水兵さん」の踊りだけで、当時を思い出してこんなに喜んでくれる人がいるならば、私がこの身体で体験し、この目で見て、骨肉に刻まれた戦争の時代をしっかりと語り継いでいかねばならないという思いに、突き動かされたのである。

コラム〈西崎氏ゆかりの地を訪ねて 7〉

「雪風」の主錨は江田島に

「丹陽《タンヤン》」と名を改め、中華民国海軍の旗艦として第二の人生を歩んだ「雪風」は、昭和四十四（一九六九）年に台風で損傷し、その生涯を閉じた。「雪風」は解体され、昭和四十六（一九七一）年に主錨と舵輪が日本の「雪風保存会」に返還された。私は「雪風」に会うために、広島県江田島の旧海軍兵学校、現在の海上自衛隊第一術科学校を訪ねた。「雪風」の舵輪は、日本海軍の歴史に関する貴重な資料約一千点をおさめる教育参考館に、そして主錨は教育参考館の脇に屋外展示されている。

傾きかけた秋の陽の中、「雪風」の主錨は、ゆったりと穏やかな表情で迎えてくれた。太平洋戦争を生き抜いた稀代の幸運艦の墓標を前にしたような感慨があり、

「魚雷射手の西崎信夫さんの体験記をまとめさせてもらっています」

と、手を合わせた。その真白き姿に、やはり「雪風」の名前が一番合っていると思った。主錨の横には、戦艦「大和」の主砲砲弾が立っている。

教育参考館は、パルテノン様式の白い荘厳な建物だ。写真撮影が厳禁の館内は、一歩踏み入っただけでも心身が正されるような厳粛な冷気に包まれており、東郷元帥の遺髪がおさめられているほ

「駆逐艦『雪風』は日本海軍の陽炎型駆逐艦18隻中の1隻で、昭和15年1月に佐世保海軍工廠で完成した。太平洋戦争では戦史に残る主要な海戦にはすべて参加、沖縄特攻にも戦艦「大和」と共に行動したが、無傷で生還した。戦後連合軍に接収され、当時の中華民国海軍に引渡された。

軍艦『丹陽』と改名した『雪風』は同海軍の旗艦として活躍していたが昭和44年台風で船底が破損したため解体された。この錨は『雪風』の記念品として昭和46年10月22日、同国政府から雪風保存会に送られ、同会から海上自衛隊に寄贈されたものである。」

（現地の掲示板による）

「雪風」の主錨

（平成29年10月編者撮影）

か、特攻隊員の遺書や遺品をはじめ、江戸中期の海軍黎明から太平洋戦争まで様々な資料が並ぶ。「雪風」の舵輪は船舶時計とともに展示されており、次の解説が付されていた。

「『雪風』の太平洋戦争中の艦長はいずれも名物艦長といわれ、士官以下、水兵まで一体となり、忠命の働きをなしたといわれている」

戦艦「大和」の主砲砲弾
（平成29年10月編者撮影）

海上自衛隊第一術科学校では、平日三回、土日祝日は四回にわたって見学ツアー（九十分）が実施されており、教育参考館の他、大講堂、生徒館など広大な敷地内を、海上自衛隊ＯＢの方が詳しい解説とともに案内してくれる。はるばる来てよかったと心から思える素晴らしい見学ツアーで、二回、三回と足を運びたくなった。広大な敷地内には約一五〇〇本の黒松が立ち並び（一本のみ赤松）、塵一つなく、全てが美しく整然と、そして威風堂々としていたことが胸に焼き付いている。

終章　私の願い

九十二歳を迎えた私は、現在、都内のマンションで一人暮らしをしている。家内が他界してから三年が経とうとしており、独身生活にもだいぶ慣れてきた。先日、洗濯物を取り込み、畳んでいるときに、ふと「雪風」時代が甦った。南洋のスコールが衣類と身体を洗濯する重要な機会だったことは先に述べたが、班長の洗濯物も洗ってさっぱりと乾かして返すと、

「西崎は、洗濯物の畳み方がうまいな」

とよく褒められたものだった。洗濯物を乾かすときに、しわがつかないようにパンパンと叩く人がいるが、私はそうはしない。誰に教わったというわけではないが、乾いた洗濯物を太腿にのせて左右にシャシャッとこすってしわを伸ばしてから畳む。これが綺麗に仕上げる私のコツだった。それから七十五年経った冬の夕暮れ、この「太腿アイロン」をしている自分にはっとして、思わず笑ってしまった。これも私の身体に沁みついた海軍生活なのだと。

血の臭いが充満した「雪風」の診療所で、どうしても自分で抜ききれなかった三個の弾片は、今も私の左太腿で生きながらえている。七十年以上たっても梅雨時になると疼き、戦争を忘れさせてはくれない。だが同時に、この痛みは、戦争を忘れてはいけないという、私に対する戒めのようにも思えるのである。

平成十一年八月、テレビ朝日のニュース番組で、沖縄水上特攻で沈没した戦艦「大和」の無残な艦影が映し出された。テレビ朝日のプロジェクトチームが水中探索を実施し、坊ノ岬沖海底三五〇メートルに眠る「大和」の撮影に成功したという。五十四年ぶりに再会した「大和」は、船体が真っ

平和祈念展示資料館で講演する著者
（平和祈念展示資料館（総務省委託）提供）

二つに折れて大量のヘドロの中に埋もれ、艦首の菊の御紋章のみが当時の権威を今にとどめていた。番組の中で、ある老いた母親の言葉に私は心臓をグサリと突き刺される思いがした。

「十六歳のあの子が、今も冷たい船の中に閉じ込められていると思うと気が狂いそうだ……」

昭和二十年四月七日のあの海で、目の前で必死に救助を求める生存者をどうしてもっと多く助けられなかったのかという悔恨と、もし私が命を落としていたら、母もテレビの中の老母と同じように嘆き悲しんだに違いないという思いに、呼吸が止まるような苦しさを覚えた。

思えば、私の青春は戦争の五年間であった。「海軍特別年少兵」第一期生としての誇りを胸に過酷な訓練に耐えた一年余、国のため、家族のために使命感に燃えて敵と戦った二年間、そして戦後処理にあたった屈辱とカルチャーショックの二年間。幸運にも生き残ったおかげで、十代にしては背負いきれないほどの貴重な体験を重ねた。これは私の骨肉となってその後の人生を支え、九十を過ぎた私の中に生き続けている。

なぜ私は生き残ったのか。出征する際の母の言葉に背いてはならないというその一心で私は戦争の日々を生き抜いた。

「死んではなにもならない、必ず生きて帰ってこい」

という母の声が耳から離れることはなく、名誉の戦死を遂げて軍神となるという考えは微塵もなかった。私は常に死を恐れていた。戦闘中は怖くてたまらなかった。戦争はただひたすらに怖い。母との約束とともに、この「怖い」という念が、私を生かしたのかもしれないという思いを強くしている。だからこそ、沖縄水上特攻の後部機銃台で、開き直って恐怖を捨てたあの一瞬が、今振り返って何よりも恐ろしいのである。

戦争が終わって七十四年が経とうとしている。生き残った者は、皆それぞれ他人には話せない戦争の業を背負って復員し、亡くなった者たちへの申し訳なさを常に心に抱えながら、彼らの無念を償うために、がむしゃらに働いてきた。だからこそ、今日の日本の繁栄があるのだと思う。

「海軍特別年少兵」は、私と同様に、農家の次男、三男坊で、貧乏のために進学できず、家族を守りたい純粋な気持ちから志願した者がほとんどだろう。

十六、七歳で犠牲となった彼らの無念を思うと、戦争に協力し生き残った者の責任は、いかなる戦争にも核兵器にも反対し、戦争の真実を語り継ぐことに尽きる。

そして、齢を重ねるごとに思うことは、自分の国だけに目を向けるのではなく、例えば米国人だったら、中国人だったらと、それぞれの立場になってあの戦争を考えることにより、様々な現実を自分の身に受け止めることができるのではないだろうか。

現在、私は、新宿の平和祈念展示資料館（総務省委託）で語り部活動を行っており、学校や自治体でも体験をお話ししている。特に小学生や中学生など若い方々にしっかりと伝えていくことが大切だと思っている。昔、戦争があり、実際に経験して生き残った者があるということ、そして何より、どれだけ多くの人たちが無残に亡くなっていったかということを心に刻み、末永く語り継いでいってほしい。そして、親の世代の方々、祖父母の世代の方々には、もし自分の子どもや孫が、私のように大義ある戦争だと信じて兵士となり、その尊い命が紙くずのように捨てられたらと、想像していただきたい。

戦争は恐ろしく、残酷であり、戦争がもたらすものは悲惨でしかない。夢と希望に満ちた多感な少年たちを二度と戦場に送ることがないように、それが、私の唯一無二の願いであり、体験を語り続けることが、戦争で戦い生き残った私の使命である。

編者あとがき

西崎さんが平成二十九年に慶應義塾高校で講演した際、三年生の生徒さんの一人が感想文にこう記している。

「沖縄水上特攻の出撃前に瞑想しているとき、腕時計のカチカチという音が刻一刻と自分の命を削っていくような気がしたそうです。僕は先ほど部屋を暗くして、腕時計を耳にあてたら、秒針の音がいつもとは違って聞こえました。時計が怖いもののように思えました」

戦時中の西崎さんと同年代の心に、西崎さんのお話がこのように響いていることが嬉しく、美しい感受性を戦場に送るような世にだけはしてはならないと思いをあらたにする。別の生徒さんは次のように核心を突き、危惧している。

「知識として、この戦いで何人亡くなり、どちらが勝ったということを知っていても、それは知識だけで実感はありません。しかし実際に体験してきた西崎さんの話には実体があり、戦争とは悲惨で残酷なものだと実感することができました。しかし、このような話を聞くことができる機会は今後、減ってしまうでしょう。戦争体験者はご高齢です。しかしこういったことに興味のある人はあまりいないと僕は思っています。つまり、このままではこういった話は絶えてしまい、知識のみが残る、つまり生々しさが失われていくでしょう。僕はこうなってはいけないと思います」

戦争の実体が失われていけば、世の中にはいつしかまた「正しい戦争」という考えが頭をもたげ、戦争の方向へと歩むことになるだろう。

西崎さんのお話は、どの場面も生々しい。肉眼と望遠鏡を通して目撃した巨大戦艦や空母とその乗組員たちの最期。負傷した左腿に突き刺さった弾片との格闘、思わぬ配置換えとなった機銃台での狂気、重油の海で繰り広げられる生存者救助のための死闘、機雷との静かなる戦い、樽島丸船員の救助……いずれも冷静な視点でとらえられた実体が圧倒的に迫ってくる。そして、奇をてらうところのない独特のユーモア、少年の純粋さ、友情にほっと救われるものがある。

理不尽で無意味な罰直に対して物申し、夜尿症の部下の苦境に見て見ぬふりをしない西崎さんは、

「私はちょっと変わっとったから」

と振り返る。他方、古参兵からのきつい扱いに反発することなく、また、復員した際、見知らぬ人々に「特攻崩れが」など思いもかけぬ言葉を投げかけられようとも、ひたすらじっと耐える。私は、自分自身のかっとなりやすい性格を省みて、西崎さんのこうしたところをとても尊敬していると、ご本人にお話ししたところ、

「それは、貧乏と母の苦労を見てきたからですよ」

という答えが返ってきた。西崎さんの故郷を訪ねた際に、大変お世話になった西崎さんの甥御さん

（西崎さんの二番目のお姉さんの息子さん）の西崎照義さんは、

「あの人は毒のない人やから。どこへ行っても友達に恵まれて。末っ子で、とにかくお母さんの愛情いっぱいに育った人です」

と話してくださった。

西崎さんの幸運の女神はお母さまだ。

「死んではなにもならない。生きて帰ってこそ名誉ある軍人さんだ。必ず生きて帰ってこい」

こう送り出したお母さまの言葉が、西崎さんを守り抜き、

「なあに、生きて帰れたのだから、十分、お国のためにご奉公ができた。世間様に何も恥じることはない」

の言葉で、海軍兵士としての西崎さんの人生は締めくくられる。

西崎さんは、いつもお母さまへの感謝を話してくださる。いくつになっても母親への愛を率直に語れるということは、最も美しい幸せのかたちではないだろうか。

稀代の幸運艦「雪風」に導かれ、西崎さんが見た風景を求めて旅し、それぞれの土地の力を体感できたことは、これ以上の幸運はないといえる経験だった。西崎さんの原点である故郷・鵜方、「海軍特別年少兵」としての猛訓練が行われた大竹、「雪風」に乗り組んだ呉、山口県大津島の回天訓練基地跡、沖縄水上特攻から生還して任務についた舞鶴、宮津、そして終戦を迎えた地・伊根。単

なる観光とは異なり、目に入るもの全てが己の歴史を訴えかけてくるような感があり、真剣勝負の旅であった。そして行く先々で、ありがたい出会いに恵まれ、たくさんの方々にご親切にしていただき、心から感謝申し上げる。

沖縄水上特攻から西崎さんが生還して七十三年目、平成三十年の春は、戸惑ってしまうほど足早に桜が満開となった。それは酷暑、豪雨、台風、大地震に打ちのめされた夏の予兆だったのかもしれない。

春ごとに花のさかりはありなめどあひ見む事はいのちなりけり　（よみ人しらず）

『古今和歌集』巻第二春歌下の歌である。春になると美しい花の盛りはあるだろうけれど、その花盛りに出会い、喜びにひたることのできるのも、わが命があればこそという感嘆の歌だ。花の季節がめぐってくるたびに、まさにこの歌と思いを同じくし、命あることへのありがたさに胸がいっぱいになる。

命あればこそ、私は西崎さんとお会いすることができた。西崎さんの命の物語をまとめさせていただいた御恩は、いくら感謝しても足りない。西崎さん、これからもどうぞどうぞお健やかに。

そして、西崎さんのご体験を本という形で広く世に出したいという私の願いを聞き届けてくださった藤原書店の藤原良雄社長、いつも適切に丁寧に導いてくださった刈屋琢氏、携わってくださった藤原書店の全ての皆様に深く深く感謝申し上げる。

小川万海子

参考文献

井川聡『軍艦「矢矧」海戦記』光人社NF文庫、二〇一六年
伊根町誌編纂委員会『伊根町誌　上巻』一九八四年
井上理二『駆逐艦磯風と三人の特年兵』光人社NF文庫、二〇一一年
NHK取材班『巨大戦艦大和　乗組員たちが見つめた生と死』NHK出版、二〇一三年
大竹市『大竹市史』一九六二年
海軍特年会編『海軍特別年少兵』図書刊行会、一九八四年
駆逐艦雪風手記編集委員会『激動の昭和——世界奇跡の駆逐艦 雪風』駆逐艦雪風手記刊行会、一九九九年
栗原俊雄『戦艦大和　生還者たちの証言から』岩波新書、二〇〇七年
小泉悠・宮永忠将・石動竜仁『日本海軍用語事典』辰巳出版、二〇一五年
小西誠『シンガポール戦跡ガイド　昭南島を知っていますか？』社会批評社、二〇一四年
小林孝裕『海軍よもやま物語』光人社、一九八〇年
重本俊一ほか『陽炎型駆逐艦』潮書房光人社、二〇一四年
高平鳴海・坂本雅之『図解軍艦』新紀元社、二〇〇九年
立石優『奇跡の駆逐艦「雪風」太平洋戦争を戦い抜いた不沈の航跡』PHP文庫、二〇〇九年
塚田義明『戦艦武蔵の最後　海軍特別年少兵の見た太平洋海戦』光人社NF文庫、二〇〇一年
豊田穣『雪風ハ沈マズ』光人社NF文庫、二〇〇四年

中村精貮『志摩の地名の話』伊勢志摩国立公園協会
二宮隆雄『駆逐艦雪風』幻冬舎文庫、二〇〇一年
畑野勇著、戸髙一成監修『知識ゼロからの日本の戦艦』幻冬舎、二〇一五年
初霜戦友会編集委員会『駆逐艦「初霜」』一九九〇年
アーサー・ビナード編著『知らなかった、ぼくらの戦争』小学館、二〇一七年
増田精一「宮津空襲」二〇一二年
宮津市史編纂委員会『宮津市史 通史編　下巻』二〇〇四年
横山秀夫『出口のない海』講談社、二〇〇四年
吉田満『戦艦大和』角川文庫、二〇〇五年
吉村昭『戦艦武蔵』新潮文庫、二〇〇九年

海上自衛隊呉資料館展示解説集
回天記念館パンフレット、二〇一七年、二〇一八年
『軍艦大和戦闘詳報』防衛庁防衛研究所図書館　アジア歴史資料センター
『志摩のあゆみ』志摩市歴史民俗資料館、二〇一五年
『詳説帝国陸海軍・勇戦の記録』(メディアックスＭＯＯＫ612)メディアックス、二〇一七年
『第二水雷戦隊戦時日誌・戦闘詳報』防衛庁防衛研究所図書館　アジア歴史資料センター
『太平洋戦争の艦艇　最強図鑑』コスミック出版、二〇一七年
『第六一駆逐隊戦闘詳報』防衛庁防衛研究所図書館　アジア歴史資料センター
『日本海軍艦艇図鑑』学研プラス、二〇一七年
『日本海軍史』第五巻、第七巻、第十一巻、海軍歴史保存会、一九九五年

『一〇〇人が語る　戦争とくらし』学研プラス、二〇一七年
『丸』二〇一七年九月号「駆逐艦『雪風』」、潮書房光人社、二〇一七年
「妙照寺報」二〇〇四年
『柳田國男集』（現代日本文学大系20）筑摩書房、一九八二年
『大和ミュージアム常設展示図録新装版』二〇一四年
『歴史群像　太平洋戦史シリーズ⑲　水雷戦隊Ⅱ　陽炎型駆逐艦』学研、一九九八年

ＮＨＫ戦争証言アーカイブス http://www2.nhk.or.jp/archives/shogenarchives/shogen/list.cgi
周南市回天記念館ＨＰ　https://www.city.shunan.lg.jp/site/kaiten/
戦没した船と海員の資料館ＨＰ　http://www.jsu.or.jp/siryo/
平和祈念展示資料館ＨＰ　http://www.heiwakinen.jp/
宮津空襲、伊根空襲　http://www.geocities.jp/k_saito_site/doc/miyazukuusyu.html
大和ミュージアムＨＰ　http://yamato-museum.com/

著者および「雪風」関連年表（1926–51）

年号	年齢	著者と「雪風」の出来事	日本の出来事	世界の出来事
一九二六（大正15／昭和元）			12月25日に大正天皇崩御、大正から昭和に改元	7月、蔣介石による第一次北伐
一九二七（昭和2）	0歳	1月2日、西崎傳平、サワの三男として誕生	金融恐慌はじまる 5月、山東出兵	4月、蔣介石が南京に国民政府を樹立
一九二八（昭和3）	1歳		2月、第一回普通選挙 6月、張作霖爆殺事件	8月、パリ不戦条約
一九二九（昭和4）	2歳	父・傳平が破産し田畑を手放す	四・一六事件（共産党員一斉検挙）	世界恐慌はじまる
一九三〇（昭和5）	3歳		4月、ロンドン海軍軍縮条約調印	ロンドン海軍軍縮会議 英印円卓会議
一九三一（昭和6）	4歳		9月、満州事変はじまる	5月、ニューヨークにエンパイアステートビル完成
一九三二（昭和7）	5歳		1月～3月、上海事変 3月、満洲国建国 五・一五事件	8月、独総選挙でナチス党が圧勝
一九三三（昭和8）	6歳	鵜方小学校入学	3月、国際連盟脱退	1月、独ヒトラー首相就任 米ニューディール政策

年号	年齢	著者と「雪風」の出来事	日本の出来事	世界の出来事
一九三四（昭和9）	7歳	5月、隣の中央座が全焼し、自宅が延焼 12月、長兄が召集され満洲へ	帝人事件 12月、ワシントン海軍軍縮条約破棄	中国共産党の大西遷
一九三五（昭和10）	8歳		天皇機関説事件	第二次エチオピア戦争
一九三六（昭和11）	9歳	6月、長兄が帰還し、呉海軍工廠に就職	1月、ロンドン海軍軍縮条約脱退 二・二六事件	12月、西安事件 ワシントン海軍軍縮条約失効
一九三七（昭和12）	10歳	7月、長兄が出征	7月、盧溝橋で日中両軍が衝突、全面戦争へ 12月、日本軍が南京占領	4月、ゲルニカ空襲
一九三八（昭和13）	11歳	2月、父・傳平死去（62歳） 8月、「雪風」佐世保海軍工廠で起工	4月、国家総動員法公布	3月、独、オーストリア併合 9月、ミュンヘン会談
一九三九（昭和14）	12歳	3月、「雪風」進水 高等小学校入学 7月、長兄が帰還	5月、ノモンハン事件 7月、国民徴用令	8月、独ソ不可侵条約 9月、第二次世界大戦始まる
一九四〇（昭和15）	13歳	次兄が海軍潜水学校に入学 1月、「雪風」竣工（艦籍呉）	9月、日本軍が北部仏印進駐 9月、日独伊三国同盟締結 10月、大政翼賛会発足	6月、伊、英仏に宣戦布告 6月、独軍パリ入城 9月、独軍によるロンドン大空襲

一九四一（昭和16）	14歳	高等小学校卒業 「海軍特別年少兵」受験、合格 「雪風」、レガスピー攻略、ラモン湾上陸作戦に参加	4月、日ソ中立条約調印 7月、「海軍特別年少兵」制度創設 7月、日本軍が南部仏印進駐 11月、米、日本にハルノート提示 12月、日本軍がマレー半島上陸、ハワイ・真珠湾を攻撃。太平洋戦争はじまる。 12月、戦艦「大和」竣工	独ソ戦 8月、大西洋憲章
一九四二（昭和17）	15歳	9月、大竹海兵団に入団　海軍四等水兵 11月、官階級正令施行により、海軍二等水兵 12月、海軍一等水兵 「雪風」、ミッドウェー海戦、ガダルカナル島の攻防戦に参加	4月、東京に初の空襲 マニラ、シンガポール、ジャワ島占領 6月、ミッドウェー海戦で日本は空母四隻を失い大敗 8月、戦艦「武蔵」就役 ガダルカナル島の戦い	1月、ヴァンゼー会議で欧州のユダヤ人の移送・殺害計画を協議
一九四三（昭和18）	16歳	大竹海兵団を卒業、海軍水雷学校へ進む 11月、海軍上等水兵 11月30日、「雪風」に乗艦 「雪風」、各種護衛作戦、コロンバンガラ島沖夜戦、ブーゲンビル島沖海戦に参加 四代目菅間艦長から五代目寺内艦長に交代	4月、山本五十六連合艦隊司令長官の戦死 5月、アッツ島守備隊全滅 7月、キスカ島守備隊撤退 11月、大東亜会議 12月、学徒出陣	9月、イタリアが無条件降伏 12月、カイロ宣言

年号	年齢	著者と「雪風」の出来事	日本の出来事	世界の出来事
一九四四（昭和19）	17歳	1月、門司・シンガポールの往復船団護衛の初陣 5月、海軍水兵長 「雪風」とともに、マリアナ沖海戦、レイテ沖海戦、空母「信濃」の護衛などに参加 長兄が再召集	7月、サイパン島陥落 8月、テニヤン守備隊、グアム島守備隊玉砕 10月、シブヤン海で戦艦「武蔵」沈没 10月、神風特攻隊初出動 11月、人間魚雷「回天」の出撃 11月、空母「信濃」沈没	6月、ノルマンディー上陸作戦
一九四五（昭和20）	18歳	「雪風」とともに沖縄水上特攻に参加し、左腿に重傷を負う。佐世保に帰還。7月30日の宮津空襲を経て、丹後伊根湾にて終戦。「雪風」は10月5日、海軍編成から除かれ特別輸送艦となる。 5月、海軍二等兵曹 9月、海軍一等兵曹 次兄が復員	3月、東京大空襲 3月、硫黄島玉砕 4月、米軍が沖縄上陸 4月、沖縄水上特攻　戦艦「大和」沈没 8月6日、広島に原爆投下 8月8日、ソ連が対日参戦 8月9日、長崎に原爆投下 8月14日、ポツダム宣言受諾 8月15日、天皇、戦争終結の玉音放送 8月30日、マッカーサー元帥来日 9月、降伏文書に調印	2月、ヤルタ会談 5月、ドイツが無条件降伏 7月、ポツダム宣言 9月、第二次世界大戦終結 10月、国際連合の設立

一九四六（昭和21）	19歳	「雪風」とともに海外復員業務に従事。「雪風」は12月に特別保管艦（賠償引渡艦）に指定される。 長兄が復員	1月、天皇の人間宣言 5月、極東国際軍事裁判開廷 11月、日本国憲法公布 〜昭和23年、農地改革	3月、チャーチルの「鉄のカーテン」演説 〜一九五四年、インドシナ戦争 7月、米、ビキニ環礁で原爆実験 10月、ニュルンベルク国際軍事裁判最終判決
一九四七（昭和22）	20歳	「雪風」はモデル・シップ（最優秀艦）に指定される。 7月6日、上海での中国海軍への賠償引き渡しに同行。「雪風」は「丹陽」と命名される。 その後、ナホトカでの駆逐艦「春月」、「桐」の賠償引き渡しに同行。 復員	学校教育法公布・施行 労働基準法公布・施行 5月、日本国憲法施行 ベビーブーム	6月、マーシャル・プラン発表 8月、インド・パキスタン分離独立 10月、コミンフォルム結成
一九四八（昭和23）	21歳	農業共済組合に就職 鵜方高校の二年生に編入	1月、帝銀事件 昭和電工事件 11月、極東国際軍事裁判終わる	5月、イスラエル建国宣言 8月、大韓民国樹立宣言 9月、朝鮮民主主義人民共和国成立 12月、世界人権宣言

年号	年齢	著者と「雪風」の出来事	日本の出来事	世界の出来事
一九四九（昭和24）	22歳		1月、法隆寺金堂火災 ドッジ・ライン（占領軍顧問ドッジの指導により行われた経済政策） シャウプ勧告 下山、三鷹、松川事件 湯川秀樹ノーベル物理学賞受賞	4月、北大西洋条約機構（NATO）成立 10月、中華人民共和国成立
一九五〇（昭和25）	23歳	鵜方高校卒業	レッドパージ 7月、金閣寺炎上 8月、警察予備隊設置	6月、朝鮮戦争はじまる
一九五一（昭和26）	24歳	農業共済組合を退職して上京	4月、マッカーサー元帥解任 9月、サンフランシスコ講和条約と日米安全保障条約に調印	
		「丹陽」は、中華民国海軍敦睦艦隊旗艦として活躍し、一九五五年には米国式兵器に改装し、台湾海峡北区巡邏支隊の旗艦を担当。一九六五年に、機関老朽のため訓練艦として就役し、一九六九年夏、台湾高雄の左営軍港で、大暴風のため艦底が破損し、その後廃艦となり、高雄市の鉄工所で解体された。		

著者紹介

西崎信夫（にしざき・のぶお）

1927年三重県生。1942年、「海軍特別年少兵」第一期生として15歳で大竹海兵団に入団。海軍水雷学校を卒業後、1943年11月、駆逐艦「雪風」の魚雷発射管射手として配属。マリアナ沖海戦、レイテ沖海戦などに参加し、1945年、沖縄水上特攻では、戦艦「大和」の護衛として従う。終戦後は海外引揚業務に従事し、1947年復員。平和祈念展示資料館で語り部として活動を行っている。

編者紹介

小川万海子（おがわ・まみこ）

1967年東京生まれ。1989年慶應義塾大学文学部卒業。
2008年東京外国語大学大学院地域文化研究科博士前期課程修了（文学修士）。1994-2004年外務省勤務。香老舗 松栄堂第26回「香・大賞」審査員特別賞受賞。
著書に『ウクライナの発見――ポーランド文学・美術の19世紀』（藤原書店、2011年）、訳書にマリア・ポプシェンツカ『珠玉のポーランド絵画』（共訳、創元社、2014年）。

「雪風《ゆきかぜ》」に乗《の》った少年《しょうねん》
――十五歳《じゅうごさい》で出征《しゅっせい》した「海軍特別年少兵《かいぐんとくべつねんしょうへい》」――

2019年2月10日　初版第1刷発行©
2020年8月30日　初版第3刷発行

著　者　西崎信夫
編　者　小川万海子
発行者　藤原良雄
発行所　株式会社　藤原書店

〒162-0041　東京都新宿区早稲田鶴巻町523
電　話　03（5272）0301
FAX　03（5272）0450
振　替　00160-4-17013
info@fujiwara-shoten.co.jp

印刷・製本　中央精版印刷

Printed in Japan
ISBN978-4-86578-209-7

活字／写真版の完全版

竹内浩三全作品集 日本が見えない（全一巻）

小林察編　推薦＝吉増剛造

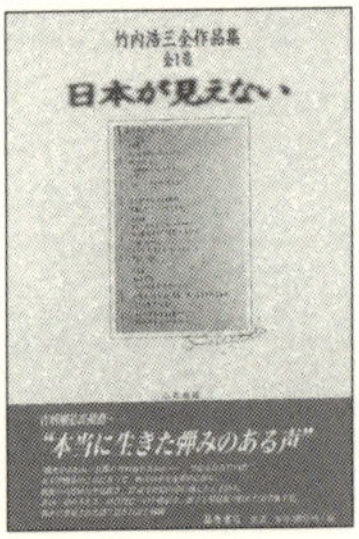

太平洋戦争のさ中にあって、時代の不安を率直に綴り、戦後の高度成長から今日の日本の腐敗を見抜いた詩人、「骨のうたう」の竹内浩三の全作品を、活字と写真版で収めた完全版。新発見の詩二篇と日記も収録。「本当に生きた弾みのある声」（吉増剛造氏）。　**口絵二四頁**

菊大上製貼函入　七三六頁　**八八〇〇円**
（二〇〇一年一一月刊）
◇978-4-89434-261-3

新しい作品も収録した決定版

定本 竹内浩三全集 戦死やあはれ

小林察編

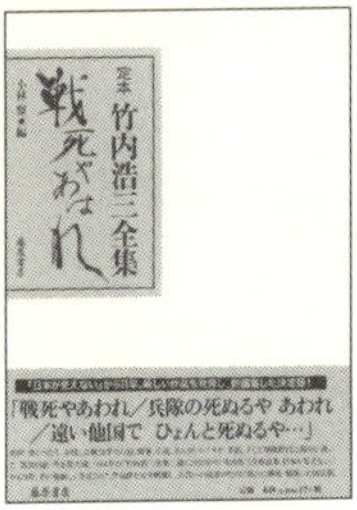

名作「骨のうたう」を残した戦没学生の詩、随筆、小説、まんが、シナリオ、手紙、そして軍隊時代に秘かに書いた「筑波日記」等を集大成。一九八四年の『竹内浩三全集』、続く二〇〇一年の『竹内浩三全作品集 日本が見えない』から一一年。その後新しく発見された作品群を完全網羅。　**口絵一六頁**

A5上製布クロス装貼函入　七六〇頁　**九五〇〇円**
（二〇一二年八月刊）
◇978-4-89434-868-4

「マンガのきらいなヤツは入るべからず」

竹内浩三楽書《らくが》き詩集 まんがのよろづや

よしだみどり編

［絵・詩］竹内浩三　［色・構成］よしだみどり

オールカラー

一九四五年、比島にて二十三歳で戦死した「天性の詩人」竹内浩三。そのみずみずしい感性で自作の回覧雑誌などに描いた、十五〜二十二歳の「まんが」や詩をオールカラーで再構成。浩三の詩／絵／マンガが、初めて一緒に楽しめる！

A5上製　七二頁　**一八〇〇円**
（二〇〇五年七月刊）
◇978-4-89434-465-5

詩と自筆の絵で立体的に構成

竹内浩三集

竹内浩三・文と絵　よしだみどり編

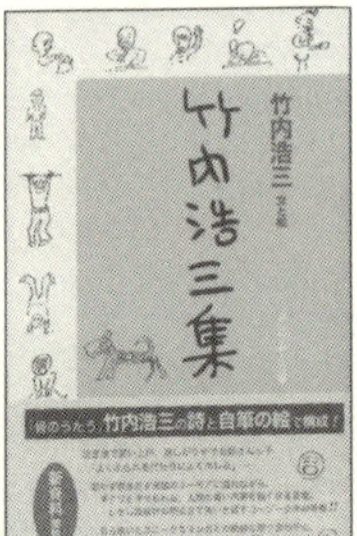

泣き虫で笑い上戸、淋しがりやでお姉さんっ子、「よくふられる代わりによくホレる」……天賦のユーモアに溢れながら、人間の暗い内実を鋭く抉る言葉。しかし底抜けの明るさで笑い飛ばすコーゾー少年の青春。自ら描いたユニークなマンガとの絶妙な取り合わせに、涙と笑いが止まらない！

B6変上製　二七二頁　**二二〇〇円**
（二〇〇六年一〇月刊）
◇978-4-89434-528-7